햇살과 바람에게 배우는 무해한 밥상 이야기

이영미의 평화밥상

※일러두기

- 본 도서는 저자가 지난 10년간 <울산저널>, <울산여성신문>, <헤럴드경제>에 연재한 칼럼과 개인적으로 쓴 글을 모아 엮었다. 실렸던 글은 모두 해당 저널 이름과 날짜를 표기했고, 개인적으로 쓴 글은 날짜만 표기했다.

- 초기에는 사회적으로 많이 통용되는 '채식'이라는 표현을 사용했지만 한계가 있어 점차 '식물식'이라는 표현을 사용하고자 했다. 초기의 글들에서도 가능하면 '식물식'이라는 표현으로 대체했다. 다만 사회 관습적으로 사용하는 말 혹은 고유명사로 표현한 경우 '채식'이라는 단어를 그대로 사용했다. 본 도서에서는 '현미식물식'이라는 표현을 많이 사용하고 있는데, 이는 자연식물식을 먹을 때 '현미'라는 통곡물을 포함하는 게 좋다는 것을 강조하고자 한 것이다.

- 식물식은 동물성 식품을 먹지 않고 곡식, 채소, 과일 등 식물성 식품을 먹는 것을 의미한다. 또한 비건(Vegan: 동물해방주의자)은 동물해방을 위해 모든 동물식과 동물착취 유래 상품을 거부하는 사람을 의미하며, 비건 음식을 먹거나 친환경 생활을 하는 이들을 아우르는 말이다.

햇살과 바람에게 배우는 무해한 밥상 이야기

이영미의 평화밥상

이영미

세상은 빠르게 변하고 있습니다. 과거에는 옳다고 생각했던 것들이, 알고 보니 사실이 아닌 것으로 밝혀지는 경우가 종종 있습니다. 과거에는 고기, 생선, 계란, 우유 등 동물성 식품을 먹는 것이 옳고 당연한 것으로 알고 있었지만, 이제는 당연하지 않다는 것이 드러났습니다.

동물성 식품을 먹으면 세상 모든 것이 망가집니다. 우선 몸에 병이 생깁니다. 그리고 가난한 사람들이 굶주립니다. 사람이 먹는 곡식을 동물이 사료로 먹으니, 사람이 먹을 곡식은 부족할 수밖에 없습니다. 동물성 식품을 먹다 보면 생명을 경시하게 됩니다. 오로지 먹기 위한 목적으로 동물을 죽이다 보면 사람의 목숨을 가볍게 여기게 됩니다. 그리고 동물성 식품을 먹으면 공기와 물, 땅이 더러워집니다. 또한 동물식은 기후재앙을 불러옵니다.

저자는 자연에 가까운 삶을 살기 위해서 농촌으로 갔습니다. 그리고 동물성 식품이 자연스러운 것이 아니라는 진실을 알게 된 후에는 자연 상태의 식물성 식품만 먹기로 다짐했습니다. 저자는 삼 남매를 기르며 어머니로서 그리고 식물식인으로서 살아갑니다. 성장기 아이들에게 동물성 식품을 먹이지 않으면 아동학대라고 지탄받는 세상에서, 저자가 어떤 고생을 했을지는 충분히 짐작이 갑니다. 식생활이 다르니 가까운 친척 혹은 지인들과 만날 때 불편을 감수해야 했지만, 저자는 이러한 간극을 조금씩 풀어나갑니다.

저자는 가족의 식탁을 책임지는 주부로서, 밥상을 통해 현미식물식의 가치를 조용히 풀어나갑니다. 일상에서 먹는 것들을 상세하게 알려주는 저자의 글은 피부에 와닿습니다. 저자는 현미식물식을 추상적인 개념이 아닌 실제 생활로 어떻게 구체화되는지를 보여줍니다.

저는 오랫동안 저자를 가까이서 지켜봐 왔습니다. 저자는 삶의 가치를 찾기 위해 애쓰는 과정에서 발견한 진리를, 이웃들과 나누고자 노력하고 있습니다. 이러한 저자의 마음이 글에 고스란히 담겨 있습니다.

즐겁고 짧은 쾌감이 가져다주는 달콤함에 빠져있으면 곧 이어지는 긴 고통을 생각하지 못하게 됩니다. 오늘이 아닌 내일을 생각하면서 조심스럽게 살고 싶은 분들, 특히 어린 자녀를 둔 부모들에게 일독을 권합니다. 큰 고통을 통해 얻게 된 저자의 소중한 깨달음을 책을 통해 배우는, 커다란 행운을 누리시길 바랍니다.

황성수
황성수힐링스쿨 교장·전 대구의료원 신경외과 과장

지금요. 언제 끝날지 모르는 러시아-우크라이나 전쟁이 계속되고 있습니다. 평화를 빕니다. 성당 미사 시간에 몇 번씩 입에 올리는 그 '평화'를 빕니다. 근데요. 이영미 선생님이 평화 책을 냈습니다. 평화밥상입니다.

저는요. 밥, 음식, 식사, 음식점, 맛집 기행, 미식가 등을 다룬 책은 많이 봤어요. 근데요, 책의 제목에 밥과 평화를 이어 놓은 건 보지 못했어요. 전쟁의 반대말인 평화가 밥상에서 비롯된다고 하는 책을 만났어요. 『이영미의 평화밥상』입니다.

모든 다툼. 예컨대 나라 사이의 다툼인 전쟁은 물론이고 이웃과의 다툼, 자신과의 다툼도 모두 다 먹고살기 위한 '밥그릇 싸움'이라는 걸 생각하면 평화와 밥상은 떼래야 뗄 수 없을 듯합니다. 겉으로는 고상한 이유를 붙이지만 속내를 들여다보면 밥그릇 싸움이라고 할 수 있습니다.

『이영미의 평화밥상』은 밥과 평화를 골고루 버무려서 참 밥상, 참 평화를 말하고 있습니다. 이 책을 추천하는 이유입니다. TV 다큐나 유튜브 영상에서 다루는 음식 담론, 평화 담론과 전혀 다릅니다. 저자의 질박한 일상을 축으로 그때그때 생생한 일화와 느낌을 기록한 책이라 흡입력이 대단합니다.

아마 전문 음식 평론가가 서재에 앉아서 몇 달 집중해서 썼다면, 이런 감응과 공명이 없을 것입니다. 몇 년 동안 언론매체에 쓴 글이라 그 당시, 그 관계에서 펄펄 살아있는 육성을 듣는 것 같습니다.

책에는 아이를 키우며 겪는 일상이 담겨 있습니다. 아이를 중심으로 부부관계, 시댁과 친정 관계가 맺어집니다. 그뿐이 아니죠. 아이의 친구들, 학교라는 집단사회, 아이들의 선생님 등 다양한 관계가 등장합니다. 아이 키우는 일은 삶의 전반이 작동하는 순간이기도 합니다. 이런 일화들이 밥상과 연결되어 있습니다. 평화와 연결된 책입니다.

'채식평화연대'와 '식물식 평화세상' 대표로 일하면서 만나는 공공기관과 국가 제도, 시스템도 다루고 있는 책입니다. 이 대목이 중요합니다. 저도 농부 입장에서 서울시 시민먹거리 위원회 전문위원으로 2년을 활동했습니다. 당시 제도와 관행, 시스템도 매우 중요하다는 걸 체감했습니다. 이 책에는 저자가 사는 울산 지역사회와 울산교육청 이야기가 많이 나옵니다. 이때도 중심축은 그대로입니다. 저자는 평화를 실현하는 밥상으로 이들을 만납니다. 어떤 경우에도 일관된 가치를 관철한다는 것은 어렵습니다. 이영미 선생은 그걸 해내고 있습니다. 제가 20여 년 봐 온 모습은 그러했습니다. 책에도 나오지만, 오죽하면 스승의 날에 돈 봉투를 준비하는 게 아니라 찰떡과 팝콘옥수수를 들고 찾아갈까요? 이건 삶의 철학 이전의 용기입니다. 아들러 심리학에서 말하는 '미움받을 용기'이기도 합니다.

인상적인 대목이 있습니다. 저자는 해외여행을 가서도 식물식만 했는데 감자를 많이 먹게 되었답니다. 여기까지는 인상적이라고 할 만한 것이 없습니다. 중요한 것은 감자를 많이 먹다가 네덜란드 화가 빈센트 반 고흐의 〈감자 먹는 사람들〉이라는 그림 이야기로 넘어가는 대목입니다. 저자는 〈해바라기〉로도 유명한 강렬한 색채의 인상주의 화가 고흐가 채식인이라 소개하고 있습니다. 이처럼 사방팔방으로 연결된 글이 이 책의 입체감을 높여줍니다.

인상적인 대목을 말하다 보니 한 가지가 더 떠오릅니다. 이 대목은 여성들이 봤으면 좋겠습니다. 명절과 제삿날에 대자유를 누리게 되는 지혜(또는 요령)가 나옵니다. 음식 냄새로 두통이 생기고, 허리통증까지 느껴져서 '명절 증후군'이라는 말이 나오는 실정 아닙니까? 어떻게 대자유를 누릴 수 있냐고요? 양심선언을 하는 것입니다. 책에서는 「나의 명절, 제사 보이콧」이라는 소제목으로 소개합니다만, 당당하게 시(친) 부모님과 식구에게 선언하면 됩니다. 고기 냄새만 맡아도 두통이 생긴다든가 내 손에 살생의 음식을 만지면 숨이 막힌다든가 이야기하면서, 비식물식 명절 음식과 제사상을 거부하는 양심선언을 하는 것입니다. 그러면 명절에 한가하게 여행을 다닐 수도 있다고 하네요. 대단하지요? 네. 책 곳곳에 '대단한' 이야기들이 즐비합니다. 아이 생일에 외식을 하지 않고 부엌으로 향하는 엄마의 모습이 그것입니다. 멥쌀 현미와 찹쌀 현미, 삶은 팥, 수수, 기장, 흑미에 톳 가루와 죽염을 조금 넣고 현미오곡밥을 짓는 모습은 정말 거룩합니다. 물에 불린 미역에 집 간장과 들기름을 넣고 볶습니다. 그리고 말린 표고버섯을 넣고 푹 끓인 뒤 들깨가루를 더해 한소끔 더 끓이기도 합니다. 요즘은 보기 힘든 풍경입니다. 이런 것을 '밥상머리 교육'이라고 하는 것이겠죠.

저는 자연 재배 농사를 짓는지라 이 책에서 언급하는 각종 식재료가 친숙하게 다가옵니다. 이 책을 보면 내 앞에 놓인 밥 한 그릇의 근원이 어디인지 알 수 있습니다. 그리고 땅과 농부와 햇살과 바람과 구름과 봄, 여름, 가을, 겨울이 다 담긴 밥상을 만날 수 있습니다.

평화에는 내면의 평화와 관계의 평화가 있을 것입니다. 관계의 평화는 다시 만물 만생과의 평화, 사람 사이의 평화가 있겠지요. "밥 한 끼 합시다"라며 만들어 가시길 바랍니다. 평화 밥상으로.

딱 한 가지 아쉬운 것이 있다면, 단식입니다. 저는 최고의 식단은 단식이라고 여깁니다. 시르투인 유전자, 노화 세포, 오토파지 현상 등 단식은 매우 유용합니다. 이 책에도 단식이라는 단어가 나오긴 합니다. 딱 한 번 나오는데 저자가 결혼할 때 단식투쟁을 했다는군요. 경주의 보수적인 집안에서 자랐는데 언니보다 먼저 결혼하겠다고 하니 부모님이 반대해서, 단식투쟁으로 결혼을 쟁취한 이야기입니다. 언제 기회가 되면 단식으로 결혼을 이뤄낸 드라마 같은 얘기도 듣고 싶습니다.

전희식
농부철학자·『밥은 하늘입니다』 저자

어느 바람결에, 이영미 선생님을 처음 만난 순간의 기억입니다. 멀고 먼 길을 달려와 땀으로 젖은 모자를 벗으며 막 실내에 들어서고 있었지요. '아… 아름답다!' 선생님의 따뜻하고 평화로운 미소는, 멀리 서 있는 저에게도 잔잔한 물결처럼 일렁였습니다.

세상의 즐거움이 먹고 마시고 쇼핑하는 데에 있는 사람들 틈에서, 채식인의 선택은 외롭습니다. 그 많은 즐거움도 모르고 사니 안타깝다는 말도 듣습니다. 개인의 영역을 넘어 사회운동으로까지 확장한다면 더 큰 용기가 필요해 보입니다.

그러나 이 책에서는 훨씬 더 아름다운 선택과 기쁨이 있다고 말합니다. 봄·여름·가을·겨울로 이어지는 세상의 이치를 우리에게 주는 순수한 선물이라고 여깁니다. 섭생이 자연의 질서를 따르면 어려울 것 하나 없고 고통스러울 생명도 없을 것이므로, 우리의 몸과 마음을 평화로운 이치에 머물도록 하면 됩니다. 일상을 함께 하는 소중한 가족들에게도 우리의 선택을 나누어야 합니다. 그것은 용기가 아니라 사랑입니다. 선생님의 글들은 그렇게 얘기하고 있습니다.

우리는 그 질서 안에서 비로소 빛나는 것들을 볼 수 있을 것입니다. 이 책의 독자들 또한 보석 같은 깨달음을 얻으리라 생각합니다. 그리고 계절이 주는 아름다움을 감사의 마음으로 받았을 때, 우리의 삶도 우리의 미소도 더욱 따뜻하고 평화로우리라 믿습니다.

이유미
『10대와 통하는 동물 권리 이야기』 저자

남의 일기를 먼저 읽었다. 일기의 생명은 진솔함이라 일기의 내용은 진실에 가깝다. 자연식 주창자 영미 님의 일기는 훔쳐서라도 읽어야 한다. 자연식에 관한 깊고 다양한 고민과 활동이 담긴 일기장은 모두에게 공개되어야 할 책이 되었다.

보통 사람이 식물식 혁명가가 되는 과정도 재미있지만, 이 책은 더 나아가 비거니즘의 전파를 통해 먹거리가 아닌 먹거리에서 탈출하고자 하는 많은 육식인에게 몸과 마음이 편안한 도피처를 알려준다.

우리는 착한 동물들을 가두어 죽이면서 동시에 자신과 가족의 안전과 행복을 염원하는 모순에서 벗어나야 한다. 우리는 인간이 외치는 평화는 협상이 아니라 자연식 밥상에서 시작된다는 사실을 깨달아야 한다. 공장에서 찍어내는 푸드 대신 자연의 햇살과 바람, 땅과 비가 만들어 주는 풍부하고 다양한 자연식물에 빠진 삶은 진정한 행복이고 자유다.

아이들의 건강한 밥상을 위해 고심하는 가족, 선생님, 영양사, 조리사분들에게 이 책을 추천한다.

상헌
교수·비건활동가·『비건(All About VEGAN)』 저자

들어가는 말

시골에서 나고 자란 저는 고등학교 시절 도시 생활에 도통 적응할 수 없었습니다. 바람이 통하지 않는 콘크리트 건물과 아스팔트 길 위에서 하루를 보내고 있노라면, 시골의 흙 내음이 절절히 그리웠습니다. 영혼이 메말라가는 듯한 답답함을 해소할 방법은 무엇일까? 이 질문을 탐구하는 여정은 대학생 때 본격적으로 시작되었습니다. 저는 에스페란토어(힘 있는 언어가 국제어가 되어 다른 민족에게 강요되는 현실을 비판하며 나온 인공어. 언어의 평등과 국제 평화를 지향한다)를 만나며 국제 평화에 관심을 가지기 시작했습니다. 마하트마 간디, 헨리 데이비드 소로, 레프 톨스토이 등 명저를 읽으며 비폭력 평화주의의 개념을 익혔습니다. 특히 소로의 『월든』은 자연주의 삶을 꿈꾸게 했습니다. 도시 삶에서 느낀 답답함은 산업 자본주의 문제와 환경에 대한 인식으로 이어졌고, 불평등한 사회와 쓰레기를 남기는 인간 존재의 무거움은 점점 크게 다가왔습니다. 물론 고민만 한 것은 아니었습니다. 그 답을 찾기 위해 매 순간 제가 할 수 있는 것을 찾아 실천하곤 했습니다.

결혼 후 아이를 낳으면서 육아와 교육에 대한 고민을 많이 했습니다. 엄마로서 아이에게 줄 수 있는 젖을 사랑으로 주었고, 좋은 책을 가까이하게 했고, 자연과 공존할 수 있는 대안교육과 삶을 찾아서 보따리 싸 들고 전국 곳곳을 다녔으며, 착한 소비자가 되고자 친환경소비자생활협동조합 활동을 했습니다. 아이를 유치원에 보내지 않는 대신 지인들과 품앗이 육아를 하며 자연에 데리고 다녔습니다. 귀농학교에 다니고 간디의 『마을이 세계를 구한다』를 공부한 후에는 쓰러져 가는 시골 빈집으로 무작정 이사했습니다. 농촌 마을에서 이웃들과 아이들을 함께 키우며 한솥밥을 나누어 먹고 마을공동체를 가꾸려고 노력했습니다. 여럿이 힘을 모으면 더 행복한 세상으로 가꾸어 갈 수 있으리라 믿으며 시민단체 회원으로 활동을 했습니다. 하지만 어딘가에서 종종 막혔고, 답답했습니다.

자연치유 공부를 하면서 평화로운 세상을 위한 시작이 바로 유기농 자연식물식과 비건이라는 것을 깨달았습니다. 많은 사람이 어려워했지만, 저에게는 가장 쉬운 선택이었습니다. 마음만 먹으면 바로 지금 여기에서 내가 실천할 수 있는 단순 소박한 삶이었기 때문입니다. 매일 먹는 밥상에서 스스로 살아가는 지혜를 찾고, 사랑과 평화의 세상으로 이어질 수 있어서 뿌듯했습니다. 환경 보존, 생명 존중, 평등, 이웃 사랑, 저비용, 건강, 에너지 저소비, 지속 가능 등의 보편적 가치를 실현할 수 있는 자연식물식은 그동안 종종 막혔고 답답했던 지점을 열어주며 저를 자유롭게 해 주었습니다.

다른 생명에게 이로운 것이 나에게 진정으로 이로운 것이며, 다른 생명을 살리는 것이 나를 살리는 것이라는 진리를 알고 나서 참으로 기뻤습니다. "진리를 알지니, 진리가 너희를 자유롭게 하리라."(요 8:32) 남들이 보기에는 좁고 좁은 길로 가는 것 같지만, 저에게는 넓고 넓은 공존의 세상으로 가는 길이었습니다. 농부사상가 전우익 선생님의 『혼자만 잘 살믄 무슨 재민겨』에서 지구가 자전을 하며 공전을 하듯이 우리의 삶도 그러해야 한다는 말씀을 기억하며, 자연식물식이 지닌 보편적 가치를 가정과 이웃, 학교, 사회에 나누려고 애써왔습니다. 자연식물식은 지구라는 가장 큰 마을을 구하는 길임을 깨달으니 저의 활동은 점차 밖으로 커져갔습니다.

자연에서 밝은 낮과 어두운 밤이 이어지고, 봄 여름 가을 겨울이 오고 가고, 고요한 날과 천둥번개가 치는 날들이 교차하고, 흐린 날과 맑은 날이 있듯이, 식물식 평화세상을 염원하며 살아온 날들도 다사다난했습니다.

여기에 실은 글들은 현미식물식을 시작하고 10여 년간 〈울산저널〉에 연재한 '평화밥상' 칼럼과 여러 곳에 기고한 글, 그리고 일기처럼 쓴 글들을 모은 것입니다. 더불어 살아가는 평화로운 세상을 위해 저는 '어떻게 살 것인가?'에서 '무엇을 먹을 것인가?'를 먼저 고민해야 한다고 끊임없이 이야기해 왔습니다. 지속 가능한 평화로운 세상을 위해, 특히 아이들의 밥상과 아이들이 살아갈 세상을 고민하는 분들에게 다가갈 수 있기를 바라며 부족한 글들을 모아서 책으로 펴내게 되었습니다. 가정, 마을, 학교, 사회에서의 관계와 배움 그리고 각종 문제를 우리가 매일 마주하는 밥상에서 생각해 볼 수 있기를 바랍니다.

2013년에서 최근에 이르기까지 10여 년 동안 쓴 글에는 '채식'과 '식물식'이라는 표현을 함께 썼는데, '채식'이라는 표현에 한계가 있어서 점차 '식물식'으로 쓰고자 했습니다(채식과 식물식, 자연식물식과 현미식물식을 혼용한 이유는 '일러두기'에서 밝히고 있습니다). 현미식물식으로 요리를 멈추는 것이 최고의 식사라는 진리를 생각하며, 소금과 발효음식 등은 점차 안 쓰거나 덜 쓰는 쪽으로 나아가고 있습니다. 저 혼자 식사할 땐 현미밥, 생채소, 과일로 충분하지만 세상에 이웃들과 음식을 나눌 땐 요리를 하고 조리도 합니다.

이 글을 쓰는 동안 제가 살고 있는 '숲속오이네'에는 숲속 깊숙한 곳에서 울려 퍼지는 새소리와 동네 축사의 소 울음소리가 들립니다. 지금 여기에 천국과 지옥이 함께 있습니다. 저에게 새소리는 천국의 소리요, 소 울음소리는 지옥의 소리입니다. 새들의 소리를 들을 수 있음에 감사하며, 소들의 울음소리를 들으며 제가 살아갈 길, 제가 해야 할 일을 생각하게 됩니다. 소들도 새들처럼 평화롭게 지낼 수 있는 세상을 염원하며, 14살 이후 40년 동안 가슴에 품고 종종 읊어 보는 윤동주의 「서시」를 다시 꺼내어 읊어 봅니다.

죽는 날까지 하늘을 우러러 / 한 점 부끄럼이 없기를 / 잎새에 이는 바람에도 / 나는 괴로워했다 / 별을 노래하는 마음으로 / 모든 죽어가는 것

을 사랑해야지 / 그리고 나한테 주어진 길을 / 걸어가야겠다 // 오늘 밤에도 별이 바람에 스치운다

자연식물식과 비건의 가치를 세상에 알리려 애쓰시는 분들께 감사드리며, 세상의 평화를 위해 제 글들이 한 줄기 빛이 될 수 있으면 좋겠습니다.

2023년 여름,
모두가 더불어 살아가는 평화로운 세상을 꿈꾸며
바람결에, 이영미 드림

1장. 아이들에게 차려주고 싶은 밥상

2장. 하늘 아래 땅 위에서 햇살과 바람으로

3장. 식물식 평화여행

4장. 밥상머리에서 배우는 공존

바람결에
레시피

1장

아이들에게 차려주고 싶은 밥상

봄비 갠 일요일 오후, 어른과 아이가 함께 모였습니다. 건물 혹은 사람이 자주 지나다니는 길을, 더 재미있게 꾸며보는 '마을 꾸미기 수업' 시간입니다. 적당한 곳을 찾으러 여럿이 마을을 둘러보는데, 논둑에 컴프리 잎이 손바닥만 하게 자라 있었습니다. 전을 구워 먹기에 딱 알맞은 크기였습니다. 작은 솜틀이 까슬까슬해서 그냥 먹기는 좀 불편하지만, 깻잎처럼 통밀가루옷을 입혀서 전을 구워 먹으면 담백한 맛이 입안을 채웁니다. 저는 컴프리를 처음 보는 이웃에게 잎을 따주며 요리법을 가르쳐 주었습니다.

집에 와서 저녁밥을 준비했습니다. 밭으로 가 어린 상추, 참나물, 돌나물을 뜯고 골담초꽃을 따고 컴프리잎도 뜯었습니다. 통밀가루를 물에 풀어 죽염 간을 하고, 컴프리 잎에 통밀가루 옷을 입혀 전을 구웠습니다. 요리를 하고 있으니 도서관에 간다고 아침 일찍 나간 딸이 생각났습니다. 딸은 기숙사 생활을 해서 토요일 밤이 되어야 집에 옵니다. 그래서 일요일 아침에 컴프리전을 구워주려 했었는데, 깜빡 잊어버린 거지요.

오래전 작은 시골집에 살다가 집터를 구해 새롭게 집을 지었을 때가 생각납니다. 목수님들의 새참으로 컴프리전을 부쳤습니다. 그리고 집에 오니, 딸이 이웃집 언니와 함께 남은 컴프리 잎으로 전을 구워 먹으며 맛있다고 했던 기억이 납니다.

컴프리전 위에다 상추, 참나물, 돌나물, 골담초꽃을 깔고 거기에 초간장을 끼얹어 돌돌 말아 채소쌈을 먹고 있는데, 딸에게서 전화가 왔습니다. 딸은 가라앉은 목소리로 울먹이더군요. "그냥 울고 싶어서 전화했어…." 다른 친구들은 저녁 먹으러 가는데, 자신은 별로 먹고 싶은 생각이 없어서 혼자 있다고 했습니다. 보통 할 얘기만 짧게 하고 먼저 끊던 아이가 전화기를 붙들고 울먹였습니다. 딸의 이야기를 듣고는 시집을 보거나 국어책에 나오는 좋은 글이라도 읽으면 좋을 거라고 말하니, 딸은 웃으며 차라리 수학 문제를 풀겠답니다. 좋아하는 과목이 엄마와 다른 거지요.

전화를 끊고 설거지를 하니, 딸과 같은 나이인, 저의 고등학교 3학년이었을 때가 생각났습니다. 그때나 지금이나 대한민국의 '고3'은 시험이라는 쳇바퀴 속에서 살아갑니다. 저는 당시 시골집을 떠나서 시내에 있는 고등학교에 다녔는데, 야간자율학습을 마치고 밤에 공중전화로 엄마한테 전화를 걸다 목이 멜 때가 많았습니다.

딸아이가 아기였을 때 등에 업고 산책길을 나선 적이 있습니다. 동네서점에서 『딸들이 자라서 엄마가 된다』라는 책을 샀습니다. 성인으로 거듭나고 있는 딸과 엄마의 이야기를 다룬 외국 소설이었습니다. 그러고 보니 한때는 울먹이던 딸이었던 제가 어느새 엄마가 되어 딸아이의 눈물을 받아주고 있었습니다.

고3병을 심하게 앓았던 저는, 딸을 제가 다녔던 학교와 비슷한 곳에 보내지 않으려고 여러 가지로 노력했습니다. 대안학교나 홈스쿨링을 하는 곳을 찾아다니는 등 학교 밖의 다른 세상을 보여주려 노력했습니다. 그러나 딸은 그냥 남들이 많이 가는 일반 학교에 다니고 싶어 했습니다. 학교에서 왕따를 당했을 때도 일반 학교에 가겠다고 했습니다. 중학생이 된 딸에게 방학을 맞아 여행을 가면 어떻겠냐고 권했는데, 딸은 조용한 곳에서 공부하고 싶다더니 도서관에 다니기 시작했습니다. 한때는 친구들이 다니는 학원에도 가보고 싶다고 했습니다. 그러더니 어느 날은, 친구들이 학교를 마치고 허겁지겁 학원에 가는 모습이 불쌍해 보인다고 했습니다. 딸은 교통편이 불편한 시골에서 고등학교에 다니는 게 어렵겠다고 얘기하다가, 결국 기숙사가 있는 고등학교를 찾아갔습니다. 주말이나 방학에도 늘 도서관에 다니던 딸이 어느새 고3이 되었습니다. 묵묵히 열심히 공부하는 딸에게 일주일에 한 번 집밥을 해주고, 마음으로 조용히 기도하고 지켜보며 응원하는 것이 제가 할 수 있는 전부였습니다.

'사람을 성숙하게 하는 데는 눈물만 한 게 없다'라고 하던데, 어젯밤 울먹이며 전화하던 딸이 그사이 성숙했나 봅니다. 오늘 밤 안부를 물어보니 괜찮다고 했습니다. 사노라면 가끔 깊은 슬픔으로 눈물 흘리지만, 실컷 울고 나면 비 온 뒤 맑은 하늘처럼 마음이 깨끗해지고 성숙해진 느낌이 들곤 합니다. 며칠 뒤 비 소식이 있던데, 비가 그치고 나면 컴프리*는 또 손바닥처럼 자라 있겠지요. (울산저널, 2014. 4. 16.)

---

* 컴프리에 발암물질이 있다는 것을 얼마 전에 알게 되었습니다. 이제 컴프리는 꽃을 보는 것으로 만족해야 합니다. 그런데 여기에서 생각해 볼 것이 있습니다. 세계보건기구 산하 국제암연구소에서 발표한 자료에 의하면 햄 소시지 등 가공육은 1군 발암물질, 쇠고기 돼지고기 등 붉은 고기는 2군 발암물질입니다. 고사리도 2군 발암물질에 등록되었고, 젓갈은 1군 발암물질로 분류되었습니다. 이는 사람들이 여전히 많이 먹고 있는 식품들입니다. 특히 젓갈 넣은 김치를 건강식품으로 알고 있는 사람들이 많습니다.

　　스승의 날입니다. 참 좋은 날인데 요즘 학교에서는 그 좋은 의미가 많이 흐려져 안타깝습니다. 이날을 즈음해서 학교 대부분은 선물과 촌지를 자제해 달라는 가정통신문을 보냅니다. 어떤 학교는 아예 휴교를 하기도 합니다. 초등학교에서 어린이날이 되면 운동회를 여는 것처럼, 아예 체육대회를 여는 학교도 있고요. 그렇게 선생님과 학생이 수업 대신 서로 편하고 즐거운 프로그램으로 하루를 보내기도 합니다.

　　5월은 가정의 달입니다. 5월 달력에는 다른 달보다 기념일이 많습니다. 어린이날, 어버이날, 스승의 날, 부부의 날 등 모두 아름다운 날입니다. 세상에서 맺은 인연을 감사해하며 새롭게 돌아보고, 더 나아가 인연을 잘 엮어갈 수 있으면 살아가는 동안 모두가 스승입니다. 나를 둘러싼, 나와 관계를 맺고 있는 모두가 스승일 수 있습니다.

　　스승의 날을 맞이해, 세 사람을 생각하며 현미모둠찰떡을 세 판 만들었습니다. 현미모둠찰떡은 특별한 날에 즐겨 만드는 편입니다. 학교에서 학생들을 가르치는 남편, 시골의 작은 초등학교에서 놀이와 공부를 함께 가르쳐주시는 막내 아이의 담임선생님, 시골살이를 시작할 무렵 저에게 자연스럽게 사는 법을 몸으로 보여주신 천연염색 선생님을 떠올렸습니다. 아침 일찍 일어나 찹쌀현미가루를 비벼 소금 간을 하고 콩, 대추, 고구마, 잣을 넣은 다음 찜기에 쪘습니다.

　　첫 번째 찰떡은 아침 밥상에서 가족들과 함께 나누어 먹었습니다. 두 번째 찰떡은 집에서 튀긴 팝콘옥수수와 매실 효소를 살짝 곁들여 포장했습니다. 아홉 살 막내의 친구들과 담임선생님이 나눠 먹을 수 있도록요. 저는 세 번째 찰떡을 어떻게 들고 가면 좋을지 고민했습니다.

　　염색 선생님은 이웃 동네에 사는데, 식물식 활동을 하는 몇 년 동안 찾아뵙지 못했습니다. 안부 인사도 제대로 하지 못했죠. 오히려 선생님께서 종종 먼저 전화를 해서 가족들의 안부를 물으셨습니다. 자연과 더불어 살다 보면 염색 선생님의 모습과 선생님이 해주신 말씀들이 문득 떠오릅니다. 선생님을 찾아뵙고자 오래전 기억에 남아 있던 전화번호로 문자를 보냈습니다. 선생님께선 무척 반가워하며 꼭 막내 아이를 데려오라고 했습니다.

염색 선생님과의 인연은 막내 아이를 낳기 전, 경남 양산 통도사에서 시작되었습니다. 통도사에는 '서운암'이라는 암자가 있습니다. 그곳의 들꽃축제에서 선생님을 처음 만났습니다. 야트막한 산등성이 곳곳에 온갖 들꽃이 핀 가운데 넉넉한 장독대가 있었고, 천연 염색천들이 바람에 날렸습니다. 장 항아리처럼 넉넉한 품새를 지닌 분이 웃으며 저를 맞아주셨습니다. 그분은 배부른 제 모습을 보고는 자연과 함께하는 염색 수업이 태교에도 좋을 거라고 말씀하셨습니다. 그러고는 자신의 집으로 염색을 배우러 오라고 제안해 주셨습니다.

서운암은 전국의 절 중에는 드물게 의식주와 관련한 일이 골고루 이루어지는 곳입니다. 염색 선생님께선 종갓집 외동딸로서 익힌 솜씨와 큰스님의 가르침을, 자신의 법명 '정화'처럼 다시 정화해서 자연스러운 삶으로 보여주셨습니다. 염색 수업은 선생님 댁에서 일주일에 한 번씩 진행됐습니다. 우선 계절에 따라 자연의 풍성한 부분을 취해 염색합니다. 자연을 함부로 훼손하지 않도록 주의하고, 비 오는 날에는 염색 대신 큰 바느질을 합니다. 봄에는 염료를 채취하면서 산야초를 공부합니다. 한여름에는 불을 쓰지 않는 쪽 염색, 가을에는 아주 맑은 곳에서 하는 감 염색을 합니다. 그리고 추운 한겨울에는 그동안 염색한 천으로 옷을 짓고 이불을 만듭니다.

한솥밥 나누어 먹기도 소중한 추억이었습니다. 점심시간이 되면 선생님이 손수 식사를 차려주셨습니다. 선생님은 밥상에서 우리와 마주하며 음식을 비롯한 여러 생활의 지혜를 나누어 주셨습니다. 몸은 늘 부지런하고, 마음은 항상 넉넉한 분이었습니다.

선생님이 늘 안부를 묻곤 했던 막내 아이를 데리고 오랜만에 선생님을 찾아뵈었습니다. 모둠찰떡과 팝콘 옥수수, 마수세미 그리고 선생님이 좋아하는 저희 마을 두부를 들고 갔습니다.

정겨운 한옥에 들어서니 무척 고요했습니다. 선생님은 인기척을 느끼고는 툇마루에서 반겨주셨습니다. 몇 년 동안 지나온, 서로의 이야기가 실타래처럼 술술 풀려나갔습니다. 한동안 선생님의 가르침에서 멀어지는 느낌과 더불어 불편한 생각이 들 때도 분명 있었습니다. 이제는 비록 방향이 조금 다를지언정 서로의 길을 따뜻하게 바라볼 수 있게 된 듯합니다. 헤어지기 전 저를 꼭 껴안은 선생님은 앞으로도 종종 보자고 말씀하셨습니다.

걸어가는 길이 다르니 가까이 살면서도 자주 보긴 어렵겠지요. 그렇지만 마음으로는 자주 만날 것 같습니다. 5월의 날씨처럼 따뜻하면서도 시원한 스승의 날이었습니다. (울산저널, 2013. 5. 29.)

막내 아이가 다니는 초등학교에서 원어민 선생님 가정방문 프로그램이 열렸습니다. 원어민 선생님은 한국 가정의 문화를 접하고, 아이들은 원어민 선생님과 더 친해지는 시간을 갖자는 취지로 진행된 프로그램이었습니다.

가을비가 내린 다음 날, 낮 햇살은 좋아도 밤에는 조금 쌀쌀한 10월의 어느 날이었습니다. 초등학교 영어 원어민 선생님을 집으로 모셔 재미있는 시간을 보냈습니다. 막내 아이의 친구네인 아랫집도 동참했습니다.

팥소를 넣은 현미송편을 빚어 찜솥에 솔잎을 깔고 쪄냈습니다. 조물조물 빚은 모양과 크기가 제각각이었습니다. 개구쟁이들 성격에 따라서 똥 모양 송편, 양복 단추만큼 작은 크기의 송편, 팥소 없는 송편, 알파벳 모양 송편, 원어민 선생님의 동글 납작한 송편 등 가지가지 형태였습니다. 호박을 채칼로 긁어서 소금에 절인 다음 통밀가루를 풀어 호박전도 부쳤습니다. 나뭇가지에 불을 지펴 감자와 연근을 구웠습니다. 불 조절을 제대로 못해 타기도 했지만, 가을밤 모닥불에 추운 몸을 녹여가며 굽고 먹는 재미에 아이들은 신이 났습니다.

깊어가는 가을밤에 두 가족이 둥글게 둘러앉아서 현미밥에 된장국, 가지나물, 오이무침, 과일 채소 무침, 무양배추 물김치, 식물식 김치, 두부, 쌈장, 쌈채소와 풋고추로 차려진 현미식물식 밥상을 나누었습니다. 쌈장에 풋고추를 찍어 먹는 막내 아이를 본 원어민 선생님은 깜짝 놀랐습니다. 가을벌레들이 풀숲에서 나지막이 합창하고, 처마 밑의 대나무 풍경이 스치는 바람결에 '톡톡' 반주를 넣어주었습니다. 두 엄마와 두 아빠는 오랜만에 서툰 영어로 니콜 선생님과 이런저런 얘기를 나누었습니다.

니콜 선생님은 25세로 미국에서 초등교직을 공부하고 한국에는 처음

왔다고 했습니다. 한국에 와서 힘든 점을 물어보니 가족에 대한 그리움이라고 했습니다. 우리는 혼자서 가족과 떨어져 외국에서 생활하는 니콜 선생님의 용기에 대해 칭찬의 말을 전했습니다. 건강한 먹을거리에 대한 이야기를 나누며 현미식물식과 '정크푸드'에 대해 말씀드렸더니, 선생님은 고등학교 때 그러한 것들을 배웠고 특히 자신의 할머니가 그런 공부를 하신다고 대답했습니다. 그리고 동생이 채식주의자이라고 했습니다. 식물식이라 해도 미국 도시에서는 냉동 음식을 해동시켜 먹는 경우가 많은데, 우리의 시골밥상은 더 자연적이라 좋다고 했습니다.

밝고 유쾌한 니콜 선생님과 얘기를 나누다 보니 시간이 금세 흘러 밤 아홉 시가 가까워졌습니다. 니콜 선생님은 보통 밤 아홉 시에 자서 새벽 네 시에 일어난다고 했습니다. 시간이 늦어서 원래 계획했던 윷놀이는 못하고, 아쉬운 이별을 했습니다. 한국의 시골 가정에서 자연식물식 먹을거리를 함께 만들어 먹은 시간이 니콜 선생님에게는 아주 특별한 추억이 되었으리라 생각합니다. 아이들이 영어를 배우는 과정도, 니콜 선생님의 한국 생활도 모두 즐거운 배움으로 이어질 수 있으면 좋겠습니다.
(2014. 10. 28.)

어제 저녁, 막내가 말했습니다. "엄마! 내일은 정란 이모 드릴 것이 많겠네요."

오늘은 막내의 여덟 번째 생일입니다. 그리고 둘째와 막내의 머리카락을 자르는 날이기도 했지요. 첫째 아이는 기숙사에서 지내며 주말 밤에 집에 오는데, 온 가족이 일주일에 한 번 같이 식사하는 날이기도 합니다. 막내가 위와 같이 얘기한 이유는 윗마을에 사는 지인이 아이들의 머리카락을 잘라주면, 저는 현미식물식 먹을거리로 마음을 전하기 때문입니다. 아이들 머리카락을 잘라주기로 한 지인은 암 수술을 받고 제가 사는 마을로 이사 왔는데, 시내에 살 때 미용사 일을 했다고 합니다. 막내는 자기 생일이니 맛있는 먹을거리가 많을 거라 기대하며 말했겠지요.

일요일 아침이었습니다. 8년 전 그날처럼 장맛비가 내렸습니다. 그날 새벽 양수가 터져, 자는 아이들을 깨워 급히 조산원에 갔던 기억이 납니다. 양수가 다 빠져 버린 위험한 상황이었는데, 막내는 4시간 만에 어렵게 세상에 나와 지금 이렇게 건강하게 자랐습니다. 그리고 오늘, 막내의 생일상을 준비하러 부엌으로 향했습니다.

아침을 먹고 나서 온 가족이 송편을 빚었습니다. 현미가루에 쑥가루, 죽염을 넣고 익반죽 했습니다. 소로는 죽염과 유기농 원당으로 간을 맞춘 삶은 팥을 넣었습니다. 소금 간만 할 때도 있는데 가끔 아이들의 요구로 유기농 원당을 넣기도 합니다.

비가 갠 뒤, 집 주변 풀들을 정리했습니다. 대부분 먹을 수 있는 야생초입니다. 먹을 수 없는 것은 적당히 뽑고, 먹을 수 있는 것은 알맞게 키우는데, 꼭 남겨두는 풀이 있습니다. 바로 '까마중'인데, 막내가 좋아하는 가을날 간식입니다. 저희는 허름한 시골집을 빌려서 살다가 막내 아이가 네

◇◇

◈ 막내의 여덟 번째 생일상

현미오곡밥　　멥쌀 현미와 찹쌀 현미, 삶은 팥, 수수, 기장, 흑미에 톳가루와 죽염
　　　　　　　을 조금 넣고 현미오곡밥을 지었습니다.

들깨미역국　　물에 불린 미역에 집 간장과 들기름을 넣고 볶았습니다. 그리고
　　　　　　　말린 표고버섯을 넣고 푹 끓인 뒤 들깨가루를 더해 한소끔 더 끓
　　　　　　　였습니다.

감자샐러드　　하지감자가 풍족한 철이라 감자를 삶았습니다. 아이들에게 감자 겉
　　　　　　　껍질을 살짝 벗겨내어 절구공이로 으깨도록 부탁했습니다. 다진 알
　　　　　　　비트와 오이, 깻잎, 죽염, 매실 효소, 현미유, 감식초, 두유를 넣고 잘
　　　　　　　섞어 샐러드를 만들었습니다. 알비트의 보라색이 우러나 연보랏빛
　　　　　　　감자샐러드가 되었습니다.

잡채　　　　말린 콩단백을 물에 불린 후 잘게 찢었습니다. 진간장으로 간하고,
　　　　　　　청경채를 데쳐서 간장에 무쳤습니다. 당근은 채 썰어 살짝 볶아 소
　　　　　　　금으로 간을 맞춥니다. 당면을 삶아 진간장으로 버무렸습니다. 기름
　　　　　　　두른 팬에 이 모든 재료를 함께 볶았습니다. 깻잎을 채 썰어 고추와
　　　　　　　함께 넣고 뒤적인 다음 고명으로 참깨를 뿌렸습니다.

무쌈　　　　무쌈 속에 들어갈 오이와 알비트는 채 썰어 소금으로 살짝 간했습니
　　　　　　　다. 만가닥버섯을 끓는 물에 살짝 데쳐 소금으로 간했습니다. 쌈용
　　　　　　　으로는 둥글게 썬 무를 매실 발효액과 감식초 물에 절이기도 하는
　　　　　　　데, 이날은 친환경 매장에서 파는 무쌈을 내었습니다.

텃밭 채소 모둠　　오이, 고추, 상추, 민들레, 겨자채, 고들빼기, 방울토마토, 쌈장

◇◇

살이 될 무렵, 집터를 닦아 새집을 지었습니다. 어느 날이었습니다. 일하는
엄마 곁에서 항상 놀던 어린 막내 아이가 눈앞에 보이지 않았습니다. 쿵쿵
뛰는 가슴을 안고 아이를 찾아 나서니 까마중 열매를 따 먹고 있더군요. 그
때부터 까마중을 보면 자그마한 손으로 한 알 두 알 열매를 따 먹던 막내의
얼굴이 떠오릅니다. (울산저널, 2013. 7. 10.)

새로운 출발과 만남을 시작하는 아이들을 바라보며

봄방학이 끝나고 아이들이 학교에 갔습니다. 새 학년 새 학기가 시작되는 첫날입니다. 아이를 학교에 보내는 부모로서 아이와 함께 긴장되기도 하고 설레기도 하는 날입니다. 어떤 친구, 선생님과 생활하게 될지 궁금해서 아이가 학교에서 돌아오는 시간을 기다리게 됩니다.

초등학교 3학년인 막내 아이는 집에 오자마자 남자친구 두 명이 전학 왔다고 했습니다. 한 아이는 유치원에 같이 다니다 이웃 학교로 갔던 친구라 가끔 보고 싶어 했었는데, 이번에 다시 만나게 되어 무척 기쁘다고 했습니다. 또 한 아이는 행정실에 근무하는 부모님을 따라서 오게 된 친구인데, 키가 아주 크다고 했습니다. 그래서 여자애가 3명 남자애가 6명으로, 3학년은 총 9명이라고 합니다. 담임선생님은 3년 전 둘째의 담임을 맡았던 선생님이라고 했습니다. 체육을 전공한 담임선생님은 꽤 엄한 편이라, 3년 전 같은 학교 병설 유치원생이었던 막내는 선생님을 많이 무서워했습니다. 막내 아이는 2학년 때 방과 후 활동으로 선생님과 운동을 같이 하더니 어느 날 제게 그러더군요. "엄마! 이제 선생님이 무섭지 않아요." 운동을 좋아하는 선생님답게 내일은 운동장에서 체육을 한다고, 체육복을 입고 오라 했다고 합니다.

해가 남쪽 하늘 가운데 있는 낮 동안에는 따스했는데, 해가 서쪽으로 기울기 시작하면서 쌀쌀한 바람이 불어왔습니다. 구들방에 불을 지피기 시작했습니다. 방학 동안 구들방에 불을 때 주던 둘째 아이는 중학교에 가서 해 질 녘에 돌아옵니다. 둘째 아이를 기다리며, 추운 겨울 뒤의 봄눈과 봄비 그리고 봄볕에 제법 자란 시금치를 뜯었습니다.

해가 져 어두워지고 나서야 둘째 아이가 돌아왔습니다. 둘째 아이는 담임선생님이 좋은 분이라고 했습니다. 이벤트도 종종 연다고 하는데, 대신 화를 내면 아주 무섭다고 했습니다. 마지막으로 집에 들어올 식구인 남편을 기다리며 저녁 식사를 준비했습니다. 밥상에는 시금치나물, 말린 아주까리 나물, 무전, 군만두, 어린잎 생채, 김치 비지찌개, 생배추, 식물식 김치가 놓였습니다.

드디어 네 식구가 둘러앉아 저녁 식사를 하는데, 막내 아이는 재잘재잘 학교 이야기를 하고, 둘째 아이는 담임선생님이 학부모에게 쓴 편지를 전달해 줬습니다. 한 해 동안 학생들과 잘 지내고 싶어 하는 선생님의 마음이 따뜻하게 전해졌습니다.

이제 고등학교 3학년이 되는 첫째 아이는 개학을 하루 앞두고 있었습니다. 기숙사에 들어가기 전 밥을 먹던 아이의 표정은 조금 어두웠는데, 나중에는 눈물을 살짝 비추었습니다. 첫째는 기숙사에 들어가는 길에 문자 메시지를 보내왔습니다. "짜증 내서 미안해요." 그리고 저녁에 첫째의 담임선생님이 보낸 문자 메시지를 받았습니다. 고3 담임으로서 학부모에게 당부하는 말이었습니다.

소박한 밥상을 물리고 모두 일찍 잠자리에 들어갔습니다. 늘 밤늦게까지 공부하던 첫째 아이도 고3 기숙사 방침에 따라 오늘은 10시까지만 공부하고 자러 갔겠지요. 초등학교, 중학교, 고등학교에 다니는 세 아이가 새 학년에 새 친구들, 새 선생님과 좋은 추억으로 행복한 한 해를 보낼 수 있기를 기도합니다. 그리고 아이들이 지치거나 힘들 때, 영혼이 담긴 음식으로 아이들의 쉼과 힘이 되어주고 싶습니다. (울산저널, 2014. 3. 5.)

5월 중순, 독일 농촌을 둘러보는 해외 연수가 있어 열흘간 집을 비우게 되었습니다. 다행히 춥지도 덥지도 않은 계절입니다. 구들방에 불을 지피지 않아도 되니 잠자리 걱정은 없었습니다. 여행을 앞두고 가장 마음이 쓰이는 건 아침 일찍부터 출근하고 등교했다 해 질 녘에 돌아올 가족들의 먹을거리였습니다. 특히 엄마가 없는 동안 형과 아빠가 올 때까지 집에 홀로 있어야 할 막내가 가장 걱정되었습니다. 물론 세 남자가 재미있게 오순도순 잘 지내겠지만요.

먼저 현미를 넉넉하게 준비했습니다. 평소에는 잘 쓰지 않는 전기압력솥이 제 역할을 톡톡히 하리라 생각했습니다. 내용물이 보이지 않으면 반찬을 꺼내 먹을 생각을 하기 어려우니, 여러 종류의 장아찌와 식물식 김치를 내용물이 보이는 유리그릇에 담아 냉장고에 넣어 두었습니다. 밥과 함께 소박하게 먹을 수 있는 쌈장, 초고추장, 양념간장도 넉넉히 준비했습니다. 그리고 실온에 녹이거나 쪄서 먹기 좋은 현미떡과 통밀빵은 냉동실에 차곡차곡 넣어 두었습니다. 바쁜 아침에 간단히 먹을 수 있는 두유와 곡물 플레이크, 볶은 곡식, 씻어서 껍질째 먹기 좋은 사과, 말랑말랑하게 후숙시켜 숟가락으로 파서 먹으면 좋을 참다래, 김장김치에 물만 붓고 끓여 먹을 수 있는 사리면 등도 넉넉히 준비해 두었습니다.

가족들이 특별히 요청한 채식 라면과 짜장면도 준비했습니다. 방사능이 들어 있을 수 있어서 표고버섯을 취급하지 않는 친환경소비자생활협동조합도 있긴 하지만, 친환경 매장의 동물성 식품(고기, 생선, 달걀, 우유)을 먹는 것보다는 채식 라면과 짜장면이 생명의 순환에 더 바람직하다고 생각합니다. 표고버섯에 방사능이 검출될 정도의 환경이라면 먹이사슬 위에 있는 동물성 식품은 더 해롭다고 볼 수 있겠습니다. 그리고 무엇보다 중요한 건 내가 먹을 것을 위해, 나 대신 누군가가 다른 동물의 생명을 해치지 않아야 한다는 것입니다. 여행 중 먹으라며 성당 대모님이 챙겨주신 구운 조미김도 가족들 몫으로 꺼내 놓았습니다. 텃밭에서 무성하게 잎을 틔울 겨울 난 상추와 오월 햇살에 빨갛게 익어갈 딸기는 그 싱싱함으로 가족들 입맛을 살려주리라 믿었습니다.

집을 비우는 동안 챙겨야 하는 살림살이를 긴 편지에 적어놓고 집을 나서는데, 막 피기 시작한 찔레꽃 향기가 바람결에 실려 와 코끝을 스치고 지나갔습니다. 열흘 뒤에도 찔레꽃 향기가 반겨줄지 잠시 생각해보았습니다.

시간은 금세 흘렀고, 열흘 만에 집으로 돌아오니 여름 기운이 완연했습니다. 집 앞의 찔레꽃은 지기 시작했고, 대신 인동꽃 향기가 반갑게 저를 맞이했습니다. 짐을 풀고 이야기보따리를 푸는데 둘째 아이가 문득 이야기했습니다.

"엄마! 우리 외식 한 번도 안 했어요!"

"그래, 진짜 잘했네!"

집 떠난 사람과 집에 남은 가족 모두 열흘 동안 별 탈 없이 건강하게 잘 지냈습니다. 집 떠나기 전 남편이 아이들에게 했던 말이 생각났습니다.

"애들아, 엄마가 없는 동안 아빠가 잘 못 챙겨주니,

스스로 건강 잘 챙겨야 해!"

문득, 서로의 빈자리도 가끔 느껴봐야 스스로의 삶을 더 잘 챙길 수 있다는 생각이 들었습니다. (울산저널, 2014. 5. 8.)

음식이 오가는 이웃

씨앗 뿌리는 철을 앞두고 여문 땅을 적시는 봄비가 잦은 요즘입니다. 봄비 지나간 이튿날 아침, 마당에 나가보았습니다. 노란 개나리가 환하게 손을 흔들고 앵두나무, 복숭아나무, 살구나무도 송이송이 하얀 웃음을 짓고 있습니다. 대숲에 가보니 표고버섯이 피어 있었습니다. 막내를 데리고 소쿠리와 칼을 챙겨 표고버섯을 땄습니다. 마당에 있는 평상에 앉아 표고버섯을 햇볕에 말리며 손질했습니다. 먼저 버섯 기둥을 떼어내고 우산 지붕을 칼로 납작하게 썬 다음 기둥은 잘게 찢었습니다. 표고버섯을 같이 손질하면서 막내가 이런저런 궁금한 것들을 물어봅니다.

"엄마랑 아빠는 고향이 다른데 어떻게 만났어요?"
"엄마! 우리는 어떻게 금곡마을에 살게 되었어요?"

아이들이 자연의 품 안에서 자랐으면 하는 마음에, 매일 흙이 있는 마당을 밟고 싶은 마음에, 도시락을 싸 들고 시골 빈집을 구하러 다니던 때가 엊그제 같습니다.

당시 첫째 아이를 학교에 보내고 둘째 아이는 품앗이 육아를 함께 하던 당번 엄마한테 맡겨놓은 저는 이 마을 저 마을에 빈집을 구하러 다녔습니다. 주말에는 남편과 함께 좀 더 먼 곳으로 땅을 보러 다니기도 했습니다. 그러던 중 함께 공부 모임을 하던 선생님이 귀띔을 해주었습니다. 자신이 사는 마을에 작은 촌집이 있는데, 그곳에서 살던 사람이 곧 나가게 된다는 것입니다. 그곳은 작은 시골집이었습니다. 사랑채 하나에 소 키우던 외양간이 딸려 옛 모습 그대로 남아 있었습니다. 조금 고친 안채에는 방 두 칸이 있었고, 싱크대가 있는 입식 부엌 뒤쪽으로는 씻는 곳이 있었습니다.

아이들에게 차려주고 싶은 밥상

똥을 누면 풍덩 떨어지는 푸세식 뒷간은 저만치 앞마당에 떨어져 있었습니다. 저희는 그 집에서 살기로 마음먹었습니다.

넓은 아파트에 비해 불편하긴 했지만, 마을에 아이들의 또래 친구들이 있어 다행히 잘 지낼 수 있었습니다. 그 집에서 막내를 낳고 살았습니다. 그러다가 시골집을 소개해준 선생님이 살짝 알려주길, 자신이 사는 집 옆에 있는 땅을 마을 이장님이 팔려고 내놓았다고 했습니다. 그렇게 그 땅을 산 저희는 오랫동안 묵혀 있던 쑥대밭을 개간해서 터를 닦고 집을 지었습니다. 그리고 마을로 불러주신 분과 아랫집 윗집으로 오순도순 잘 지냈습니다.

이후 10년의 세월이 흘렀습니다. 아랫집의 세 아이는 모두 대학생으로 성큼 자라서 집을 떠나 생활하고 있습니다. 아랫집 막내 아이와 또래 친구로 지내던 우리 집 첫째 아이도 내년이면 대학생이 되어 집을 떠납니다. 아랫집 선생님은 다른 곳으로 이사를 가며, 저희와 이웃이 될 수 있는 사람들에게 터를 팔고 싶다고 했습니다. 다행히 현미식물식의 가치를 지향하며 한솥밥을 나눠 먹을 세 가족을 모았고, 곧 그들이 이사를 왔습니다.

어릴 적 고향 집은 옆집과 담 사이에 있는 우물을 같이 사용했는데, 우물 위로 종종 음식이 오고 갔습니다. 결혼 후 아파트에서 살 때는 같이 품앗이 육아를 하던 가족과 옥상을 오가며 음식을 나누어 먹기도 했습니다. 어울려 지내던 아이들과 음식을 나누어 먹던 이웃은 이제 아름다운 추억으로 마음에 남았고, 또 새로운 이웃과 함께 잘 지내야 합니다.

표고버섯을 나무 채반에 담아 따스한 봄볕에 널어봅니다. 김장김치와 돼지감자를 송송 썰어 통밀가루를 풀고, 여기에 한 움큼 들고 온 표고버섯을 넣어 김치전을 구워줬습니다. 막내는 금세 숨어있는 버섯을 찾아냅니다. (울산저널, 2014. 4. 1.)

10살짜리 막내가 불쑥 말했습니다.

"엄마! 나도 살찌고 싶어요!
몸무게가 30킬로그램이 넘었으면 좋겠어요.
나보다 작은 친구들도 나보다 몸무게가 많이 나가요."

막내는 그러면서 같은 반의 몇몇 아이들 이름을 댑니다. 그 친구들은 막내보다 더 통통합니다. 몸무게가 중요한 게 아니니 누가 더 건강한지를 물어봤습니다. 당연히 막내가 더 건강합니다. 그 친구들은 시골에 살면서도 종종 병원이나 약국을 찾는데 막내는 그렇지 않으니까요. 사실 막내는 우리 집 식생활을 잘 아는, 1학년 때 담임선생님이 들려준 이야기를 종종 하곤 합니다. "엄마, 선생님께서 제가 면역력이 강해서 잘 안 아프대요!"

엄마들이 나름 아이들을 위해 음식을 골고루 잘 챙겨주는데, 그 '골고루'가 사람마다 다릅니다. 그 친구들의 엄마는 백미밥에 고기, 생선, 달걀, 우유가 들어간 음식을 골고루 잘 주니 살이 찔 수밖에 없습니다. 반면에 저는 현미밥에 산, 들, 바다에서 나는 식물의 뿌리, 줄기, 잎, 꽃, 열매를 골고루 챙겨주니 살이 찔 수가 없는 거죠. 게다가 막내는 그 친구들보다 많이 걷고 많이 움직이니, 키가 또래보다 작지 않은 편이라도 군살이 없고 오히려 마른 느낌을 줍니다. 평소 현미식물식 식생활(학교나 밖에서는 일반음식을 먹지만)에 틈만 나면 마당에 나가 야구방망이를 휘두르고 축구공을 굴리는 막내의 생활로 봐서는 도저히 살찔 틈이 없습니다. 아이들 중에 백미 위주의 정제 식품에 동물성 식품을 과하게 먹고, 실내 생활을 주로 하다 보니 활동량이 적어 통통한 체형이 많습니다. 그러니 정상적이고 건강한 아이를 두고 오히려 말랐다고 걱정하는 소리를 듣게 됩니다. 예나 지금이나 주변에 건강하게 사는 사람은 조금 마른 체형이 많은데도 말입니다.

언젠가 TV에서 보았던 어느 이십 대의 이야기가 생각납니다. 어릴 때부터 육가공 식품 위주의 식생활로 비만이 심각해진 여성이었습니다. 한때는 140킬로그램의 초고도 비만이 되면서 외모에 자신이 없어져 대인기피증이 생겼다고 합니다. 온갖 다이어트 프로그램을 하며 명현반응과 거식증도 경험했는데, 다행히도 현미식물식을 하며 몇 개월 만에 60킬로그램이 빠졌다고 했습니다. 그녀는 현미식물식으로 다이어트를 하던 중 친구와 네팔로 트레킹을 갔다고 합니다. 당시 비상식량으로 챙겨간 현미가루만 먹었는데, 나중에는 길가에 자라는 야생초를 자연스럽게 뜯어 먹는 자신을 발견하며 삶에 대한 태도가 달라졌다고 했습니다. 조금 더 여유를 갖게 된 그녀는 이제 자신의 경험을 바탕으로 대학에서 식품영양학을 공부하고 있다고 합니다.

저 혼자 있으면 현미밥에 나물 반찬, 김치만 있어도 맛나게 밥을 먹을 수 있습니다. 하지만 고소하고 쫄깃한 먹을거리를 좋아하는 아이들을 위해 썬 감자를 기름 두른 팬에 구워 저녁 밥상에 올렸습니다. 냉동 현미쌀고기를 기름에 굽고 당근, 양배추, 토마토를 같이 볶다가 간장 효소로 간을 해서 주었습니다. 현미쌀고기도 되도록 안 먹으면 좋을 거 같은데 어떻게 할지 물으니, 맛있게 밥을 먹던 막내는 가끔 해주면 좋겠다고 답합니다.

막내 아이는 현미쌀고기도 좋아하지만 그 옆에 있는 된장찌개와 깍두기도 맛있게 잘 먹습니다. 아이가 건강하게 자랄 수 있도록 고기, 생선, 달걀, 우유를 먹여야 한다는 사람들에게 현미식물식만으로도 충분하다는 것을 보여주고 싶습니다.

계속 비 내리는 장마철, 태풍이 비바람과 함께 오는 날에는 수제비와 부침개 생각이 나곤 합니다. 막내 아이에게 수제비와 부침개 중에 고르라니 "수제비!"라고 합니다. (울산저널, 2014.8.27.)

너무나 사랑하기에 깎지 않습니다

추석이라 며칠 집에서 지내던 딸이 다시 학교 기숙사로 간다고 해서 아침 일찍 일어났습니다. 뭔가 먹고 가고 싶다는 딸에게 무얼 해줄까 고민하다가, 딸이 좋아하는 토마토수프를 끓여주기로 했습니다.

냄비에 물을 조금 두르고, 잘 익은 토마토의 꼭지를 떼고 칼집을 조금 낸 다음 통째로 끓입니다. 여기에 옥수수알맹이와 완두콩 몇 알을 넣습니다. 물이 끓으면 토마토에서 겉껍질이 얇게 분리되면서 겉부터 흐물흐물해지는 게 보입니다. 조금 더 흐물흐물해지면 불을 끄고 얇은 겉껍질을 살짝 벗겨내고 으깹니다. 겉껍질을 그냥 두면 과육과 분리되어, 얇고 질긴 모습 그대로 따로 떠다녀서 보기에도 먹기에도 조금 불편할 수 있기 때문입니다. 토마토를 생으로 먹을 때는 당연히 껍질도 함께 다 먹습니다.

다 된 토마토수프에 죽염으로 간을 하는데, 토마토가 잘 익어서 그런지 선명한 빨간색이 너무나 매혹적이었습니다. 수프를 그릇에 담으면서 '핏빛 사랑'이라는 단어가 떠올랐습니다. 마침 전날 찐 햇밤이 한 톨 남아서, 겉껍질만 벗겨내고 속껍질째 빨간 토마토수프 한가운데 올려놓았습니다. 딸은 투박한 속껍질이 붙은 밤을 맛있게 잘 먹었습니다.

딸을 보내고 난 뒤 볕이 좋은 한낮에, 딸 또래의 여고생들과 선생님들이 떡 만들기를 하러 왔습니다. 우리는 찹쌀현미모둠떡을 만들기로 했습니다.

물이 끓는 솥 위에 찜기를 올려놓고 떡을 찌는 동안, 학생들에게 현미식물식에 대한 이야기보따리를 풀어놓았습니다. 현미식물식이 어떻게 사람과 지구를 더불어 살리는 먹을거리인지 이야기했습니다.

설탕 한 술갈 안 들어간 누르스름한 찹쌀현미모둠떡을 학생들과 함께 나눠 먹었습니다. 그들에게 현미식물식이 어떤 기억으로 남을지 모르겠지만, 제가 주고픈 사랑을 잠시나마 음식에 담아 전했습니다. 그들 중에는 평소에, 깎지 않은 먹을거리 중 대표라 할 수 있는 현미밥을 먹고 있는 사람이 아무도 없었습니다.

어떤 막걸리 병에는 '깎고 또 깎았습니다'라는 홍보 글이 자랑스럽게 붙어 있습니다. 그냥 물건을 파는 사람들은 부드럽고 달콤한 맛을 원하는 이들이 더 자주 찾도록 깎고 또 깎습니다. 하지만 저는 사람과 지구를 너무나 사랑한 나머지 깎고 또 깎을 수가 없습니다. 깎고 또 깎을수록 사람도 지구도 더 아파한다는 걸 알면서도 깎을 수 없는 거지요. 특히 친환경을 얘기하는 사람들이 친환경 먹을거리를 깎고 또 깎아 먹는 걸 보면 안타깝습니다. 진정으로 사람과 지구의 친환경을 생각한다면 무엇을 어떻게 먹어야 할지, 함께 고민해 보면 좋겠습니다. (울산저널, 2014. 9. 20.)

맹모삼천지교를 생각하며

고3의 여정은 인생에서 고작 1년이지만 심적인 부담감이 큰, 아주 중요한 시절이지요. 첫째 아이가 고3을 무사히 마무리할 수 있도록 도와준 담임선생님이 참 고마웠습니다. 아이가 담임선생님을 좋아해서, 저도 덩달아 좋아했답니다. 어쩌다 토요 자율학습 시간에 학교에 안 계실 때도 반 아이들과 일일이 통화하는 정성이 따스했습니다. 농업인의 날에 빼빼로 대신 나눠준 가래떡도 참 감동적이었습니다. 졸업식 때 김광석의 노래 〈일어나〉를 아이들과 함께 부르며 새 출발을 격려하는 모습에는 가슴이 뭉클하기도 했습니다.

아이는 졸업했지만, 담임선생님과의 인연은 여전히 소중하고 또 고맙습니다. 그래서 마음을 담은 작은 선물을 전하고자 주소를 물어봤습니다. 선생님은 다음에 집을 장만하면 말해주겠다 했습니다. 부모 자식이 보통의 인연이 아니듯 스승과 제자의 인연도 그러할진대, 세상에 왜곡된 부분이 많아져서 안타까울 때가 있습니다. 학생들을 진심으로 대해주는 선생님과 잠시나마 얘기 나누고 싶어, 아이 상담을 핑계로 학교에서 만나기로 했습니다.

잘 익은 식물식 김치를 몇 쪽 담고, 항아리에서 된장을 조금 퍼 담았습니다. 시나브로 뜬 마수세미 몇 개, 껍질째 먹기 좋은 꼬마사과도 조금 챙기고, 곶감도 꾸러미에 함께 담았습니다. 학교 근처 찻집에서 전화를 하니 선생님이 도착했습니다. 마침 그날 대학 합격자 최종 발표가 있어서 서류를 정리하고 있었다네요.

아이 얘기를 나누다 선생님은 제 교육관에 대해 물으셨습니다. 대학 입시를 앞두고 자기소개서를 쓰는 과정에서, 선생님은 딸이 10살 무렵 시골로 이사한 걸 알게 됐답니다. 보통 도시에서 배우는 쪽을 택하는 만큼,

제 생각이 궁금하셨나 봅니다. 교육에 관한 고민 끝에 시골로 옮겼다고 답했습니다. 어린 시절 산과 들이 있는, 자연의 품에서 생활하는 게 큰 선물이라 생각한다고 덧붙였습니다. 풀과 나무, 꽃, 새들이 주는 것들과 맑은 공기도 있고요. 물론 추운 겨울 혹은 눈이나 비가 오는 날 학교에 오갈 때, 시골 버스가 자주 오지 않는 것에 대해 크게 불편함을 느낄 때도 있습니다. 그러나 불편함이 곧 불행은 아닙니다. 아이는 시골에서 자주 오지 않는 버스를 기다리며 종종 학습계획을 세웠다는 얘기를 했나 봅니다.

'맹모삼천지교(孟母三遷之敎)'라는 말이 있습니다. 맹자의 어머니가 어린 아들을 바르게 키우고자 세 번 이사를 했다고 하지요. 처음에 맹자 어머니는 묘지 가까이 터를 잡았는데, 거기서 어린 맹자는 장사 지내는 모습을 자주 보며 그 흉내를 내었다고 합니다. 하여, 맹자 어머니는 시장 근처로 집을 옮겼습니다. 이번에는 어린 맹자가 물건 파는 흉내를 내기 시작했습니다. 결국 맹자 어머니는 서당이 있는 곳으로 집을 옮기고서야 아들을 제대로 공부시킬 수 있었다고 합니다.

부모는 아이가 좋은 환경에서 자라고 배우기를 원합니다. 저는 아이들이 어렸을 때 자연의 품에서 자라며 말이나 글로는 잘 표현하지 못하는 많은 것을 몸과 마음으로 느끼게 하고 싶었습니다. 열 살 무렵 시골로 이사왔던 첫째 아이는 하고 싶은 공부를 위해 기숙사가 있는 고등학교에 가더니, 이제는 대학생이 되어 대도시로 떠났습니다. 여섯 살이었던 둘째 아이도, 시골에서 나고 자란 막내 아이도 언젠가는 엄마 품을 떠날 겁니다. 그렇게 자연의 품에서 멀어지는 순간이 오겠지만, 엄마를 생각하듯 자연을 생각하며 살 수 있기를 바랍니다. (울산저널, 2015. 3. 4.)

상처에 감사드립니다

2주 전, 식구들 아침을 준비하다가 가스레인지 불이 옷자락에 붙는 바람에 오른팔과 겨드랑이 안쪽 부분에 심한 화상을 입었습니다. 지금은 많이 좋아져서 제 몸과 마음의 소리에 더 귀를 기울이고 있습니다. 그리고 예전보다는 조금 더 느리게 일상을 보내고 있습니다. 40여 년 살아오며 나를 위해 참으로 많은 일을 해온 오른팔을 자주 어루만지고 쓰다듬으면서요.

처음 화상을 입었을 때만 해도 몹시 당황스럽고 아팠습니다. 하지만 상처를 치유하는 과정에서 가족과 주변 이웃, 먼 곳의 지인들과 더불어 신의 지극한 사랑에 감사하고 고마웠습니다. 양학과 한의학, 민간의학뿐 아니라 자신들이 알고 있는 다양한 삶의 지혜를 저마다 나누어 주셨습니다. 힘과 용기를 주신 분들, 기꺼이 자신의 시간을 내어 몸을 보살펴 주신 분들, 마음으로 치유의 에너지를 보내주신 분들 덕분에 많은 공부를 할 수 있었습니다.

서울로 가는 길이 다양하듯이 상처를 치유하는 길도 다양해서 잠깐 혼란스러울 때도 있었습니다. 그러다 제 몸의 소리에 귀 기울이며 자연치유의 힘을 믿기로 했습니다. 제 생활에 맞는 치유의 길을 선택했습니다. 그리고 무엇보다 현미식물식의 힘을 믿었습니다.

10여 년 전 귀농학교에서 처음 만났던, 하얀 머리 할머니가 생각납니다. 자신의 파란만장한 삶에서 나온 경험을 바탕으로 병원에서 고치기 힘든 병을 자연치유로 낫게 도와주시는 어르신이었습니다. 찾아뵈었더니 "얼굴도 손도 발도 아닌 곳에 적당히 다쳐서 참 좋은 공부하겠네!" 하며 어루만져주셨습니다. 상처가 호전되고 있다고 전하니 "몸에 심한 화상을 입어보면 자연치유의 지혜를 몸소 터득할 수 있을 것입니다. 세상을 밝히는

빛이 되기 위해서 화상의 자연치유가 좋은 경험이 되었을 겁니다. 건강 관리도 함께하세요."라고 말씀해주셨습니다.

화상을 입은 지 며칠 지나지 않아, 막내 아이가 친구들과 1박 2일 기차여행을 가게 되어 도시락을 싸야 했습니다. 나중에 보니 막내 아이가 이른 새벽 한쪽 팔에 가제 천을 감고 현미식물식 김밥을 싸는 엄마 모습을 휴대폰에 남겨놓았더군요. 보통 학교 가기 전 엄마의 일과를 물어보는 막내 아이는 사고 후 한동안 밖에 볼일을 보러 나가는 엄마에게 "엄마, 그분 만나고 오면 엄마가 더 좋아지는 거죠?"라고 묻기도 했습니다.

어제는 문득 이웃의 한 할머니가 보고 싶어 찾아갔습니다. 아흔이 가까운 나이에 중풍에 걸려 한쪽 손을 못 쓰시는데, 자유로운 한쪽 손과 발로 마늘을 까고 계셨습니다. 늘 제 삶을 예쁘게 봐주시는지라 같이 마늘을 까면서 최근의 일을 말씀드리니, "죄를 안 지었으니 그만했지", "아픈 사람은 아프지만, 바깥양반이 얼마나 놀랐겠노?"라고 했습니다. 생각해 보니 제가 다친 덕분에 오히려 아이들, 남편과 더 많은 시간을 함께할 수 있으니, 그 또한 소중한 시간이었습니다.

팔의 화상은 다행히 한 달쯤 지나자 흉터가 거의 없이 깨끗하게 나았습니다. 화상을 입고 바로 병원에 가지는 않았습니다. 철저히 현미식물식을 하고 집에서 할 수 있는 방법으로 자연치유 하려고 하다가, 후유증을 염려하는 지인의 권유로 화상 후 5일쯤 지나서 성형외과에 갔습니다. 성형외과에 간 첫날, 의사 선생님은 2주 정도 후 피부이식을 해야 할 수도 있다고 말씀하셨습니다. 화상 입은 피부가 눈 뜨고 보기에 안타까울 정도로 너덜너덜했으니까요. 그렇게 심한 화상이 거의 한 달 만에 깨끗하게 나은 이유는 다음과 같은 몇 가지를 함께 실천한 덕분인 듯합니다.

첫째, 철저한 현미식물식을 하려고 노력했습니다. 평소에는 가끔 먹던 식물식 가공품은 전혀 먹지 않았습니다. 그리고 식사 시간 이외에는 간식을 먹지도 않았습니다. 둘째, 한의학을 공부하는 지인의 추천으로 집에서 할 수 있는 작은 침을 상처 부위에 매일 꽂았습니다. 침 꽂기는 남편이 도와주었습니다. 셋째, 성형외과에서 외과적인 응급처치를 받되 약은 먹지 않았습니다. 대신 항균 작용을 돕는 매실고를 조금씩 먹었습니다. 철저한 현미식물식, 최소한의 병원치료, 적절한 민간요법을 함께한 덕분에 화상이 깨끗하게 나을 수 있었던 것 같습니다. (울산저널, 2015. 10. 28.)

둘째 아이가 중학교에 입학하던 해부터 운영위원회, 학부모회, 교사 학부모 동아리에서 활동했습니다. 그리고 기회가 있을 때마다 '현미식물식'의 사회적 가치를 알리며 학교 급식이나 먹을거리의 변화를 모색했습니다.

대구 영진고등학교에서 진행된 '현미채식 선택 급식 사례' 자료를 교장 선생님과 영양사 선생님께 전달했습니다. 학생, 교사, 학부모를 대상으로는 베지닥터 황성수 박사님의 바른 먹을거리 강의를 주선하기도 했습니다. 강의는 식생활교육 단체 주관으로 진행되었는데, 영양사 선생님을 모시고 함께 참석했습니다. 축제 때 뜻 맞는 학부모랑 식물식 간식을 준비해서 학생들에게 식물식을 알리기도 했습니다. 그리고 담임선생님 면담 때는 텃밭의 푸성귀와 손수 뜬 마수세미와 현미식물식 관련 책, 자료를 들고 갔습니다. 기회가 있을 때마다 학부모들을 집에 초대해서 현미식물식밥상을 나누고, 현장학습으로 전통음식을 체험하러 온 학생들에게 왜 현미식물식이 좋은지를 이야기했습니다. 그러나 학교에서의 변화는 참으로 어려웠습니다.

영양사 선생님은 아이들에게 '고기, 생선, 달걀, 우유'를 먹여야 한다는 생각을 하는 일반 학부모들이 많다고 했습니다. 식물식으로 식단을 꾸리려 해도, 그들의 반발이 예상되어서 쉽지 않다고 합니다. 그래도 카레밥을 할 때 고기를 안 넣기도 하고, 채소를 최대한 많이 다져서 학생들이 잘 먹을 수 있도록 노력하고 있다고 덧붙이셨습니다.

그러다 학부모회에서 체육대회 때 아이들이 좋아하는 햄버거를 나눠줬다는 이야기를 들었습니다. 교장 선생님과 학교 선생님들께 학교에서 교육적 차원에서 좋은 책을 고르는 것처럼 음식은 더더욱 그러해야 한다고 말했습니다. 하지만 우리가 살아가는 데 가장 중요한 먹을거리에 대해선 적극적으로 고민하지 않고 있다는 생각이 들었습니다.

2년이 지나니 'ㅇㅇ엄마는 채식주의자'라는 인식만 강해졌을 뿐 학교는 크게 달라지지 않았습니다. 새로 부임한 교장 선생님께도 현미식물식이 건강, 환경보호, 건강, 평등, 배려 등 교육적으로 큰 가치가 있다는 것을 호소했습니다. 얼마 후, 교장 선생님이 한 달에 한 번 채식의 날을 준비해 보면 좋겠다고 말씀하셨다고, 영양사 선생님에게 전해 들었습니다. 다만 학부모들의 반응이 걱정된다며 먼저 학부모들을 대상으로 한 교육 프로그램이 마련돼야 할 것 같다고 했습니다.

얼마 후, 중학교에서 학교 설명회가 열렸습니다. 영양사 선생님은 저에게 학부모 연수를 부탁하며 주어진 시간이 '20분'이라고 전했습니다. 그 짧은 시간에 무엇을 어떻게 이야기할까 망설여졌지만, 일단 준비해보겠노라고 했습니다.

학부모 연수가 있는 날 학교 급식 모니터링을 하러 갔습니다. 모니터 항목은 대부분 위생에 관한 지침이었습니다. 위생이라는 명목으로 플라스틱 도마를 쓰고, 채소 과일을 염소 소독하고, 한우의 취급 상태를 점검하는 정도였습니다. 저는 급식 재료를 저장하는 저온 창고에도 들어가 보았습니다. 급식 부재료의 경우 찌개, 국 간을 하는 된장, 간장만 국내산 재료이고 대부분 양념은 유전자 조작 가능성이 있는 수입 콩, 수입 밀에 합성첨가물이 들어가 있었습니다. 동물성 식품, 유전자 조작 식품, 합성첨가물 가공품이 학교 급식에 골고루 다 들어 있었던 겁니다.

모니터링 후 급식 시식을 했습니다. 보통 때처럼 도시락을 싸갈까 하다가 학교 급식을 먹어 보려고 그냥 갔지요. 동물성 성분이 조금이라도 들어갔을 반찬을 빼니 순식물성은 흰쌀밥에 콩나물미나리무침뿐이었습니다. 학교 선생님들은 식사를 마친 후 "어머니는 드실 게 없네요"라고 말했습니다. 사실 평소에는 먹을 수 있는 게 참 많은데, 그 자리에서 먹을 것이

마땅치 않았을 뿐이었습니다. 순간, 보란 듯이 집에서 먹을 걸 푸짐하게 준비해 갔어야 했나 하는 생각도 들었습니다. 그날 둘째 아이는 배식 봉사를 했습니다. 아이는 의젓하게 친구들에게 반찬을 나눠주고 있는데 엄마는 급식 모니터링을 하고 나오며 가슴이 답답했습니다. 어디서 어떻게 풀어야 아이들에게 진정한 생명의 밥상을 나눌 수 있을까?

급식 모니터링이 끝나고 '우리와 지구를 살리는 먹을거리'라는 주제로 학부모님들과 마주했습니다. 아이(생명) 키우는 입장에서 생명 공감, 관계에 관한 이야기를 풀어나갔습니다. 부모와 아이, 지구와 사람, 나와 이웃, 사람과 동물의 건강과 행복은 먹을거리가 평화롭게 우리에게 올 때 가능하겠지요. 집에 오니 왠지 마음이 무거웠습니다. 같이 급식 모니터링을 하고 제 부족한 연수를 받은 학부모님께 소감을 여쭤보니, 눈물이 날 뻔했다고 하시더군요. 그날 급식 모니터링을 하고 난 뒤의 제 무거운 마음이 전해졌나 봅니다.

어릴 적부터 수줍음이 많고 남들 앞에서 이야기하는 게 늘 부끄러웠는데, 어느 날부터 남들 앞에서 종종 떨리는 가슴을 안고 이야기합니다. 엄마로서 아이들의 몸과 마음, 영혼이 건강하고 행복하기를 바랍니다. (울산저널, 2015. 5. 27.)

둘째 아이에게 생일에 먹고 싶은 음식을 말해보라고 하니 '라면'이라고 합니다. 라면! 아, 아이들은 쫄깃한 라면을 좋아합니다. 우리밀 채식 라면은 수입 밀가루로 만든 대형 식품회사의 라면보다는 주원료면에서 훨씬 덜 해롭습니다. 친환경 우리밀가루, 감자전분, 쌀가루를 이용해서 만든다고 하더라도, 라면 특유의 쫄깃한 면발을 구현하려면 정제된 백밀가루와 백미가루로 만들어서 팜유에 튀긴 후 여러 가지 첨가물을 넣어야 합니다.

따라서 밥은 현미밥, 떡은 현미떡, 빵은 통밀빵, 국수는 통밀국수나 현미국수를 기본으로 하는 현미식물식의 기준으로 볼 때 라면은 명백히 불량식품이지요. 하지만 동물성 가공식품에 비하면 덜 불량하고 학교나 직장, 사회에서 물든 가공식의 유혹을 가끔 달래주는 것이 우리밀 채식 라면입니다. 이 라면은 엄마가 집을 비운 날 집밥 대신 외식의 유혹을 달래주기도 합니다.

비가 그쳐 조금은 쌀쌀한 일요일입니다. 온 가족이 여유롭게 먹는 저녁 식사 시간에 채식 불량식품 라면을 끓였습니다. 조금이라도 덜 불량스러웠으면 하는 마음에 다시마 조각을 넣고, 당근과 양배추, 브로콜리를 채썰어 넣었습니다. 라면만으로 배를 채우지 않도록 현미밥과 된장국도 밥상에 나란히 준비했습니다.

정부가 폭력 없는 사회를 위해 '4대 악(성폭력, 학교폭력, 가정폭력, 불량식품) 근절' 운동을 벌이는데, 이 모든 것이 없는 사회가 온다면 정말 좋겠습니다. 다만 불량식품의 기준이 사람마다 다릅니다. 저는 고기, 생선, 달걀, 우유와 그 가공품은, 인간의 폭력으로 다른 동물에게서 온 음식이기에, 기본적으로 폭력성을 가진 가장 위험한 불량식품이라고 생각합니다. 그러한 음식문화가 줄어들거나 없어지면 성폭력, 학교폭력, 가정폭력도 자연스레 줄어들거나 없어질 거라 믿습니다. (울산저널, 2016. 4. 6.)

모두가 나의 딸, 아들

막내 아이가 다니는 시골의 작은 초등학교는 한 학년에 열 명이 채 안 됩니다. 같은 반 아이들끼리는 물론 엄마들도 얼굴을 환히 알고 지냅니다. 5학년 일곱 명 중 같은 마을에 사는 두 명의 아이는 우연하게도 생일이 같습니다. 그러다 사람 모으기 좋아하는 한 아이의 엄마가 날을 잡아, 같이 음식을 나눠 먹기로 했습니다. 메뉴는 현미식물식 김밥, 떡케이크, 식혜, 포도, 사과, 옥수수, 비건카나페 등 순수식물식입니다. 다른 메뉴는 두 명이 준비하고, 가장 손이 많이 가는 현미식물식 김밥은 짬이 되는 엄마들 몇 명이 모여 같이 준비하기로 했습니다. 누구는 현미밥을 짓고, 누구는 두부를 굽고, 누구는 당근과 우엉채를 조리고, 누구는 새송이버섯을 볶은 다음 한자리에 모여 김밥을 말기로 했습니다.

준비한 재료를 들고 모임 장소로 가기 위해 오랜만에 비 오는 냇가를 걸었습니다. 물을 깨끗하게 정화해주는 '고마운 풀'인 '고마리'가 냇가에 흐드러지게 피어 있었습니다. 참 고마운 풀입니다. 인간이 생활하면서 더럽힌 냇물을 맑게 만들며 아름다운 꽃을 피우는 풀, 어디 고마리뿐이겠습니까? 많은 풀과 나무가 세상을 맑고 아름답게 해주니 그저 고마울 뿐입니다.

이런저런 이야기꽃을 피우며 김밥을 쌌습니다. 종종 그런 것처럼 재료는 많이 남았으나 밥이 모자랄 것 같았습니다. 게다가 학교 버스를 타니, 같은 학년이 아니라도 형제자매처럼 지내는 아이들이 우르르 같이 내릴 수도 있겠다 싶어 부랴부랴 밥을 더 지었습니다. 그런데 남은 재료로 김밥을 다 싸자니 이번에는 김이 모자랄 것 같았습니다. 남은 재료들을 총총 다져 넣어서 삼각 주먹밥을 만들기로 했습니다. 그렇게 김으로 살짝 옷을 입힌 삼각 주먹밥을 만들었습니다. 요즘은 간편하게 삼각 주먹밥 만드는 도구도 판다고 하던데, 두 손으로 오물조물 잘 빚으면 어렵지 않게 삼각 주먹밥을 만들 수 있습니다.

　주먹밥을 쌀 때마다 생각나는 사람들이 있습니다. 오래전 동아시아의 평화를 염원하며 동아시아를 순례하는 단체가 저희 집에 며칠간 머문 적이 있습니다. 순례자들은 개인 도시락통과 수저를 기본적으로 들고 다니며 일회용품들을 거의 쓰지 않았습니다. 수저가 없으면 주변의 마른 나뭇가지로 젓가락을 만들거나 손가락을 사용했습니다. 밥 한 톨, 국물 한 방울을 남기지 않으니 머물고 지나간 뒷자리가 언제나 깨끗했습니다. 순례 팀은 일본이 제2차 세계대전 후 군대를 두지 않겠다는 평화헌법 9조를 잘 지켜서, 한국, 중국, 일본 세 나라의 평화적 관계를 유지하기를 염원하는 사람들이었습니다. 그래서 단체 내 일본인이 많았습니다. 그들은 아침밥을 먹고 순례길을 떠날 채비를 하며 꼭 삼각 주먹밥을 만들었습니다. 그들과 만난 이후 모임에 갈 때 그들에게서 배운 삼각 주먹밥을 김이나 깻잎, 뽕잎 등의 초록 잎채소 옷을 입혀서 만들곤 합니다. 세상에 평화를 기원하는 마음으로, 아름다운 이들을 생각하면서 말이죠.

　마을 어르신들이 아이들의 놀이방으로 내어준 경로당 2층에서 엄마들이 생일상 준비를 거의 다 마쳤을 무렵, 학교 버스에서 5학년 아이들을 포함해 열 명 남짓의 아이들이 우르르 내렸습니다. 아이들은 무거운 책가방을 내려놓고 이런저런 몸풀기 놀이를 한 후 밥상을 마주했습니다. 그 아이들이 모두 사랑스러웠습니다. 모두가 나의 딸이요, 아들입니다. 이래저래 다양한 얼굴을 하고 다양한 몸짓을 보이고 다양한 소리를 내는 아이들이 서로 사이좋게 잘 지내길 바랍니다. 아울러 평화로운 세상을 가꿀 수 있기를 바랍니다. (울산저널, 2016. 10. 22.)

마을에서 잔치 잔치 열렸네

살면서 특별히 축하해 주고 싶은 날이 있습니다. 그런 날에는 여러 사람이 모여 함께 음식을 나누어 먹습니다. 잔치를 열어 맛난 음식을 나눠 먹으며, 덕담을 주고받고 함께 즐거운 시간을 보냅니다.

마을 밴드에 세연이(태명은 망고)의 돌잔치 알림 소식이 떴습니다. 음식을 한 가지씩 준비해 가겠다며 이웃들이 댓글을 달았습니다. 현미쌀 주물럭, 잡채, 매실 음료수, 무설탕 식혜, 수박 카빙, 백설기, 감자면 볶음 등 다양한 음식 이름이 올라왔습니다. 저는 오래전 염색한 가제 천으로 아기 목수건을 만들고 노랑 염색 속옷에 아기의 이름을 수놓으며 마을잔치가 될 망고의 돌잔치를 기다렸습니다. 저희 집에는 음식 체험이나 식생활 교육을 위한 세간살이가 넉넉하게 있어 돌잔치 때 쓸 국그릇, 수저, 접시, 쟁반, 컵 등을 뜨거운 햇볕에 꺼내어 소독했습니다. 돌잔치 전날, 아랫집에서 예초기로 풀을 베는 소리가 들렸습니다.

돌잔치가 열리는 날, 한낮의 날씨는 무더웠습니다. 온몸에서 땀이 주룩주룩 비 오듯 흘러내렸습니다. 남편, 막내 아이와 셋이서 감자면 부침개를 준비했습니다. 남편과 막내 아이가 회전 채칼로 깨끗이 씻은 감자와 당근을 껍질째 면처럼 길게 뽑아냈습니다. 그다음 소금에 살짝 절여 물기를 뺐습니다. 기름 두른 가마솥 팬에 감자면을 볶다가, 편 썬 풋고추와 오크라를 조금 얹어 함께 볶았습니다. 후추를 살짝 뿌린 감자면 볶음은 눈으로 보기에는 스파게티 같고 먹어 보면 감자볶음 같기도 합니다. 잔치 음식을 함께 준비하던 남편과 막내 아이가 먼저 한 접시씩 비웠습니다. 겨자처럼 매운맛이 나는 허브꽃 한련화로 장식한 감자면 볶음을 들고 아랫집 마당으로 갔습니다.

뜨거운 해가 서산으로 넘어가려는 즈음이었습니다. 식물식으로 인연

맺어 옹기종기 모여 사는 세 집의 시골마당으로 이웃들이 음식을 들고 삼삼오오 모이기 시작했습니다. 세 가족이 이사 오고 공동으로 집들이를 하던 날에는 소나기가 내려 마을회관으로 부랴부랴 장소를 옮겼는데, 다행히 이날은 초승달이 지켜보는 평화로운 날씨였습니다.

탁자에 음식들이 올라오기 시작했는데 현미밥, 오이냉국, 미역국, 샐러드, 쌈 채소, 냉채, 현미쌀주물럭, 식물식 김치, 감자면 볶음, 현미식물식 김밥, 수박, 인절미, 쑥송편, 수수팥떡, 무설탕 식혜, 음료수 등이 차려졌습니다. 식물식에 공감하는 이웃들이 많아 동물성 성분이 들어간 음식은 2~3가지 정도밖에 없었습니다. 순식물성 식품들이 훨씬 많아, 맑고 향기롭고 아름다워 보였습니다.

가을 문턱에 들어서는 입추라, 해가 지니 약간의 가을바람이 느껴졌습니다. 이웃사촌들, 지인들, 직장동료들이 정성이 가득 들어간 음식을 나누고 작은 음악회를 열었습니다. 첫돌배기 막둥이의 누나가 축시를 낭독하고, 아빠가 10여 년에 걸쳐 준비해 온 곡에 가사를 붙인 망고송을 불렀습니다. 노랫가락 잘 뽑아내는 이웃 이모가 노랫소리와 추임새가 매혹적인 타령가를 부르고, 비건활동가의 언제 들어도 좋은 맑고 청아한 오카리나 연주, 성당 자매님의 아름다운 노래가 울려 퍼졌습니다. 음악회가 열리는 마당 한쪽에서는 망고 엄마가 다니는 성당의 형제자매님들이 수돗가에서 오순도순 설거지하고, 아이들은 작은 소꿉놀이집을 오르내리거나 흔들흔들 그네를 탔습니다.

돌잔치 주인공 망고는 돌잡이 상에서 연필도 실도 돈도 모종삽도 잡지 않고, 세상에서 가장 소중한 엄마를 꼭 잡았습니다. 잔치가 끝나고 뒷설거지는 마을 어른들과 아이들이 같이 했습니다. 하늘에는 초승달이 웃고 있었습니다. (울산저널, 2016. 8. 17.)

시골 아낙네가 국민 마이크를 잡으러 가다

링컨은 '국민의, 국민에 의한, 국민을 위한' 정치를 이야기했습니다. 민주주의를 가장 적절하게 표현했다고 할 수 있지요. 그러나 민주공화국이라던 우리나라 정치가 '국민의, 국민에 의한, 국민을 위한'다고 할 수 없는 상황이 왔기에 촛불혁명으로 새 대통령이 뽑혔습니다. 문재인 대통령은 취임사에서 "기회는 평등할 것입니다. 과정은 공정할 것입니다. 결과는 정의로울 것입니다"라고 천명했습니다. 새 정부는 국민의 목소리를 듣기 위해, 국민의 요구를 정책에 반영하기 위해 국민인수위원회에 '광화문 1번가'라는 온라인 정책 플랫폼을 설치했습니다. 온라인으로 국민의 소리를 들으면서, 한편으로는 서울 광화문에 '국민 마이크'를 설치해서 국민의 소리를 직접 듣기도 했습니다.

제가 대표로 있는 채식 단체에서도 국민마이크에 '현미채식 선택 급식'을 청원하기로 했습니다. 발언문을 준비하고, 현수막과 피켓을 만들어 회원님들과 서울로 올라갔습니다.

현장에 가니 다양한 방법으로 국민의 소리를 모으고 있었습니다. 대통령의 서재에는 국민이 대통령에게 권하는 책들이 전시되어 있었습니다. 그런가 하면 작은 메모지에 정책 제안을 모으고 있었고, 정책제안서도 신청받고 있었습니다. 국민마이크가 설치된 무대 주변에는 행사 요원들이 몇 시간 뒤에 있을 국민마이크를 앞두고 분주히 움직이고 있었습니다. 장마철이라 비가 오락가락했는데, 그 가운데에도 점점 많은 사람이 모여들었습니다.

예정된 시간을 조금 앞두고 신청자 접수가 시작됐습니다. 주최 측은 발언자 접수와 함께 발언 신청자가 가지고 온 자료들도 함께 받았습니다. 접수한 사람 모두에게는 발언의 기회가 주어졌습니다. 공정을 기하고자 이미 발언된 내용에 대해 추가 발언 기회는 주어지지 않았습니다. 발언 시간은 3분이었습니다.

다양한 국민의 소리가 쏟아져 나왔습니다. 장애시설의 비인간적인 현실, 제주 강정마을의 해군기지 건설로 인한 주민들의 상처, 설악산 케이블카 설치로 인한 환경파괴 등 저마다 절실하게 느끼는 우리 사회의 여러 문제점을 호소했습니다.

드디어 세 아이의 엄마로서, 식물식인으로서 국민마이크를 잡았습니다. 저는 헌법 제10조에 나와 있는 '모든 국민은 인간으로서 존엄과 가치를 지니며 행복을 추구할 권리를 가진다. 국가는 개인이 가지는 불가침의 인권을 확인하고 이를 보장할 의무를 진다'는 행복추구권에 근거해서 생존의 필수조건인 음식 선택권을 보장해 줄 것을 호소했습니다. 이를 위해 학교, 병원, 군대 등 공공기관만큼이라도 현미채식 선택 급식권을 보장해주길 청원했습니다.

지금 전 세계적으로 지구환경 보호, 동물과의 공존, 건강, 생명 사랑 등 삶의 방식으로 식물식을 선택하는 사람들의 요구와 권리를 존중하는 물결이 일고 있습니다. 실제로 공공기관 차원에서 채식선택권을 보장하는 사례가 늘어나고 있습니다.

부끄러움이 많으며 무대공포증이 있는 주부이자 시골 아낙네가 두근거리는 가슴을 안고 울산에서 서울까지 올라가, 여러 사람 앞에서 국민 마이크를 잡았습니다. 식물식이 평화로운 세상, 더불어 사는 세상을 위한 참된 가치이기 때문입니다. 아이들이 평화로운 세상에서 건강하고 행복하게 살아가길 간절히 바랍니다. (울산저널, 2017.7.18.)

비건 엄마가 비(非)비건 세 아이와 소통하기

추운 겨울입니다. 따뜻한 먹을거리, 따뜻한 옷, 따뜻한 집이 필요한 계절입니다. 식물식과 비건이 일상이 아닌 세상에서 살아가기가 쉽지 않지만, 겨울은 특히 더 그러합니다. 집에서는 엄마가 따뜻한 음식을 해주며 생활을 도와줄 수 있겠지요. 하지만 세 아이가 세상 속에서 하는 선택은 스스로 결정하도록 놓아둡니다. 엄마의 생각을 종종 이야기하곤 하지만, 엄마 생각을 아이가 그대로 따라주는 것은 아닙니다.

고등학생인 둘째 아이가 겨울 외투를 샀습니다. 아빠랑 둘이 골랐다고 합니다. 옷에 동물성 성분이 있냐고 물었더니 그렇답니다. 아, 아이에게 엄마가 왜 식물식을 하는지, 겨울옷 속에 동물털이 어떻게 들어가는지를 생각해 보면 좋겠다고 말했습니다. 이튿날 아이에게서 문자 메시지가 왔습니다. "동물털 들어간 패딩을 사서 죄송합니다. 이제 잘 보고 동물 옷은 절대 안 살게요…. 밖에서는 엄마가 말씀하신 거 매일 생각하고 있어요." 엄마의 마음을 헤아려 준 아이의 글을 읽노라니 고마워서 눈물이 났습니다.

대학생이 되고 집을 떠나 자취생활을 하는 첫째 아이가 오랜만에 음식 사진을 보내왔습니다. 수제비였습니다. 감자, 양파, 호박 그리고 냉동실에 보관해서 조금씩 쓰라고 보내준 고추를 썰어 넣은 듯 보였습니다. 다시마로 국물 맛을 냈다고 합니다. 저는 늘 딸에게 말하곤 합니다. "맑은 음식을 먹으면 몸이 더 맑아진단다." 그리고 또 조심스럽게 "(성당에 다니니) 하느님께서도 더 좋아하실 거야"라고 말하곤 합니다.

막내 아이가 초등학교를 졸업했습니다. 일 년에 한 번 나오는 학교 문집에 학부모 글을 보냈습니다. 해마다 학부모로서 글 보내는 일을 잊지 않고 있습니다. 표현은 다르지만 전하고자 하는 뜻은 늘 같습니다. 보다 많은 학생과 학부모들이 조금 더 식물식을 이해하고, 넓은 사랑을 생각할 수 있기를 바랍니다. (울산저널, 2017. 12. 23.)

◇◇◇

삼동초 학부모 졸업을 앞두고

13년간 세 아이의 삼동초 학부모로 지내며, 가슴속에는 여러 추억이 별처럼 하나하나 빛으로 남아 있습니다. 백일 지난 막내를 업고서 개구쟁이 형 또래들을 데리고 방과 후에 산으로 들로 다니던 날들, 아이들과 어른들이 운동장에 모여 신나게 놀았던 시골 작은 학교 운동회, 학교 뒤뜰에서 유치원 아이들과 함께한 송편 빚기, 몇 달 동안 몇몇 엄마들과 친환경 재료로 엄마표 유치원 간식을 만들어 주었던 일, 면사무소 도서관과 삼동마을 곳곳에서 삼동초 학부모, 아이들과 함께했던 가지가지 프로그램 등이 생각납니다. 자연에서, 작은 학교에서, 마을에서 더불어 사는 지혜를 배우며 아름다운 사람으로 자라길 바랐습니다.

삼동초 병설유치원에 다니던 한 달 내내 동네가 떠나갈 듯이 울던 막내가 어느새 6학년이 되었습니다. 이제 몇 달 뒤에 졸업하게 되니, 저도 13년간의 삼동초 학부모 자리에서 졸업을 하게 되네요.

지난여름 부탄이라는 나라에 여행을 다녀왔습니다. 부탄은 세계에서 국민 행복지수가 가장 높은 나라라고 합니다. 그곳의 국민은 오직 자연만을 위해 매일 기도한다고 합니다. 자연의 품에서 사람과 동물들이 서로 어울리며 행복하게 살고 있었습니다. 삼동초 아이들이 자연을 소중히 생각하며 사람과 동물을 더불어 사랑하기를, 세상을 밝히는 아름다운 사람들이 되어 행복한 우리나라를 함께 가꿀 수 있기를 희망합니다.

"기억해, 너는 세상을 햇빛으로 가득 채울 수 있는 존재라는 걸."

– 동화 〈백설공주〉 中

◇◇◇

자신의 삶을 찾아가는 딸과 아들을 응원하며

유독 춥고 가물었던 겨울이 끝나고 봄이 왔습니다. 씨앗 뿌리는 희망의 계절에 비가 간간이 내려 참 다행입니다. 자연의 축복에 가슴이 설렙니다.

비 오는 봄날에 참 맑고 예쁘며 따뜻하고 맛있는 영화를 관람했습니다. 자연을 배경으로 한 수채화 같은 영화 〈리틀 포레스트〉입니다. 비건이자 동물보호단체 대표인 임순례 감독이 메가폰을 잡았지요. 원작인 일본만화와는 다르게 영화에서는 고기 요리를 다루지 않습니다. 딸에게 추천한 영화인데, 역으로 딸이 엄마에게 다시 추천하는 바람에 봄비를 핑계 삼아 거리로 나섰습니다. 좋아하는 감독님을 응원할 겸 해서요.

영화 속 인물인 혜원은 도시에서 열심히 살고자 애쓰는 사람입니다. 그러나 일도 사랑도 제대로 풀리지 않습니다. 혜원은 잠시 쉬어가고자 찾은 시골 고향 집에서 두 친구를 만납니다. 자신만의 삶을 찾아 귀향한 농부 '재하', 작은 시골을 떠나본 적이 없어 새로운 삶을 찾는 '은숙'입니다. 혜원은 직접 키운 농작물로 친구들과 종종 음식을 만들어 먹으며 삶의 이야기를 나눕니다. 겨울, 봄, 여름, 가을을 나며 지난날들을 다시 돌아봅니다. 그제야 혜원은 과거에 이해하지 못했던 순간을 조금씩 이해합니다. 다시 겨울이 돌아올 즈음 혜원은 새로운 봄을 맞이하고자 그곳을 떠납니다.

영화는 자연, 음식, 사랑을 조화롭게 버무려 잔잔하게 삶을 이야기합니다. 저는 혜원이 또래의 딸을 키운 엄마입니다. 자신의 삶을 탐색하는 혜원과 혜원 엄마의 모습에서 저희 식구 모습이 투영됐습니다. 영화 속 혜원은 도시에서 홀로 공부하랴 일하랴 애쓰는 제 딸처럼 느껴졌습니다.

엄마와 함께 가꾼 이 작은 숲이 자신들의 휴식처가 됐으면 합니다.

삶이 혼란스러울 때 숲으로 돌아와 머물며 새 이정표를 발견하면 좋겠습니다. 아이들은 어릴 적 머물던 숲을 떠났다가 다시 찾아오기도 하며, 자기들만의 또 다른 작은 숲을 가꾸어 갈 것입니다.

아직도 엄마가 가꾸는 숲에 머무르는 막내 아이는 이제 막 시작한 중학교생활이 설레기도 하고 힘들기도 하나 봅니다. 학교가 감옥처럼 느껴지다가도, 과학 시간에 학교가 배우는 곳이라는 사실을 새삼 깨닫고 재밌어졌다고 말하기도 합니다. 누나와 형처럼 막내 아이도 엄마가 가꾼 숲을 떠날 날이 올 것입니다. 숲을 떠나더라도 마음에서 숲을 떠올리며 힘을 얻을 수 있기를 바랍니다. (울산저널, 2018. 3. 27.)

우분투(Ubuntu). "우리가 있기에 내가 있다"는 뜻인데요. 남아프리카 최초의 흑인 대통령 넬슨 만델라가 즐겨 쓴 말이랍니다. '우리' 속에 이웃과 동물과 지구가 함께 한다면 '나'는 더 행복해지리라 믿습니다.

한 달 전 안승문 울산교육연수원장님이 교원 대상 '우분투 수업 만들기' 직무연수에 '기후위기 대안교육을 생각하는 점심 식사'로 식물식 식사를 제안했습니다. 원장님은 채식평화연대가 식물식 식사 최대 200인분을 2회에 걸쳐 준비할 수 있는지 문의했습니다. 채식평화연대는 식물식이 사람과 지구를 더불어 살리는 길임을 알리는 시민단체입니다. 전문적인 조리시설도 인력도 없지만 그냥 하겠다고 했습니다. 환경과 생명, 건강을 위해 식물식을 선택할 권리가 보장되고 식물식 문화가 확산되길 바라는 마음뿐이었습니다. 교사들이 움직이면 세상이 더 빨리 좋은 방향으로 움직일 수 있을 테니까요.

기후위기 대안교육을 생각하는 점심 식사는 '일회용 도시락을 쓰지 않고 채식하기'였습니다. 기후위기를 초래하는 고기, 생선, 달걀, 우유 등 동물성 식품을 쓰지 않고, 쓰레기 문제가 심각한 일회용 도시락도 쓰지 않기로 했습니다. 채식평화연대에서 식물식 식사를 준비하고, 교원들은 개인 식기와 수저를 지참했습니다.

식사를 준비하는 데 있어 가장 큰 문제는 겨울철에 대량의 식사를 운반하는 방법이었습니다. 보온이 필요한 현미밥, 미역국, 콩불고기를 담을 대용량의 보온밥솥을 부산 울산 곳곳에서 11개나 구했습니다. 부산의 비건식당 '편한 집밥'에서 고기 대체품인 콩 불고기와 캐슈넛 미역국을 준비해주기로 했습니다. 현미밥은 울산의 비건식당 '단지'에서 맡아줬습니다. 두 곳 모두 재료비만 받았습니다. 부산의 비건 빵집 '매초롬'에서는 달걀 우유가 안 들어간 '비건 도너츠'를 원가로 후원해 주기로 했습니다.

현미밥, 콩 불고기, 캐슈넛 미역국, 섬초 무침, 버섯 무침, 과일 샐러드, 쌈채소, 비건 도너츠 등으로 구성된 순식물식 밥상을 처음 받은 분들은 매우 만족해했고, 전시된 '채식과 환경' 자료를 살펴보며 채식 급식의 필요성에 공감했습니다.

울산 노옥희 교육감님은 자신이 고기를 끊은 지 오래되었지만, 학교 교육에서 식물식을 어떻게 풀어나갈지 고민하고 있다고 했습니다. 연수 프로그램에 식물식 식사를 제안한 안승문 교육연수원장님은 중간중간 과정을 세심하게 챙겨주셨고, 교육연수원팀, 급식팀, 기후변화대응협의체 팀에서 적극적인 관심을 가지고 힘을 모아주셨습니다. 식사를 준비하는 과정을 지켜본 여러 시민활동가도 저희를 응원해 주셨습니다.

순식물식 밥상을 처음 접하는 분들에게 식물식이 충분히 맛있음을 알리기 위해 준비했기에, 재료비는 당연히 적자였지요. 그러나 기뻤습니다. 여럿이 함께 의미 있는 큰 걸음을 떼었으니까요.

식물식은 환경을 살려서 평화, 생명을 살려서 평화, 그리고 나를 살려서 평화입니다. 평화를 주는 식물식 교육을 교원, 학부모, 학생, 영양사, 조리사들과 힘을 모아 슬기롭게 풀어나가면 좋겠습니다. 과학자들이 경고하는 기후위기에 식물식을 비롯한 여러 정의로운 전환을 시도하며, 나도 살고, 너도 살고, 우리도 살 수 있기를 바랍니다. 우리가 힘을 합하면 세상에 기적이 일어날 수 있겠지요. (울산저널, 2019. 12. 5.)

엄마가 되니 강해졌어요

'여자는 약하지만, 엄마는 강하다'라는 말이 있지요. 여성을 비하하는 표현으로 들릴 수도 있지만, 엄마라는 역할이 엄청난 힘을 발휘할 수 있음을 강조하는 표현일 것입니다.

〈스카이캐슬〉은 대한민국의 수많은 엄마가 몰입한 드라마입니다. 텔레비전 없이 지낸 지가 오래된 저는 우연한 기회에 드라마를 시청했습니다. 엄마의 왜곡된 교육열과 입시 중심의 경쟁교육이 얼마나 무서운 결과를 초래하는지를 드러내는 이야기였습니다. 참 씁쓸했습니다. 엄마가 어떻게 힘쓰냐에 따라 엄마와 아이의 삶뿐 아니라 사회가 바뀔 수 있다는 생각이 들었습니다.

엄마로 거듭나고 저는 얼마나 강해졌을까요. 그 힘은 어떻게 써왔을까요. 찬찬히 생각해 봤습니다. 잘하는 것이라고는 없는 것 같고, 부끄럼 많고 소극적이던 한 여성이 엄마가 되며 점점 강해졌습니다. 아이들이 자연에서 뛰어놀면 좋겠다 싶어 유치원에 보내지 않고 산으로 들로 데리고 다녔습니다. 아이가 홀로 여행하며 스스로 깨치길 바라며 어릴 적부터 자기가 먹을 음식과 침구류를 챙겨주며 먼 곳으로 여행을 보내기도 했습니다. 삭막한 콘크리트 집과 아스팔트 길이 아닌 자연의 품에서 건강하게 자랐으면 하는 바람으로 쓰러져 가는 시골집으로 이사 왔습니다. 좁고 낮은 집에서 찜통더위를 견디고 북쪽 작은 창에 살얼음이 얼어도 아이들이 건강하게 자랄 거라 믿었습니다. 마을에서 아이들이 형제자매처럼 어울리기를 희망하며 사계절 산내들을 누비고 한솥밥을 나눠 먹었습니다. 그리고 여럿이 함께 힘을 모으면 아이들의 세상이 더 아름다워지리라 확신하며 시민단체 활동을 이어 나가기도 했습니다.

나아가 자연치유 공부로 현미식물식의 가치를 접하며 엄마로서 힘이 더 세졌음을 깨달았습니다. 아르키메데스의 표현을 빌리자면 '유레카'였습니다. 식물식이 세상의 아름다운 가치들을 실현할 수 있는 멋진 답이라는 것을 깨달았습니다. 많은 부모가 꿈꾸는 세상인 평등, 평화, 사랑, 건강, 지속 가능, 생명 존중, 아름다운 환경 등을 식물식으로 추구할 수 있다는 믿음이 생겼습니다. 천국이나 유토피아가 멀리 있지 않고 지금 여기에서 가능합니다. 향기로운 꽃, 아름드리나무, 풀벌레 소리, 맑은 공기가 어우러지는 곳을 지키려면 우리가 살고자 섭취하는 음식을 가장 먼저 살펴봐야 합니다.

살생과 폭력이 없는 밥상이 곧 평화의 시작입니다. 고기, 생선, 달걀, 우유, 꿀 등 동물의 고통을 바탕으로 하는 음식을 먹지 않고 곡식, 채소, 과일 등 순 식물성 식품으로도 건강하게 살 수 있습니다. 저는 아이들에게 순식물성 밥상만 차리겠다 선언했습니다. 성장기 아이들에게 순식물성 식품만 주는 것은 폭력이라고 말하는 사람도 있었습니다. 그러나 내 사랑하는 아이들에게 주었던 동물성 식품이 살생과 폭력에서 나온 것이라는 진실을 알고 가만히 있을 수는 없었습니다.

고기 한 접시는 평생 축사에서 갇혀 지내다 도살장에 끌려간 생명의 것입니다. 생선 한 마리는 그물이나 낚싯줄에 걸려 배가 갈라지거나 토막 난 바다 생명입니다. 달걀 한 알은 병아리로 태어날 생명을 훔쳐 온 것입니다. 우유 한 잔은 평생 강제로 임신당한 것도 모자라 새끼를 빼앗긴 소에게서 온 것입니다. 꿀 한 숟갈은 벌이 어렵게 모은 양식을 도둑질한 것입니다. 아이의 입맛만 고려해 죽음의 밥상을 차릴 수는 없었습니다. 집 밖에서는 각자 먹고 싶은 대로 먹더라도, 집에서만은 식물식을 하자고 제안했습니다.

어떤 이들은 식물식도 생명을 죽이는 것이니 육식과 별다르지 않다고 주장합니다. 일리 있는 말씀입니다. 그러나 동물성 식품과 식물성 식품은 식단에 오르는 과정에 있어 큰 차이가 있습니다. 그 과정을 바라보는 마음의 무게가 다릅니다. 식물식은 생명의 순환이지만 동물식은 생명의 단절입니다. 현미밥 한 공기, 상추 한 접시, 사과 한 알과 비교해 고기 한 접시, 생선 한 마리, 우유 한 잔, 달걀 한 알을 먹기까지의 과정을 생각하면 우리가 무엇을 먹어야 하는지 답이 선명해집니다. 평화가 깃든 밥상에서 몸과 마음의 평화는 물론 세상의 평화가 비롯될 수 있습니다.

저는 수줍어서 대중 앞에서 말을 별로 하지 않는 사람이었습니다. 이제는 말이 점점 많아지고 용감해지고 있습니다. 많은 사람이 아름답고 평화로운 세상을 원하면서도 식물식의 가치를 접목하지 못하고 있습니다. 그래서 저는 가방에 늘 식물식 자료를 들고 다니며 길이나 버스에서 만난 사람, 학부모, 아이 담임선생님, 택시 기사님 등 처음 만난 사람에게 식물식을 전파하고 있습니다. 스스로 '현미식물식 전도사', '현미식물식 안내자'라 칭할 때도 많습니다. 나 하나로 세상이 바뀔 수 있음을, 미친 사람이 세상을 변화시킬 수 있음을 믿으며 여성으로서 엄마로서 비건식 활동을 이어나가고 있습니다. 언젠가는 시골에서 조용히 살아도 되는 평화로운 세상이 오기를 간절히 바랍니다. (울산여성신문, 2019. 2. 21.)

바람결에 레시피 '봄'

진달래파드득주먹밥

봄나물꽃샐러드

골담초꽃버무리/아카시꽃떡

현미떡케이크

진달래파드득주먹밥

재료　현미밥(맵쌀현미와 찹쌀현미), 미나리, 당근, 진달래꽃, 파드득 잎이나 참

나물 잎, 소금, 레몬즙(감식초), 발효액, 생들깨 또는 참깨, 생들기름 약간

1. 현미밥을 고슬하게 짓는다.

2. 당근과 미나리는 곱게 다진다.

3. 현미밥에 죽염, 감식초, 발효액, 통깨, 생들기름을 골고루 섞어 살짝 버무려 준다.

4. 3의 재료에 2의 다진 당근과 미나리를 넣어 다시 골고루 버무려 준다.

5. 주먹으로 둥글게 뭉쳐서 진달래꽃 잎, 파드득 잎(참나물 잎)으로 감싸준다.

봄나물꽃샐러드

재료　봄나물(돌나물, 삼잎국화, 오가피순, 참나물, 파드득 등), 봄꽃(제비꽃, 냉이꽃, 배추꽃, 유채꽃, 골담초꽃 등), 과일(사과, 배, 참다래 등)

1. 어리고 부드러운 봄나물 순, 꽃은 물에 살짝 씻어 물기를 뺀다.

2. 사과, 배, 참다래 등 과일을 씻어 껍질째 가늘게 채 썬다.

3. 접시에 예쁘게 담아서 그냥 먹어도 좋다.(과일이 단맛을 내기 때문에, 소스 없이도 채소와 함께 먹을 수 있다)

4. 심심하면 감귤농축식초, 사과농축식초 또는 죽염, 감식초, 효소, 들깨가루, 견과류 등을 알맞게 섞은 소스를 곁들인다.

골담초꽃버무리/아카시꽃떡

재료   현미가루, 소금, 골담초꽃 혹은 아카시꽃

*4월에 피는 노란 골담초꽃, 5월에 피는 아카시꽃은 맛과 향이 좋아서 샐러드나 꽃버무리로 먹으면 좋다.

1. 현미를 물에 불려 빻은 현미가루를 준비한다.(방앗간이나 떡집에 부탁할 때 무염으로 하거나 소금은 조금만 달라고 한다)
2. 현미가루를 살짝 비벼서 뭉친 게 없도록 한다.
3. 물에 살짝 헹군 골담초꽃이나 아카시꽃을 현미가루와 골고루 버무린다.
4. 건대추, 말린 귤껍질 등을 물에 헹구어 잘게 썰어서 넣어도 좋다.
5. 김이 오른 찜기에 젖은 면보를 깔고 위의 재료를 골고루 앉혀준다.
5. 20분 동안 찐 후, 젓가락을 찔러서 쌀가루가 묻어나지 않으면 불을 끄고 뚜껑을 닫은 채 10분 이상 뜸을 들인다.

현미떡케이크

재료   현미가루 500g, 소금 1t, 사과 1개, 계피가루, 호두 5알

1. 현미를 물에 불려서 빻은 현미가루를 준비한다.

2. 사과를 반으로 나누어 반 개는 강판이나 믹서기에 갈고, 나머지 반 개는 납작하고 얇
   게 썬다. 갈은 사과와 편 썬 사과는 냄비에 졸인다. (그냥 사용해도 된다)

3. 통호두의 껍질을 벗겨서 고명 장식으로 쓸 호두 반쪽을 남기고, 나머지는 절구에 빻
   는다.

4. 현미가루에 소금으로 간을 하고 계피가루를 솔솔 뿌린다. 여기에 졸인 사과를 넣고
   손으로 알맞게 비벼 구멍이 큰 소쿠리에 골고루 내린다.

5. 4의 재료에 빻은 호두를 골고루 섞는다.

6. 찜기에 물기 젖은 면보를 깔고 5의 가루를 골고루 담는다. 반쯤 담은 후 졸인 사과 편
   을 반 정도 깔아 주고, 그 위에 나머지 현미가루를 다시 담는다. 호두조각과 남은 사
   과편으로 장식한다.

7. 김이 오른 찜솥 위에 찜기를 얹고 20~25분 정도 찐다. 이후 불을 끄고 10분 이상 더
   뜸을 들인다.

8. 떡케이크을 꺼내어 한 김 식힌 다음, 제철 식용꽃(재배하는 식용꽃뿐 아니라 곡식 채
   소 과일의 다양한 꽃)을 장식한다.

2장

하늘 아래 땅 위에서 햇살과 바람으로

어느 봄날의 밥상

아침에 강아지 밥을 주러 간 둘째 아이가 탄성을 질렀습니다.

"엄마! 서리가 하얀 눈처럼 내렸어요!"

지붕도 나무들도 속살이 살포시 비치는 흰옷을 입은 듯했습니다. 막내 아이랑 개들에게 물을 주러 나가니 전날 먹다 남은 물이 꽁꽁 얼어 그릇을 뒤집어도 떨어지질 않습니다. 그래서 얼음 위에다 뜨거운 물을 부어서 녹여주었습니다.

막내 아이를 학교 버스까지 데려다주는데 물 자국이 띄엄띄엄 보였습니다. 아이가 고라니 발자국이라고 하는데, 엄마 눈에는 그리 보이지 않았습니다. 버스를 기다리는데 하늘에서 물이 뚝뚝 떨어집니다. 아하! 고개 들어보니 전깃줄에 내린 서리가 해가 뜨니 녹아내리고 있었습니다. 예부터 어른들이 '아침에 서리가 내리면 낮에 따뜻하다'라고 했습니다. 과연 해가 뜨니 바람도 없고 햇볕이 드는 곳에는 따스하기만 했습니다.

점심 때쯤 손님이 오시기로 해서 밥상에 올릴 푸성귀를 찾아 소쿠리와 칼을 들고 텃밭으로 갔습니다. 뾰족뾰족 초록색 왕관 모양 원추리, 그 밑으로 허허로운 밭둑을 부드럽게 감싸며 돌돌돌 초록 잎을 겹겹이 꽃잎처럼 피워내는 돌나물, 마른 검불 사이로 쑤욱 고개 내미는 뽀오얀 쑥, 겨울을 나면서 땅에 붙은 넓은 잎을 흰 방석으로 깔고 고갱이부터 한잎 두잎 초록잎사귀 포기를 만드는 배추, 검붉은 가시나무에 작은 초록 다발로 올라오는 찔레순 등이 밭둑 여기저기서 저를 반겼습니다. 소쿠리에 옹기종기 봄나물을 들고 오다, 안마당에 수줍게 피어난 연보랏빛 제비꽃을 만나 살포시 데려왔습니다.

끓는 물에·데친 톳을 으깬 두부와 된장, 고추장, 들깨가루에 무쳤습니다. 원추리는 끓는 물에 살짝 데쳐 간장, 들기름, 들깨가루에 무쳤습니다. 무채와 배추는 채 썰어 죽염 고춧가루, 산야초 효소로 무쳤습니다. 파릇파릇 겨울난 배춧잎과 동글납작하게 썬 당근, 보랏빛 제비꽃을 한 접시에 놓았습니다. 된장에 갈아놓은 배, 들깨가루, 고춧가루, 생강가루, 잣을 송송 넣어서 쌈장을 만들었습니다. 돌나물 찔레순 위에는 들깨가루, 오미자, 효소, 현미식초, 죽염으로 만든 양념장을 살짝 끼얹었습니다. 다시마와 표고버섯을 우려낸 물에 무와 감자를 채 썰어 넣고, 거기다 된장을 풀고 들깨가루와 어린 쑥을 넣었습니다. 들깨가루도 약방의 감초처럼 빠지질 않았습니다. 오동통 현미 가래떡을 손가락 길이로 썰고, 지난겨울 약초를 삶은 물에 양념해 담근 김장김치 몇 쪽 썰었습니다. 그리고 현미밥과 밥알이 송알송알 묻은 밥물 배인 감자를 밥상에 올렸습니다. 먼 길 오신 손님 덕분에 저도 봄을 한 상 가득 받았습니다. (울산저널, 2013.3.20.)

봄비에 냉이를 씻으며

　　지난겨울부터 올 초까지 길고 긴 가뭄이 이어졌습니다. 건조한 날씨에 산불이 곳곳에서 일어나 피해가 컸습니다. 3월 중순이 되자 오랜만에 대지를 촉촉이 적실만한 비가 내렸습니다. 참 반가운 비님이었습니다. 조용한 일요일, 집 주변을 돌아보았습니다. 비 오기 전 텃밭에서 겨울 난 배추를 뜯고 냉이를 캤습니다. 드디어 기다리고 기다리던 비가 대지를 적시는 것을 바라보다가, 빗물이 모여서 내려오는 홈통 아래에 냉이를 두었습니다. 냉이는 뿌리째 캐면 흙이 많이 묻어 있습니다. 그래서 물에 잠깐 담갔다가 씻기도 하고, 그래도 안 되면 물에 여러 번 씻기도 합니다. 빗물에 애벌 씻은 냉이는 요리하기 전에 약간만 헹궈줘도 됩니다.

　　3월 22일은 '세계 물의 날'입니다. '울산 기후위기 비상행동'은 이날을 맞아 시민행동을 벌였습니다. 롯데백화점 앞에서 캠페인을 펼치기도 했고, 여천천까지 걸어가면서 주변의 쓰레기를 줍기도 했습니다. 여천천으로 가는 길에는 고깃집과 술집이 즐비합니다. 가게 근처에 쓰레기들이 많았는데, 특히 작은 담배꽁초가 많았습니다. 도심 사이를 흐르는 여천천에는 생활하수가 그대로 흘러 들어가고 있었습니다. 물에 실려온 쓰레기도 많았습니다. 생명의 원천인 물이 더러워지면 어떻게 될까요?

　　언제 어디서나 쉽게 얻을 수 있는 깨끗한 물을 당연하게 생각하는 사람들이 있습니다. 그러나 지구 반대편에서 사는 아이들은 몇 시간을 걸어서 물을 길어옵니다. 자그마한 손으로 흙을 한참 파야 겨우 나오는 흙탕물을 유일한 식수로 마시는 아이들도 있습니다. 빈곤 국가에서는 흙탕물을 마신 아이들이 복통, 설사, 피부병을 앓으며 식수 위생 문제로 죽어가고 있습니다.

　　우리 사회에는 가축으로 키우는 동물이 많습니다. 동물은 똥과 오줌을 배설해서 물을 더럽힙니다. 동물을 키우다 보면 소독약을 뿌려야 하는데, 이때 땅이 오염됩니다. 자연스레 물에도 약 성분이 섞입니다. 그러다 구제역이나 조류독감 등 동물 전염병이 돌면 많은 동물이 생매장을 당합니다. 비닐을 깔고 묻긴 하지만, 죽은 동물에게서 나온 썩은 물은 언젠가는 지하수로 스며들 것입니다.

동물을 먹일 사료를 생산하기 위해 농토에 화학비료를 뿌리고, 농약을 사용합니다. 비가 오면 땅에 있는 농약이 씻겨나가 물을 오염시킵니다. 그리고 동물을 먹으면 조리기구나 그릇에 기름이 묻습니다. 이를 씻기 위해서 사용하는 세제는 또다시 물을 더럽힙니다. 반면 식물은 물을 정화해 주며, 자연에 가까운 식물식을 할수록 물이 깨끗해집니다. 그래서 식물식을 하면 수질오염을 막을 수 있고, 더 나아가 물이 깨끗한 평화세상을 만들 수 있습니다. (울산저널, 2022.3.28.)

이른 봄의 밭에서

해마다 오는 봄이 올해도 왔습니다. 무서리에 꽁꽁 얼었던 땅이 따스한 봄볕에 스르르 풀리면, 저는 씨앗을 뿌릴 꿈에 행복해집니다. 땅속의 아주 작은 씨앗 하나에서 싹이 나오고, 잎이 나오고, 꽃이 피고, 열매가 맺히는 과정은 비슷할지라도 해마다 새롭습니다. 지난가을 태풍 차바에 휩쓸렸다가 다시 모양을 갖춘 밭에는 크고 작은 돌멩이가 많습니다.

10년 가까이 돌을 주워내면서 가꾸었던, 나뭇잎과 풀과 쌀뜨물과 효소와 오줌 등으로 조금씩 부드러워진 텃밭은 이제 흔적이 없어졌고, 다시 처음부터 가꾸어야 합니다. 주말이라 집에서 쉬는 두 아이에게 돌 줍기를 부탁했습니다. 한겨울에 쉬었던 '밭에서 돌 줍기' 아르바이트를 봄날을 맞아 다시 시작했습니다. 큰 돌멩이들은 밭 가장자리로 옮기고, 작은 돌멩이들은 양동이에 담아 생태 뒷간 주변에다 깔았습니다. 시골에 살면서 참 신기한 점은, 자연에서 나온 것들은 어느 곳에서든 그 쓰임새가 있다는 것입니다. 식물이 잘 자랄 수 있는 부드러운 흙으로 밭을 만들려면, 먼저 필요 없는 돌멩이를 골라내야 합니다. 그 돌멩이들을 뒷간 주변이나 장독대, 텃밭 사잇길 등에 깔아 주면, 그곳에는 풀이 자라지 않아 지나다니기 좋습니다.

아이들이 밭에서 돌을 줍는 동안 위쪽의 작은 텃밭에서 봄나물들을 뜯었습니다. 작년에 태풍 피해를 비껴간 곳입니다. 씨앗을 뿌린 채소가 자라기 전에는, 추운 겨울을 견디고 땅에서 저절로 자라는 풀들을 먹을 수 있습니다. 그냥 그대로 있으면 풀이지만 사람이 먹을 때는 봄나물이라 부릅니다. 검붉은 달맞이 순, 마른 검불 사이로 뾰족이 솟은 연둣빛 원추리 순, 땅에 방석처럼 퍼진 망초, 향이 좋은 냉이, 초록 잎이 윤기 나는 양지꽃 순 등 밭을 한 바퀴 도니 봄나물을 한 소쿠리나 장만했습니다. 이른 봄에 봄나물로 귀하게 먹었던 풀들은 밭에 뿌린 씨앗이 자라기 시작할 즈음이 되면 억세져서 먹기 힘들어집니다. 풀들을 베어서 텃밭 곳곳에 놓아두면 다른 채소의 생장을 도와주는 거름이 됩니다. 자연에서는 풀 한 포기라도 아주 쓸모없는 것, 필요 없는 것은 없습니다. 『잡초는 없다!』라는 책 제목처럼요.

밭에서 돌을 줍고 봄나물을 뜯고 있는데, 참으로 고맙고도 고마운 선물이 왔습니다. 매해 봄이면 씨앗을 보내주시는 '들풀'님은 이번에도 토종 씨앗과 고정 씨앗을 보내주셨습니다. 아주 오래전부터 우리 땅에서 자라왔던 식물의 씨앗을 토종 씨앗이라 부릅니다. 고정 씨앗은 외래에서 들여왔지만 우리 땅에서 씨를 뿌리고 수확하며 키울 수 있게 된 품종입니다. 안동 깊은 산골에서 풀들과 이야기하며 농사짓는 '들풀'님의 마음이 알알이 담긴 씨앗을 보며, 올해도 뭉게뭉게 아름다운 텃밭의 꿈을 꿔봅니다. 씨앗을 받고 감사의 전화를 하니, 올해는 이웃의 농부들과 같이 '텃밭 꾸러미'를 한다고 합니다. 정성스레 채소를 가꾸는 사람들과 그것을 정성스레 먹을 수 있는 사람들이 만나, 서로의 삶이 순환될 수 있기를 바랍니다. 자연에서 씨앗을 맺는 모든 풀과 나무들이 그러한 것처럼요. (울산저널, 2017.4.7.)

마음을 환하게 밝혀주는 진달래 주먹밥

　추운 겨울이 지나고, 봄은 산과 들에 아름다운 빛깔로 찾아옵니다. 마른 나뭇가지와 풀잎 사이로 올라온 새 풀잎, 노랑, 분홍, 보라, 파랑, 하양 꽃들과 눈을 맞추면 마음이 설렙니다. 언 땅을 뚫고 올라온 냉이를 뿌리째 캐 먹고, 마른 풀잎 사이에 올라온 쑥, 원추리, 망초, 달맞이 잎들을 뜯어 봄 나물로 무쳐 먹고, 가시나무 찔레순도 따먹습니다. 그러다 고개를 드니 어느새 저기 산기슭에 분홍빛이 보입니다. 아, 진달래입니다. 진달래 피는 계절에 태어난 둘째 아이의 생일날 아침 밥상에 별다른 음식을 준비하지 못했습니다. 대신 진달래꽃을 가지째 꺾어 올려주었습니다.

　둘째 아이는 어느새 열여덟 살이 되었습니다. 둘째를 낳을 당시만 해도 자연치유와 현미식물식을 몰랐습니다. 자연분만으로 낳은 아기에게 모유를 먹이는 게 자연스럽다는 정도만 알고 있는 엄마였지요. 당시 신생아 초기 약간의 황달 증세 외에는 별 탈 없이 잘 자라던 아이에게 예방 접종을 맞췄습니다. 얼마 후 백일 사진을 찍고 집에 왔는데, 아이는 갑자기 고열에 시달리고 심지어 입술에서 피가 나기 시작했습니다. 그로부터 며칠을 이 병원 저 병원에 다니다, '가와사키병'이라는 진단을 받았습니다. 일본의 '가와사키'라는 의사가 처음 발견했다는 공해병인데, 유아기에 발병한다고 합니다. 일주일 동안 입원한 끝에 퇴원했는데, 담당 의사는 7세가 될 때까지는 면역력이 약하니 예방접종을 맞히지 말라고 했습니다. 그때부터 사람들이 붐비거나 공기가 나쁜 곳에는 가지 않고, 거의 매일 자연으로 숲으로 갔던 기억이 납니다.

　자연치유 공부를 하면서, 그때 아이가 아팠던 이유가 새 아파트의 나쁜 공기 혹은 예방 접종의 부작용 때문일 수도 있겠구나 싶었습니다. 다행히 그 이후로 큰 병치레 없이 잘 자란 둘째 아이는 운동을 좋아하며 건강합니다. 둘째 아이는 등굣길의 푸른 하늘, 집에서 바라보는 해 질 녘의 풍경, 강아지가 뛰어노는 모습들, 학교 교정에 활짝 핀 벚꽃, 이른 아침 학교 가는 길에 만난 동네의 벚꽃길 등 자연 사진을 가족 단톡방에 종종 올립니다. 걸음을 멈추고 아름다운 자연에 눈을 맞추는 아이의 모습이 아련히 떠오릅니다. 자연에 가까이 다가감으로 건강을 찾은 아이가 때로는 사는 게 힘들고 슬플지라도 늘 아름다운 자연 앞에서 위로받고 힘을 낼 수 있기를 바랍니다.

아이들이 다니는 성당 주일학교에서 간식 당번이 되었을 때, 무얼 할까 고민하다가 분홍진달래 현미주먹밥과 초록깻잎 주먹밥을 만들었습니다. 식물식으로만 음식을 준비하다 보니 '식물식은 정말 맑고 향기롭다'라는 사실을 다시금 깨닫습니다. 알록달록 참 예쁘기도 합니다. 껍질째 자른 꼬마 사과와 가정용 팝콘 기계로 튀긴 친환경 팝콘, 집에서 담근 황매실 발효액을 주먹밥에 곁들여 보냈더니, 밥 한 톨도 남김없이 빈 통으로 돌아왔습니다.

아버님을 여읜 지인을 찾아뵈러 가는 길이었습니다. 슬픈 마음을 밝고 환한 먹을거리로 조금이나마 위로하고 싶어 진달래 주먹밥을 빚어 갔습니다. 옆자리에 앉아 있던 분이 호기심 어린 눈으로 바라보길래 처음 보는 사람과 주먹밥을 나눠 먹었습니다.

며칠 뒤 거리 캠페인에서 나눠줄 주먹밥에 고깔로 씌우기 위해 진달래꽃을 땄습니다. 분홍빛 진달래꽃의 축복을 여러 곳에 나눌 수 있어서 행복했습니다. 진달래꽃을 따면서 종종 흥얼거립니다. "봄이 오면 산에 들에 진달래 피네. 진달래 피는 곳에 내 마음도 피네…." (울산저널, 2017. 4. 19.)

모란이 피기를 기다리며

그저께는 곡우(穀雨)였습니다. 국어사전에서는 '곡우'를 다음과 같이 설명하고 있습니다. '이십사절기의 하나. 청명(淸明)과 입하(立夏) 사이에 들며, 봄비가 내려서 온갖 곡식이 윤택해진다고 한다. 양력으로는 4월 20일경이다.' 밭에서 재배하는 채소의 씨앗은 늦어도 곡우 전에 뿌리면 좋고, 곡우에 비가 내리면 농작물이 잘 자라서 풍년이 들 확률이 높다고 합니다.

자연의 소중함을 깨달으며 시골 생활을 하고 있습니다. 텃밭을 일구면서 자연의 변화와 이십사절기의 흐름을 살피게 됩니다. 나무와 풀들이 잎을 틔우고 꽃을 피우며 열매를 맺는 과정을 지켜보다 보면, 햇빛과 비를 간절히 기다리는 시기가 다가옵니다. 가뭄을 견디다 비를 맞고 훌쩍 자란 작물을 보면 자연의 축복에 저절로 숙연해집니다. 올봄에는 많이 가물었고, 곡우에도 비가 내리지 않았습니다. 곡우 이튿날인 어제 비가 내리긴 했는데, 땅을 흠뻑 적실 만큼의 비는 아니었습니다.

나무들이 꽃을 피우는 시기를 보며 자연의 변화를 살핍니다. 매해 4월이면 밥상에 노랑의 축복을 주는 골담초꽃이 작년보다 일주일 이상 늦게 피었습니다. 10여 년째 곡우 무렵이면 장독대 곁에서 커다랗고 붉은 꽃잎을 활짝 펼치는 모란이 눈에 들어옵니다. 봄의 절정을 느끼게 하던 꽃인데 올해는 아직 꽃망울도 제대로 펼치지 않았습니다. 해마다 똑같은 시기에 꽃이 피고 지는 건 아니지만 예년보다 많이 차이가 날 때는 걱정이 됩니다. 특히 최근 기후위기가 심각해지고 있어 걱정이 커집니다.

갈수록 심각해지는 기후위기 상황에 고무적인 소식이 있습니다. 울산교육청과 식물식 평화세상이 '울산기후위기대응교육센터 운영지원을 위한 업무협약'을 체결했습니다. 울산시 교육청과 식물식 평화세상은 기후위기 상황을 인지하고 알리기 위해 상호 협력, 식물식 이론과 실습 교육 등

식물식 활성화를 위한 다양한 활동을 계획했습니다. 특히 올 연말 개관 예정인 기후위기대응교육센터에서는 동물식을 줄이고 식물식을 실천하는 환경요리를 배우고 익힐 수 있습니다.

보다 많은 사람이 '먹는 것이 나를 만들고, 세상을 만든다', '밥이 나를 바꾸고 세상을 바꾼다'는 점을 인지하면 좋겠습니다. 나와 세상을, 음식으로 건강하고 아름답게 가꾸어 갈 수 있기를 바랍니다. 식물식이 어렵고 힘들다는 편견을 깨고, 오히려 식물식을 통해 행복해질 수 있다는 것을 많은 사람이 깨닫길 바랍니다. 식물식을 통해 나와 지구를 함께 살리는 가치 있는 선택을 지속할 수 있기를 바랍니다. 모란이 피기를 기다리며, 기후위기에 힘을 모을 수 있기를 바랍니다. (울산저널, 2022. 4. 25.)

밀레의 〈만종〉을 보면서

메마른 날이 계속되더니 모종을 옮기는 계절을 앞두고 비가 내립니다. 오랜만에 구들방 이불 속에서 뒹굴며 『땅의 마음을 그린 화가 밀레』를 보았습니다. 농부의 아들로 태어나 농부의 삶을 그린 농사꾼 화가, '밀레'의 삶과 그림에 관한 이야기였습니다.

〈만종〉은 밀레의 작품 중 많은 사랑을 받은 그림입니다. 이 작품은 들에서 일하던 농사꾼 부부가 해 질 녘 성당의 종소리를 들으며 저녁기도를 하는 모습을 담고 있습니다. 해가 저물어가는 밭 언저리, 멀리 시골 마을의 성당이 보입니다. 어둑해질 때까지 감자를 캐던 농사꾼 부부는 성당에서 울려 퍼지는 저녁 종소리를 듣습니다. 부부는 하던 일을 멈추며 옷매무새를 다듬고, 두 손을 모아 감사의 기도를 드립니다. 주변에는 땅에 꽂아 둔 쇠스랑, 감자 바구니, 나무 수레가 있습니다. 이러한 〈만종〉을 보고 있으면 땅의 고마움과 신에 대한 감사가 느껴집니다. 저희 집에도 현관을 열고 들어오면 〈만종〉이 보입니다. 20년 전 갓 결혼했을 때, 밀레의 〈만종〉을 본떠서 털실로 수놓은 액자입니다.

저는 농부의 딸로 태어나 시골에서 자랐습니다. 고등학교 이후 도시에 있는 학교를 다니고, 직장생활도 도시에서 했습니다. 그러다 보니 시골이 점점 그리워졌습니다. 그때 아주 작은 시골 학교에서 근무하던 남편을 만났습니다. 남편은 가동을 멈춘 정미소에 딸린 작은 시골집 한 채를 신혼집으로 빌렸습니다. 잠자는 방 하나와 부엌, 짐을 조금 넣을 수 있는 문간방 하나가 있는 자그마한 시골집이었습니다. 천장에는 쥐가 살았고, 겨울에는 물이 얼었습니다. 지붕에서는 물이 새서, 비가 오면 자는 방 한편에 양동이를 갖다놓아야 했습니다. 그래도 마당에 작은 텃밭이 있었고, 눈만 뜨면 산과 들이 보여서 좋았습니다. 그리고 집 밖에 나가면 냇물이 있어서 마냥 좋았습니다. 남편이 출근하고 나면 집안일을 하거나 텃밭을 가꾸었고, 틈틈이 밀레의 〈만종〉을 수놓았습니다.

　　깊은 산골 시골집에서 사계절을 보낸 후에 시골을 떠나야 했습니다. 그래도 집 한쪽에 있는 밀레의 〈만종〉을 보면 마음이 편안했습니다. 간간이 시골에 있는 부모님 댁을 찾아 농사일을 거들 때면 풀 내음을 맡을 수 있어 좋았습니다. 그때마다 마치 땅의 품에 젖어 드는 기분이 들곤 했습니다. 그렇게 도시의 콘크리트 건물에서 살며 매일 아스팔트 길을 걷다가, 마침내 시골로 다시 이사를 왔습니다. 이사 온 시골집 역시 천장에는 여전히 쥐가 살고, 지붕에서는 비가 새고, 겨울에는 물이 얼곤 합니다. 하지만 마당에는 텃밭이 있고, 매일 흙냄새를 맡을 수 있어 늘 행복합니다.

　　그저께 집에서 만든 가마솥 두부와 쑥 인절미를 들고 시골 부모님을 찾아뵈었습니다. 예전에는 부모님께서 저에게 해줬던 먹을거리들입니다. 오랜만에 부모님과 마주한 밥상에는, 어머니가 결혼할 때 친정에서 들고 와 지금까지 씨를 받아서 키우고 있는 토종 상추가 푸짐하게 올려져 있었습니다. 먼 곳에 있는 친척들과 자식들에게 철 맞게 보내는, 어머니의 가장 귀한 먹을거리입니다. 부모님 댁을 나설 때, 어머니는 시골 상추를 한 보따리 챙겨주셨습니다.

　　어렵고 힘들게 농사를 지으며 저를 키워주신 부모님이 고맙습니다. 그리고 〈만종〉으로 늘 저를 위로해주는 화가 밀레에게도 감사드립니다. 오늘도 자연의 품, 땅의 품에서 지낼 수 있음에 신께 깊이 감사드립니다.
(울산저널, 2014. 5. 8.)

골담초와 더불어 행복했던, 화려한 봄날

4월 중순부터 하순까지, 보름 동안 골담초 덕분에 화려한 봄날 밥상을 준비할 수 있었습니다. 골담초는 '뼈를 책임지는 풀'이라는 의미가 있는데, 실제로 뼈에 좋습니다. 가시가 있고 가늘게 자라는 편으로, 예로부터 담장 곁이나 울타리 나무 사이에 심어서 꽃이 피면 따 먹곤 했습니다. 작고 예쁘고 달콤한 골담초꽃을 그냥 따먹기도 하고, 가지를 삶은 물에 식혜를 담가 먹기도 하고, 겉절이와 비빔밥, 김밥 고명에도 얹어서 먹기도 하고, 떡으로 만들어 먹기도 했습니다.

김밥 속 재료가 적어서 심심하다 싶으면, 골담초꽃으로 장식합니다. 그럼 음식이 금세 환해집니다. 골담초는 이런저런 밥상 모임에서 빛을 발합니다. 그리고 골담초는 인절미 만들기 체험을 하러 온 도시 아이들에게도 색다른 자연의 맛을 느낄 수 있게 해줍니다.

식물식을 하면서 '사람과 지구를 더불어 살리는 먹을거리'는 어떤 것인지 늘 생각하게 됩니다. 고민은 '나에게 이로운 것은 다른 생명에게도 이로워야 한다', '나를 위해서 다른 생명을 희생시키지 않아야 한다'라는 생각으로 확장됩니다. 진리는 단순합니다. 봄날에 나물을 뜯거나 골담초꽃을 따면서, 여름날에 오이나 깻잎을 따면서, 가을날에 감을 따거나 고구마를 캐면서, 겨울날에 김장김치를 꺼내거나 시래기를 삶으면서 '진정한 생명살림'이나 '생명의 순환'을 생각합니다. 우리는 나무와 풀이 자라는 모습을 보는 것으로도 그 빛깔과 향기에 쉼을 얻습니다. 식물의 뿌리, 줄기, 잎, 열매, 꽃을 채취할 때나 요리할 때면 좋은 냄새 혹은 향기를 맡을 수 있습니다. 그것은 우리에게 축복입니다. 동물을 먹기 위해서는 그들을 움직이지 못하게 붙잡아야 하고, 그들의 분노가 담긴 울음소리를 들어야 하고, 그들의 피비린내를 맡아야 합니다. 동물성 식품은 시간이 지나면서 불쾌한 냄새를 풍깁니다. 그것은 바람직하지 않다는 뜻이겠지요.

　오랜만에 딸이 집에 왔습니다. 때마침 제 생일쯤이라 골담초꽃으로 떡을 만들었습니다. 입맛이 조금 까다로운 딸도 떡을 맛있게 잘 먹었습니다. 현미가루에 소금 간을 약간 해서 골담초꽃을 버무려 쪘을 뿐인데, 아주 오묘한 단맛과 향기를 담고 있습니다. (울산저널, 2016. 5. 11.)

모종을 심으며

　초록 잎을 틔우는 나무와 풀들, 피고 지는 꽃들, 새와 풀벌레 소리, 소리 없이 움직이는 많은 생물들. 하루하루 느껴지는 자연의 모습과 소리는 참 아름답습니다. 이러한 자연 속에서, 자연스러운 공존에 대해 늘 생각하게 됩니다.

　봄비 내리는 어느 날, 모종을 옮겨 심으면 좋겠다 싶었습니다. 시내에서 볼일을 보고 꽃집에 들러 한련화 모종을 두 개 샀는데, 집으로 가는 버스 안에서 마음이 내내 설레었습니다. 이른 여름부터 가을까지 밥상을 예쁘게 만들어 줄 한련화를 생각하니, 마음 밭에는 벌써 꽃이 활짝 피었습니다. 모종을 심은 후 잘 자라기를 기도하며 부지런히 물을 주고 햇볕과 바람과 비로 어루만지니, 한련화는 어느새 예쁜 꽃을 피워냅니다. 한련화는 샐러드 위에서, 김밥 위에서, 떡 위에서 밥상을 환하게 밝혀줍니다.

　텃밭에 심은 모종들이 모두 잘 자라는 것은 아닙니다. 여러해살이 산나물 밭에 옮겨 심은 방풍나물 모종이 어느 날부터 뿌리째 톡톡 튀어나와 있었습니다. 누가 그랬을까 괘씸하기도 하고 화도 났습니다. 자연스러운 삶을 살아가는 '들풀'님과 통화하니, 땅속으로 다니는 두더지가 그랬을 수도 있다고 합니다. 두더지 입장에서 보면 자기가 다니는 길을 막아놓은 셈이니, 입장을 바꿔 생각하면 서운하다고 할 수도 없었습니다. 혹시나 하는 마음으로 다시 모종을 심어도 여전히 뿌리째 튀어나왔습니다. 그래도 다시 심기로 했습니다.

　작년에는 고추 모종을 심었는데 고라니가 잎을 다 뜯어 먹어 뿌리와 줄기만 남아 있었습니다. 모종을 뽑아버리려다 그냥 놔뒀더니, 다행히 다시 잎이 나와 고춧잎과 고추를 조금은 따먹을 수 있었습니다. 울타리를 만들면 고라니가 들어오지 못할 텐데, 차마 그러지는 못했습니다. 올해도 혹시나 하는 마음으로 고추 모종을 심었습니다. 울타리 대신 다니기 조금 불편하도록 가지치기한 나뭇가지와 끈을 엮었습니다. 모종은 다행히 잘 자랐습니다. 보름 정도 동안 매일 살폈는데, 오늘 와서 보니 고라니가 고춧잎을 먹은 흔적이 보였습니다. 고구마 잎까지 다 먹어버리는데, 오이랑 토마토, 가지 등은 잎이 거칠어서 손을 대지 않으니 그나마 다행이라고 해야 할까요?

내가 심었다고 내 것이라고 할 수는 없습니다. 나도 내가 심지 않고도 저절로 자라는 풀과 나무의 잎과 열매, 꽃들을 먹고 있으니까요. 고라니, 두더지와 적당히 같이 살았으면 하는 마음입니다. (울산저널, 2018. 5. 23.)

앵두를 따며

아가야 나오너라 달맞이 가자
앵두 따다 실에 꿰어 목에다 걸고
검둥개야 너도 가자 냇가로 가자

비단물결 넘실넘실 어깨 춤추고
머리 감은 수양버들 거문고 타고
달밤에 소금쟁이 맴을 돈단다

　빨갛고 투명하게 익은 앵두를 따다 보면 어릴 적 배운 동요를 저절로 흥얼거리게 됩니다. 앵두는 다른 과일나무에 비해 열매가 작고, 빨리 열립니다. 동글동글 빨갛고 작은 열매가 가지가지 송알송알 맺힌 앵두나무를 보면, 키 큰 어른도 키가 작은 아이도 저절로 손을 내밀게 됩니다. 앵두는 아장아장 이제 막 걷기 시작하는 아기도 작은 손으로 따서 한입에 먹을 수 있는 새콤달콤 귀여운 과일입니다. 그래서 아이를 키우는 집에서는 마당 한쪽에 앵두나무를 종종 심기도 합니다.

　낮이 가장 길다는 '하지'를 앞둔, 춥지도 않고 덥지도 않은 여름밤입니다. 우리를 힘들게 하는 모기도 아직은 안 보입니다. 이웃에 사는 동무들과 밤마실이나 달맞이 가기에 좋은 날씨입니다. 동글동글 빨간 앵두 목걸이를 목에 걸고 한 알씩 빼먹으며 검둥개, 친구들과 함께 놉니다. 가로등이 없어도 하늘의 달빛과 별빛만으로도 밤길을 걸을 수 있지요. 부드럽게 흐르는 냇물은 넘실넘실 어깨 춤추고, 살랑살랑 부는 바람에 긴 머리 수양버들은 거문고를 타는 듯합니다. 달빛 비치는 잔잔한 냇물 위에서 소금쟁이는 둥글게 원을 그립니다.

불과 수십 년 전만 하더라도 자연은 있는 그대로 삶터이자 쉼터, 놀이터였습니다. 그런데 지금은 그렇지 못합니다. 사람만을 위해서 만든 일터에서 일하고, 사람만을 위한 쉼터에서 쉬고, 사람만을 위한 놀이터에서 노는 경우가 많습니다. 사람들만을 위한 터에서 일하고, 쉬고, 노는 게 정말 행복한지 문득 궁금해지는 밤입니다. (울산저널, 2013.6.12.)

밥솥에서 감자 캐기

감자가 흔하고 맛있는 계절입니다. 추운 겨울이 지나간 후 얼었던 땅이 녹고 날이 풀리면 밭에 씨앗을 심는데, 그중 가장 큰 씨앗은 '씨감자'입니다. 싹이 난 감자를 쪽 내어 재를 묻힌 다음 땅에 심으면, 감자는 토실토실 자랍니다. 그렇게 어두운 땅속에서 백일 무렵 자란 감자는 한여름으로 접어들기 전 밝은 세상으로 나와 요리조리 밥상에 오릅니다. 감자는 동서고금을 막론하고 소박한 밥상에서 빠지지 않습니다. 몇 년 전 독일, 오스트리아 등지에서 열린 '농촌공동체 활성화와 지속 가능한 미래'라는 주제의 연수에 참가한 적이 있습니다. 고기, 생선, 달걀, 우유가 들어간 음식을 전혀 먹지 않는 식물인으로서, 한 끼 식사로 쉽게 먹을 수 있었던 음식은, 삶은 감자와 채소 샐러드였습니다. 순식물성 식품이 마땅치 않은 식당에 갈 때면 삶은 감자를 부탁하곤 했는데, 대부분 흔쾌히 준비해 주었습니다.

네덜란드 화가 빈센트 반 고흐는 땅과 농부를 사랑해서 이를 즐겨 그렸습니다. 〈감자 먹는 사람들〉이 대표적인 그림입니다. 이 작품은 그의 첫 번째 걸작으로 평가됩니다. 고흐는 작품을 그리기 위해 자신이 머물던 집의 식구들을 따로따로 40번 이상 그리면서 인물을 탐구했습니다. 더불어 그들이 무엇을 느끼고 생각하는지 공유하려고 애썼습니다. 고흐는 마치 자신이 농부가 된 것처럼, 그들의 편에 서서 그들의 모습을 화폭에 담았다고 합니다. 어두운 방 안에 차려진 식탁에는 찐 감자와 차 한 잔밖에 없습니다. 초라하기 그지없지만, 그 어느 식사 장면보다 진실해 보입니다.

고흐는 자신의 예술 활동을 평생 후원해 줬던 동생 테오에게 보내는 편지에서 "나는 램프 불빛 아래서 감자를 먹고 있는 사람들이 접시로 내밀고 있는 손, 자신을 닮은 바로 그 손으로 땅을 팠다는 점을 분명히 보여주려고 했다"라고 썼다고 합니다. 얼마 전, 제가 좋아하는 화가 빈센트 반 고흐가 고기를 먹지 않았다는 것을 알고는 반갑고 기뻤습니다. 톨스토이, 간디, 링컨, 월든, 헤르만 헤세, 고흐 등 오래전부터 이들의 삶에 끌렸는데, 그들 모두가 육식의 문제점을 얘기했으며, 특히 고흐는 "남부 프랑스의 한 도살장을 방문한 이래, 나는 고기를 끊었다"라고 했답니다.

감자는 대표적인 구황작물(救荒作物)입니다. 구황작물이란 열악한 기상 조건에서도 상당한 수확물을 얻을 수 있어 흉년이 들 때 큰 도움이 되는 편입니다. 생육 기간이 짧은 조, 피, 기장, 메밀, 고구마, 감자 등이 이에 속합니다. 이들 작물은 가뭄이나 장마에 큰 영향을 받지 않습니다. 척박한 땅에서도 가꿀 수 있어 흉년으로 기근이 심할 때 주식으로 대용할 수 있고요. 그중에서도 감자는 동서고금으로 널리 서민들에게 사랑받아 왔습니다.

감자가 흔하고 맛있는 계절, 여러 음식에 감자를 활용합니다. 이따금 밥솥에서 감자를 캐기도 합니다. 씻은 쌀 위에 감자를 얹어서 밥을 지으면, 감자가 쌀밥 속에 숨어있습니다. 그래서 다 된 밥을 풀 때는 감자를 살살 캐어내야 합니다. 밥을 짓기 전에 강황가루를 조금 넣으면 황금 감자를 캐어 먹을 수도 있습니다. 송알송알 밥알이 묻은 황금 감자는 현미밥 뒤에 먹는 별미라 식구들은 물론 식물성 사료를 먹는 저희집 개들도 잘 먹습니다. 밥에서 캐낸 감자를 으깨 당근채와 오이채, 옥수수알, 견과류 등을 버무려 먹어도 좋고, 통밀 식빵에 발라서 과일이나 잎채소를 살짝 얹어 샌드위치로 만들어 먹어도 좋습니다. 감자는 카레, 짜장, 볶음 등의 주재료이기도 합니다. 감자의 꽃말은 '당신을 따르겠습니다'라고 합니다. 요리조리 다양하게 어울리는 감자에게 딱 어울리는 말인 것 같습니다. (울산저널, 2016.7.6.)

자연의 맛, 소중한 먹을거리

비가 이어지는 장마철에 유치원 아이들이 인절미 만들기 체험을 하러 갔습니다. 비가 많이 오면 어쩌나 걱정했는데 다행히 잠깐 해가 떴습니다. 체험장으로 가는 길에 보이는 풀 한 포기, 들꽃 하나도 아이들은 반가운가 봅니다. 이것저것 구경하며 가노라니 걸음을 멈출 때가 잦습니다. 아이들은 기와지붕이 보이자 "와! 옛날 집이다!" 하며 신기해합니다.

재잘재잘대는 아이들과 인사를 나누고 인절미 만드는 과정을 설명합니다. 우선 가마솥에 미리 쪄 놓은 찹쌀현미 고두밥을 꺼냅니다. 천 보자기를 펼치니 누르스름한 현미밥에서 김이 모락모락 올라옵니다. 아이들이 코로 구수한 밥 냄새를 맡습니다. 흔히 접하는 백미 색깔이 아닌 누런 빛을 띠는 현미밥에 관해 이야기해 주었더니 한 아이가 '자연의 맛'이라고 말합니다. 그 소리가 너무 반가워 돌아봤습니다. 한 선생님이 유치원에서 요즘 '건강한 먹을거리'를 공부하며 가끔 현미밥도 먹고 있다고 얘기했습니다.

소금 간을 약간 한 찹쌀현미 고두밥을 조금씩 맛보고 떡메치기를 하는데, 아이들이 노래를 부르기 시작했습니다. '자연의 맛! 소중한 먹을거리…' 그러고는 어느새 다 같이 합창을 합니다. 언제 들어도 편안하고 정겨운 백창우 아저씨의 〈밥상〉이었습니다.

우리 아버지의 아버지 때부터 우리 어머니의 어머니 때부터
밥상에 오르내리며 나를 키워 준 것들
아주 어릴 땐 잘 몰랐지만 이제는 알 것 같아
어머니의 손맛이 베~인 그 소중한 밥상을
쌀밥 보리밥 조밥 콩밥 팥밥 오곡밥
된장국 배추국 호박국 무국 시금치국 시래기국

배추김치 총각김치 열무김치 갓김치 동치미 깍두기
가지나물 호박나물 콩나물 고춧잎 무말랭이 장아찌

조용하던 하늘에서 장대비가 내리기 시작합니다. 기와지붕에서 쏟아지는 낙숫물 소리와 떡메치는 소리, 아이들 노랫소리가 멋지게 어울립니다. 고두밥은 거의 으깨어져 군데군데 밥알이 씹히는 옛날의 인절미가 되었습니다. 나무 함지박에 콩고물을 뿌리고 먹기 좋게 한 점씩 떼어 낸 인절미를 콩고물에 굴려 완성합니다. 오물오물 꼭꼭 씹어 먹는 아이들 표정이 귀엽습니다.

농부 철학자 피에르 라비는 젊은 시절 프랑스에서 잠깐 생활하다 흙의 소중함을 깨닫고 고향 알제리로 돌아가 농사를 지었습니다. 아프리카 곳곳에 생명농업을 전한 농부 철학자는 이렇게 말했습니다.

"이제 우리는 단순히 '우리 아이들에게 어떤 지구를 물려줄 것인가?' 하는 고민으로 충분하지 않다. 이에 더해 '우리의 지구에게 어떤 아이들을 물려줄 것인가?'까지 고민해야 하는 것이다."

우리 아이들이 자연의 맛을 알고 먹을거리의 소중함을 깨닫기 시작하면, 몸도 마음도 건강해지겠지요. 그 아이들이 살아갈 어머니 지구도 더불어 건강해질 것입니다. (울산저널, 2014. 7. 16.)

고마운 들깻잎

아침부터 저녁까지 쉴 새 없이 울어대는 매미 소리는 한낮의 찌는 듯한 더위를 예고합니다. 내일모레가 입추지만 계속되는 한여름 불볕더위에 몸도 마음도 힘들어집니다. 아침과 저녁에는 이슬을 머금어 생기 있던 텃밭 채소도 한낮에는 힘들어서 잎을 축 늘어뜨리고 있습니다.

더워서 입맛도 없고 먹는 것도 힘듭니다. 한여름 우리의 몸에 생기를 찾게 해주는 여름 텃밭 삼총사가 있습니다. 한 잎 베어 먹는 것만으로도 목마름을 잊게 만드는 오이, 톡 쏘는 매운맛이 막힌 속까지 뚫어 주는 듯한 고추, 그리고 특유의 향으로 입맛을 당기게 만드는 들깻잎입니다.

긴 장마 이후 이어지는 불볕더위에 텃밭의 잎채소들이 힘들어하며 점점 시들해집니다. 이때 가장 생기 있게 자라는 것이 들깨입니다. 들깨는 길가나 밭두둑, 자투리땅에 심어도 잘 자랍니다. 고추 사이사이에 심으면 특유의 향으로 고추에 생기는 해충을 없애주기도 합니다. 가을에 수확한 들깨는 가루나 기름 형태로 여러 요리에 영양과 맛을 더해 줍니다. 무엇보다 들깨는 한여름 밥상에서 어른이나 아이, 도시나 시골 사람 가릴 것 없이 한국 사람 대부분이 좋아하는 잎채소입니다. 얼마 전 우리 집에서 며칠을 보낸 미국교포 여자아이도 들깻잎을 좋아했습니다. 어릴 적 한국에서 외할머니와 생활할 때 먹어 본 깻잎김치 맛이 기억에 남았는지, 이모에게 깻잎김치가 먹고 싶다고 했답니다.

들깻잎은 서민들의 소박한 밥상에서 건강한 여름나기를 도와줍니다. 생으로 먹어도 입이 향기롭지만, 다양한 요리에도 잘 어울립니다. 나물로도 무쳐 먹고, 채 썰어서 각종 겉절이나 국 찌개에 넣어 먹어도 좋습니다. 소금물에 삭혀 된장과 고추장으로 장아찌를 담가 밑반찬으로 먹어도 되고, 양념간장에 절여 먹어도 맛있습니다. 밀가루옷을 입혀서 깻잎전으로 구워 먹어도 고소합니다.

오늘도 밥상에서 들깻잎의 도움을 받았습니다. 학교 가는 아이들에게 가벼운 아침 먹을거리를 만들어 주었습니다. 쑥절편과 동그랗고 납작하게 썬 당근을 기름 두른 가마솥 프라이팬에 구워서, 들깻잎 위에 살짝 올려놓았습니다. 먹기도 좋고, 눈으로 보아도 즐겁습니다. 토마토를 채로 썰어 큼지막한 조각 하나를 당근 위에 얹었습니다. 방울토마토와 삶은 감자는 접시 위에 예쁘게 얹었습니다. 식사를 마치고 나니 접시가 깨끗해져 있어 마음이 개운했습니다. 향기롭고 맑은 건강밥상 도우미 들깻잎! 오늘도 고맙습니다. (울산저널, 2013.8.7.)

귀한 고구마 줄기를 어떻게 먹을까?

자연과 조화롭게 살아가는 지인이 택배를 보내왔습니다. 여름 텃밭의 여러 채소—고구마 줄기, 양배추, 가지, 울타리콩, 오크라, 피망, 파프리카 등—와 가을 텃밭에 파종할 씨앗들, 그리고 연필로 쓴 손편지가 함께 왔습니다. 산에서 모은 부엽토, 집에서 나온 똥과 오줌만으로 키운 채소들이라 크기는 시장에서 파는 것보다 작았습니다. 하지만 흙냄새를 좋아하고 들풀 향기를 사랑하며 농사지은 이의 숨결이 알알이 느껴졌습니다. 작은 봉지에는 손수 채종한 토종 씨앗의 이름과 씨를 받은 해가 적혀 있었습니다. 이름도 정겨운 구억 배추, 쥐꼬리 무, 상추, 순창 쑥갓, 아욱, 청근대, 뿔시금치 등이었습니다.

막내 아이에게 고구마 줄기를 어떻게 먹고 싶냐고 하니, 역시나 고구마 줄기 김치로 먹자고 합니다. 제가 어릴 적에는 고구마 줄기를 주로 볶아서 먹었던 기억이 납니다. 막내와 저는 둘이 마주 앉아 고구마 줄기 끝부분을 살짝 꺾어서 껍질을 한 번씩 벗겼습니다.

지난번에는 현미식물식의 원칙(?)대로 껍질째 김치를 담갔는데요, 아주 질겼지만 막내는 고구마 줄기 마니아답게 잘 먹었습니다. 이번에는 껍질을 조금만 벗기기로 했습니다. 반씩 나누어 고구마 줄기 김치와 고구마 줄기 볶음을 요리하기로 했습니다.

고구마 줄기를 먹을 때면 참 신기하고 고맙습니다. 잘 자란 고구마 줄기를 적당히 떼어주면 땅속의 고구마도 잘 자라고, 줄기는 맛있는 반찬으로 만들 수 있으니까요. (2016.8.28.)

고구마 줄기 김치

- 다듬은 고구마 줄기를 씻어서 소금에 절이고, 무, 다시마 등을 우린 채수에 현미밥을 갈아서 소금 간을 합니다.
- 현미밥풀죽에 생강가루, 고춧가루, 집간장, 볶은 깨 등을 넣습니다.
- 절인 고구마 줄기를 한 번만 살짝 헹구어 물기를 빼고, 양념에 버무릴 때 붉은 고추, 여주도 채 썰어 넣습니다.
- 김치를 맛보던 막내가 배고프다며 밥그릇을 먼저 챙깁니다.

고구마 줄기 볶음

- 다듬은 고구마 줄기를 끓는 물에 살짝 데치며 찬물에 헹굽니다.
- 달군 팬에 물, 집간장을 두르고 볶는데, 막내가 매운 고추를 넣어달라고 합니다.
- 막내가 주문하지 않은 쓰디쓴 여주, 끈끈한 오크라도 고추와 함께 편 썰어 넣습니다.
- 적당히 간이 밸 즈음, 불을 끄기 전 생들기름을 조금 두릅니다.
- 매운 고추, 쓰디쓴 여주, 끈끈한 오크라가 조금씩 들어간 고구마 줄기 볶음을 시식한 막내가 맛있다고 합니다. 남은 양을 보고서는, 고구마 줄기 반을 볶은 게 맞냐고 물어봅니다.
- 김치의 양을 늘렸다고 하니, 다음에는 고구마 줄기 볶음을 더 하자고 합니다.
- 귀한 고구마 줄기 덕에 쓰디쓴 여주, 끈끈한 오크라도 덤으로 함께 잘 먹을 수 있었습니다.

토마토와 더불어 건강한 여름을

"토마토가 빨갛게 익어갈수록 의사의 얼굴은 파랗게 질린다"는 서양 속담이 있습니다. 여름 보양식으로 삼계탕, 육개장 등 동물성 식품을 먹는 대신 빨간 토마토를 먹으면 더위도 코로나바이러스도 멀리멀리 달아날 것입니다.

뜨거운 태양 아래 텃밭에서 토마토가 빨갛게 참 잘 자랐습니다. 노란 대추토마토도 잘 자랐고요. 지인에게 선물 받은 씨앗으로 싹을 틔운 토마토, 시장에서 산 모종을 옮겨 심은 토마토까지 모두 잘 자랐습니다. 처음에는 모종을 옮겨 심은 토마토가 잘 자라는 듯했으나, 한여름이 될수록 씨앗으로 텃밭에 뿌리 내린 토마토들이 더 싱싱하게 자랐습니다. 오롯이 자연의 힘으로 자란 식물들의 힘이 생생해 보였습니다. 큰 토마토가 익어가기 시작하면 새들이 먼저 파먹어대는 바람에, 내년에는 작은 방울토마토와 대추토마토만 심어야 하나 고민했습니다. 그런데 다행히도 새들이 먼저 먹고, 우리도 먹고, 이웃과도 가끔 나눌 수 있을 만큼 큰 토마토들이 넉넉히 열렸습니다.

덕분에 한여름 동안 요리조리 토마토를 충만하게 모신 밥상이 이어졌습니다. 오이말이초밥, 다시마말이초밥, 두부채소말이, 감자비건피자, 채소볶음에도 토마토를 모셨습니다. 토마토를 강판에 갈아서 보라색 치커리 꽃이나 까만 까마중 열매를 띄우기도 했습니다.

계명대학교 국제경영학전공 신상헌 교수님은 쇠사슬에 묶인 원숭이 사진을 보고 비건이 되었다고 합니다. 그 사진을 30분 동안 바라본 후, 자신의 전공인 국제경영학이 부끄러워졌다고 합니다. 그래서 교수님은 이제 기업윤리 관련 철학을 강의하는 쪽으로 점점 과목을 바꾸고 있습니다. 교수님은 2019년 계명대에 '비거니즘' 과목을 개설했습니다. 당시 하버드대와 더불어 세계 최초였다고 합니다. 교수님의 프로필에는 다음과 같은 글이 적혀 있습니다.

"'언어의 자유가 부여한 가장 위대한 힘은 말 못하는 이들을 위해 사용하는 것이다'라는 리키의 주장을 심쿵하며 지지합니다. 육지동물뿐만 아니라 물살이도 그들만의 다양한 언어를 사용하고 있습니다. 다만 인간들이 이해하고 싶지 않을 뿐입니다. 모든 동물은 지구상에서 인간과 동등한 지위를 가지고 있습니다. 보다 영리한 인간의 머리로, 이들을 속박하고 잔혹하게 학살하며 그 시체를 먹는 데 이용하는 것은 깊이 생각해 볼 일입니다."

소리 낼 수 없는 약한 자들을 위해 활동하는 비건활동가들이 세계 곳곳에 있습니다. 그들은 사람들의 시선을 끌기 위해 비키니 차림으로, 보디빌더로, 운동선수 모습으로 있습니다. 그들이 자신의 몸과 재능을 통해 비건 활동을 하는 이유는, 약한 자들의 아픔을 외면할 수 없기 때문입니다. 오직 세상이 평화롭기를 바라기 때문입니다.

우리가 고기, 생선, 달걀, 우유, 꿀 등 동물에게서 나오는 먹을거리를 취한다는 것은, 인간보다 약한 다른 동물들에게 폭력을 가한다는 의미입니다. 사랑과 평화의 음식인 자연식물식은 인간을 포함한 모든 동물을 행복하게 할 것입니다. 닭들, 소들, 돼지들, 물살이(물고기)들 그리고 축산업계와 어업계에 종사하는 분들이 고통받지 않고도 더불어 행복하게 살 수 있기를 바랍니다. 동물해방이 된다면, 코로나19를 포함한 전염병과 기후위기는 저절로 물러날 것입니다. 코로나19는 우리에게 "뭇 생명들과 더불어 행복하게 잘 사는 방법으로 돌아가라!"라고 경고하고 있습니다. 코로나19의 경고를 깨닫고 정의로운 식생활인 식물식을 선택하면, 우리는 마스크로부터, 기후위기로부터도 자유로워질 것입니다. (울산저널, 2021. 8. 23.)

강한 생명력으로 여름나기 도와준 '쇠비름'

봄, 여름, 가을, 겨울 사계절이 오가는 모습은 참으로 신기합니다. 더위가 떠난다는 '처서'에 비가 내리더니 날씨가 확 바뀌었습니다. 이전에는 너무 더워 밤에도 창문을 모두 열어두었는데, 이제는 창문을 조금씩 닫아도 찬 기운이 느껴질 정도입니다. 이른 아침부터 밤까지 목청껏 울어대며 한낮의 찌는 듯한 불볕더위를 예고하던 매미 소리는 여전합니다. 하지만 아침과 저녁으로는 맑고 투명한 풀벌레 소리가 들립니다. 한낮에 바깥일을 하면 덥기는 하지만 여름의 그 더위만큼은 아닙니다. 더 이상 온몸에서 땀이 주룩주룩 흘러내리지 않고, 부지런히 일했다는 수고로움의 표시로 땀이 조금 배어나는 정도입니다. 이제는 한여름 햇살을 가득 품은 붉은 고추를 말리려고 합니다. 햇볕이 조금이라도 더 오래 머무르는 곳을 찾습니다.

일요일을 맞아, 여름나기를 도와주던 물건들을 가족들과 함께 정리했습니다. 뜨거운 햇볕을 조금이라도 막아보려고 늘어뜨렸던 왕골발과 차양막을 걷었습니다. 산과 들의 바람이 잠들 때면 잠깐씩 더위를 식혀주던 선풍기를 깨끗이 닦으며 정리했습니다. 그렇게 더위에 축 늘어져 소홀히 했던 집안 정리를 마쳤습니다. 그리고 저녁 밥상에 올릴 반찬거리를 찾아서 텃밭으로 갔습니다.

여름 내내 밥상에 오르던 오이, 고추, 들깻잎, 토마토가 먼저 눈에 들어옵니다. 눈을 좀 더 아래로 향해봅니다. 모종으로 키운 텃밭 채소들 사이사이에서 씩씩하게 자란, 방석처럼 넓게 퍼진 쇠비름이 보입니다. 아, 쇠비름! 유난히 덥고 가물어서 힘들었던 올여름 동안 쇠비름을 먹고 더 잘 지낼 수 있었는지도 모릅니다.

쇠비름은 뙤약볕이 내리쬐는 들판 혹은 밭둑이나 길가에서 잘 자랍니다. 쇠비름을 뽑아서 흙 위에 두면, 쇠비름은 그대로 뿌리를 다시 내리며 살아납니다. 햇볕 쨍쨍한 날에 뽑아 바위 위에 던져 놓아도 다음날까지 거뜬히 살아 있을 만큼 생명력이 강한 식물입니다. 그러다 며칠 가뭄이 들면 얼른 씨를 퍼뜨린 후 시들어서 자연으로 돌아갑니다. 한여름이면 다른 풀과 곡식은 시들시들 늘어지지만, 쇠비름은 푸릇푸릇 생기를 머금고 노란 꽃을 피워 냅니다.

쇠비름은 '오행초'라고도 하는데, 다섯 가지 색과 기운을 가지고 있기 때문입니다. 잎은 푸르고, 줄기는 붉으며, 꽃은 노랗고, 뿌리는 희고, 씨는 까맣거든요. 쇠비름은 꾸준히 먹으면 오래 산다고 하여 '장명채'라고도 한답니다. 이렇게 생명력이 강한 쇠비름은 가끔 나물로 무쳐 먹기도 합니다. 덕분에 저희 다섯 식구도 별 탈 없이 무더운 여름을 잘 지낼 수 있었다고 생각해 봅니다.

쇠비름을 나물로 무칠 때는 깨끗이 씻은 다음 끓는 물에 살짝 데쳐 물기를 짭니다. 그다음 같은 양의 된장, 고추장에 깨소금을 넣고 무친 후 참기름이나 들기름을 두릅니다. 가을을 맞이하는 길목에서 지난여름을 생각하며 쇠비름을 뜯자니, 풀 속에서 벌레들이 가을 인사를 합니다. (울산저널, 2013.9.14.)

　　키다리 해바라기가 노랗게 넓은 꽃을 활짝 피웁니다. 나팔꽃이 해바라기를 돌돌돌 감으며 연보랏빛 꽃을 피웁니다. 초가을 아침입니다. 좋은 벗들을 기다리고 있으니, 마음이 설렙니다. '현미식물식두레밥' 모임을 우리 집에서 하기로 했거든요. 현미식물식두레밥은 이웃에게 현미식물식밥상의 가치를 나누고자 하는 모임입니다. 산, 들, 바다에서 자연스럽게 나는 식물로, 가능하면 자연 그대로의 재료로 제철 밥상을 차립니다. 우리나라는 오래전부터 '두레'를 통해 농사일이 바쁠 때 서로 도우며 함께 일했습니다. 여러 사람이 함께 모여 먹을 수 있는 둥근 밥상을 '두레상'이라고도 하지요.

　　나와 이웃과 지구를 살리는 삶을 고민하고 있습니다. '내가 먹는 것이 나를 살리고, 이웃을 살리고, 지구를 살리는 일'이라는 것을 자각하며 준비하는 현미식물식밥상은, 가장 기본적인 실천입니다. '현미식물식두레밥'은 울산 곳곳에 흩어져 사는 주부들이 각자의 일을 하면서 틈이 날 때 가끔 모여서 진행하고 있습니다. 학교나 직장에서 나와서 스스로 배우고 자신만의 삶을 찾아가려는 젊은 분들도 함께하고 있습니다. 저희는 '대안문화공간 품&페다고지'에서 열리는 여러 소모임을 대상으로 '주문 밥상'을 차리기도 합니다. 매월 둘째 넷째 목요일에는 '정기밥상'을 준비하며 몸과 마음을 치유하는 데 도움이 되는 다양한 건강강좌를 함께 준비합니다. 공업도시이자 원전도시인 울산에서, 우리는 현미식물식밥상을 나누며 참을 수 없는 존재의 무거움을 조금이나마 가볍게 하려 노력하고 있습니다.

　　벗들과 함께 즐길 소박한 밥상을 생각하며 텃밭으로 가는데, 뜰에서 '괭이밥'을 만났습니다. '괭이'는 고양이를 일컫는 말입니다. 그러면 괭이밥은 고양이가 밥처럼 먹는 걸까요? 동물은 다치거나 아프면 스스로 치료하는 자가 치료 능력을 지니고 있습니다. 고양이는 소화가 잘 안되거나 아플 때면 괭이밥을 뜯어 먹는다고 합니다. 괭이밥을 텃밭이나 뜰에 있는 갖가지 푸성귀들과 듬성듬성 섞어서 먹으면 새콤한 맛이 느껴져 입맛을 돌게하는데요. 먹고 나면 소화가 잘됩니다. 괭이밥이 새콤한 까닭은 '수산'이라는 성분이 들어있기 때문이라 합니다. 손톱에 꽃물을 들일 때 식초나 백반 대신 괭이밥 잎을 봉숭아 꽃잎과 함께 찧어서 올리면 손톱에 주홍빛 꽃물이 곱게 듭니다.

괭이밥은 봄부터 가을까지 뜰이나 텃밭, 울타리 밑에서 잘 자랍니다. 괭이밥의 잎은 심장 모양 세 개가 마주 붙은 형태인데, 참 신기합니다. 맑은 날에는 심장 모양이 서로 마주 보며 펼쳐져 있다가, 밤이 되거나 흐린 날에는 마주 보는 잎을 살짝 접습니다. 우리가 사랑하는 사람을 만나면 심장을 마주하며 꼭 껴안는 것처럼요. 오늘도 숲과 들을 담은 소박한 밥상에서 벗들과 행복을 나누었습니다. 그와 함께 보이지 않는 사랑과 보이는 사랑(심장 모양의 괭이밥 잎)을 듬뿍 담았습니다.

헤어지는 길에, 벗들에게 또 하나의 아주 작은 사랑인 풍선꽃 씨앗을 보여주었습니다. '풍선꽃'은 여리게 살랑살랑 바람에 흔들리면서 줄을 타며 자라는데요. 자그맣고 하얀 꽃을 피우며, 갓난아이 주먹 크기만 한 열매를 맺습니다. 풍선처럼 속이 비어 있는 열매를 자세히 들여다보면 쥐눈이콩만 한 까만 씨에 하얀색 심장(사랑) 모양이 있답니다. 어느 책 이름처럼 '보여줄 수 있는 사랑은 아주 작습니다. 보여줄 수 없는 사랑에 비해.' 우리가 차리는 현미식물식밥상은 이웃에게 보여줄 수 있는 아주 작은 사랑입니다. (울산저널, 2013.9.25.)

고구마를 먹고 산다

아직 한낮의 햇볕은 따스하지만, 아침과 저녁에는 손발이 시립니다. 봄에 씨앗을 뿌리고 모종을 내서 여름내 무성하게 키운 먹을거리가 푸른 논밭과 함께 눈에 들어옵니다. 지금은 가을걷이가 한창입니다. 가을걷이한 먹을거리는 겨우내 우리의 생명을 살려주겠지요. 그리고 일부는 봄에 다시 싹을 틔워 밭에서 나가 자라, 또 우리를 먹여 살리겠지요. 자연스러운 생명의 순환입니다.

가을걷이한 먹을거리 중 고구마가 있습니다. 가을에서 이른 봄까지는 매일 밥을 먹는 것처럼 거의 매일 고구마를 먹고 삽니다. 텃밭에서 조금 키운 고구마, 시골 부모님께서 보내주신 고구마, 이웃들이 나눠준 고구마를 맛으로도 먹고 주신 분들의 정으로도 먹습니다.

고구마는 흰색, 노란색, 자주색, 연한 주황색 등 색깔이 여러 가지입니다. 맛이 조금씩 다르지만 영양학적 성분은 거의 비슷합니다. 고구마는 생으로도 먹고, 구워서도 먹고, 삶아서도 먹고, 반찬으로도 먹습니다. 고구마는 탄수화물이 많아 주식이나 간식으로 먹기도 하고, 엿이나 과자, 당면의 원료로 활용하기도 합니다. 고구마에는 눈에 좋은 카로틴이 들어 있습니다. 그리고 칼륨도 많아서 여분의 염분을 소변과 함께 배출하도록 도와서 고혈압을 비롯한 성인병에도 좋습니다. 섬유질은 배변을 촉진해 장을 건강하게 하고, 피로 해소와 식욕 증진에도 효과가 있다고 합니다.

고구마는 땅속 열매입니다. 땅속 열매를 수확해서 먹기 전 무성하게 자라는 고구마 줄기도 아주 중요하고 좋은 먹을거리입니다. 자연에 가까이 살며 텃밭 농사를 짓다 보면 계절의 흐름과 함께 무엇을 먹을지 자연스레 알게 됩니다. 고구마도 그렇습니다. 봄에 틔운 모종을 밭에 심어 키우는 동안 여름내 무성한 고구마 줄기를 먹습니다. 고구마 줄기를 적당히 솎아주면 땅속 고구마가 더 잘 자랍니다. 작은 텃밭 농사를 짓는데 고구마를 심은 이유는, 아이들이 좋아하는 고구마 줄기 김치를 담그기 위해서입니다.

현미식물식으로 생활하면 먹을거리는 가능하면 껍질째 먹되, 생각의 껍질은 계속 벗겨내야 합니다. 고구마 줄기는 보통 껍질을 벗긴 후 익혀서 나물로 요리하는데, 그건 조금 더 부드럽게 먹기 위한 것이지 꼭 그렇게 해야 하는 건 아닙니다. 고구마 줄기 껍질을 벗기는 게 귀찮다면, 껍질을 벗겨야 한다는 생각의 껍질만 벗기면 됩니다. 김치도 배추나 무로만 담는 게 아니라 제철의 먹을거리로 다양하게 담을 수 있습니다.

고구마 줄기 김치를 좋아하는 아이들은 생으로 담그건 끓는 물에 살짝 데쳐서 담그건 다 좋아합니다. 생으로 담글 때는 먼저 다듬은 고구마 줄기를 씻어서 소금에 살짝 절입니다. 약초나 다시마 삶은 물에 찹쌀현미 가루나 통밀가루로 풀을 쑤거나, 현미밥을 갈아서 고춧가루를 풉니다. 생강을 다져 넣고, 배나 사과가 있으면 껍질째 조금 갈아 넣습니다. 가끔 산야초 효소를 약간 넣기도 합니다. 모자라는 간은 집간장이나 죽염으로 맞춥니다. 풋고추나 빨간 고추를 조금 채 썰어 넣으면 보는 맛이 더 있지요. 마지막으로 참깨를 뿌려주면 달콤하고 아삭한 고구마 줄기 김치가 됩니다. 집에 놀러 온 막내 아이의 친구가 이렇게 담근 고구마 줄기 김치를 먹어 보고는, 집에 돌아가 '아삭한 무엇'이 맛있었다고, 부모님에게 얘기했다고 합니다.

고구마를 수확할 때 걷어낸 마지막 고구마 줄기는 데친 다음 말려서 묵나물로 먹습니다. 그러면 고구마 줄기에서 쫄깃하고 구수한 맛을 즐길 수 있습니다. 며칠 전 친환경 먹을거리 단체에서 생산지 방문을 갔는데, 먼 길 가는 동안 버스에서 삶은 고구마를 나누어 먹었습니다. 그리고 그때 배운 노래가 있습니다.

고구마를 먹고 산다

고구마는 정말 맛있다

고구마는 최고다

빵구도 잘 나온다

빵구('방귀'의 경상도 사투리)가 잘 나오려면 반드시 고구마를 껍질
째 먹어야겠지요. (울산저널, 2013. 10. 30.)

생의 한가운데에서 내가 할 일은

2016년 10월 5일, 아직도 그날을 생각하면 아찔합니다. 일기예보 대로 아침 일찍부터 비바람이 심상치 않았습니다. 두 아이가 다니는 고등학교와 초등학교에서 각각 태풍 '차바'로 인한 휴교 안내 문자가 날아왔습니다. 기와지붕의 낙숫물과 집 둘레에 이곳저곳 걱정되는 곳을 살펴보며 비바람이 더 심해지지 않기를 기도했습니다. 어느 순간 살림채 근처로 물이 조금씩 차오르는 게 보여서 주변을 살펴보았습니다. 산기슭에서 내려오는 계곡물이 전통음식체험장으로 사용하는 별채 쪽으로 폭포처럼 쏟아지고 있었습니다. 한꺼번에 쏟아지는 집중호우로 원래 계곡물이 내려가던 길이 산에서 무너져 내린 흙들로 덮여버렸습니다. 그 바람에 계곡물이 밭쪽으로 쏜살같이 내려오고 있었습니다.

출근한 남편의 조언대로 일단 나무판으로 살림채 쪽으로 흙이 쓸려 들어가는 걸 막았습니다. 장독대의 작은 항아리들과 물에 둥둥 떠다니는 가재도구는 높은 곳으로 옮겼습니다. 두 아이를 불러 셋이서 살림채 바깥쪽으로 물을 퍼내면서 비가 그치기만을 바랐습니다. 두 시간여쯤 지나서 빗줄기가 약해졌고, 드디어 비가 그치면서 햇볕이 쨍하고 나타났습니다. 그러니 정말 딴 세상이 보였습니다. 밭에 있는 흙들은 모두 쓸려 내려가고 돌들만 남아, 밭은 어느새 계곡으로 변해 있었습니다. 그리고 별채의 기둥들은 모두 밭에서 내려온 흙들에 파묻혀 버렸습니다. 장독대를 비롯한 집안 곳곳이 밭에서 쓸려 내려온 진흙으로 덮여 거름 냄새가 났습니다. 어디서부터 손을 써야 할지를 몰라서 막막했습니다.

태풍 차바가 지나간 이튿날부터 거의 일주일 동안 이웃, 지인, 채식 시민단체 회원, 비건명상단체 회원 등 수많은 사람의 도움을 받았고, 망가진 부분들은 새로운 모습으로 탄생했습니다. 특히 사랑과 평화의 세상을 위해 수십 년째 식물식을 해왔던 선배님들께서 먼 곳에서 오셨는데, 힘든 일을 척척 하시며 비건의 강한 힘을 보여주셨습니다. 그리고 생명의 근원인 물을 비롯해 현미밥, 된장국, 나물 반찬, 비건 만두, 비건 김치, 콩불고기, 비건컵라면, 비건햄버거, 식물식 김밥, 현미 떡, 두유, 과일, 과일즙 등 여러 사람이 보내준 비건 구호물품은 힘든 일을 하는 내내 생명 평화의 기운을 불어넣어 주었습니다.

원자력발전소와 지진이 염려스러운 가운데, 갑작스레 찾아온 태풍이 남긴 상처는 아직도 마을 곳곳, 울산 곳곳에 많이 남아 있습니다. 깨어지고 휘어진 도로, 도망가지 못하고 죽어 있는 가축들, 논밭에 쓰러져 있는 곡식들, 물에 잠긴 건물들, 냇가에 가득 실려 내려온 돌과 흙들, 물에 잠겨 쓰레기로 변한 온갖 물건은 자연의 힘에 대해 생각하고, 그 앞에 선 인간의 삶을 돌아보게 만듭니다. 생애 처음으로 엄청난 자연재해를 겪으면서, 내일 어떠한 일이 일어날지 알 수 없는 생의 한가운데서 어떻게 살 것인가를 더욱 깊이 생각하게 되었습니다. 텃밭에 다시 상추 모종과 꽃 모종을 옮기면서, '내일 지구가 멸망해도 한 그루의 사과나무를 심겠다'라고 한 어느 철학자의 말을 떠올렸습니다.

태풍이 지나간 지 2주째 되는 날이었습니다. 어느 여성 농민운동가의 강연이 끝나고 함께 나누어 먹을 도시락 반찬을 준비하려고 태풍에서 살아남은 애호박을 땄습니다. 애호박 조림을 하려는데 초록빛이 참 고왔습니다. 생명 순환에 대해 고민하며 이 땅의 씨앗 지킴이로서, 여성으로서, 농민으로서 살아온 여성 농민운동가의 강연을 들으면서, 나는 이 땅에서 무엇을 할 것인가를 생각했습니다. 먹을거리가 오염되고 왜곡된 시대에 하느님께서 우리에게 주신 '씨 맺는 모든 채소와 씨 가진 열매 맺는 모든 나무'가 참 먹을거리라는 것을 다시 한번 떠올리며 고기 생선 달걀 우유를 안 먹을수록 이 지구가 더 평화로워질 수 있다는 사실을 알리는 것이 제 소명이라고 생각했습니다. (울산지널, 2016.10.22.)

날씨가 추워지면

　팔에 입은 화상이 언제 나을지 몰라 불안해하던 시기가 있었습니다. 당시 곶감을 깎지 못할 수도 있다는 생각에 걱정이 많았던 기억이 납니다. 서리가 내리기 시작하고 아침저녁으로 기운이 뚝 떨어지기 시작할 때, 처마 밑에 껍질 깎은 감으로 감발을 엮고 곶감으로 변하는 모습을 쳐다보는 건 최고의 즐거움입니다.

　집에 감나무가 한 그루 있지만 수확할 수 있는 감이 별로 없고, 그나마 있는 감도 따기 어려운 형편이었습니다. 그래서 감나무가 많은 깊은 골짜기에 사는 이웃 마을 분께 홍시로 먹을 감을 부탁드렸습니다. 아침저녁으로 날씨가 제법 쌀쌀해진 어느 날, 집에 도착한 감은 곶감으로 깎을 수 있게 감꼭지가 'ㅜ' 모양으로 붙어 있었습니다. 속 깊은 항아리에 잘 모셔두면서 홍시로 익혀 꺼내 먹어도 좋겠지만, 곶감을 깎고 싶은 마음이 조금씩 일어나기 시작했습니다. 감을 애써 깎아 놓았는데 날씨가 따뜻해지거나 비가 오면 곶감으로 제대로 마르지 않습니다. 날씨가 더 추워지기를 기다리면서, 마음으로 곶감 깎을 준비를 시작했습니다. 다행히 화상 입은 팔도 많이 나았습니다.

　10월의 끝자락, 지인들과 아름다운 산골짜기로 '가을 나들이 겸 감 따기 체험'을 떠났습니다. 그런데 커다란 감나무 앞에 서서 모두 입을 쩍 벌렸습니다. 장대로 딸 수 있는 곳에는 감이 별로 없었고, 저 높은 곳에 빨갛게 익은 감이 주렁주렁 매달려 있었습니다. 사다리를 딛고 올라가 따거나 나무를 타고 올라가서 장대로 따야 했습니다. 아무도 올라갈 엄두를 못 내길래 감나무 타기를 좋아하는 제가 앞장서서 올라갔습니다. 감 따는 날은 하늘을 보고 또 보는 날이기도 합니다. 감나무 가지 사이사이로 푸른 하늘이 조금씩 보입니다. 그러다 가끔 눈을 돌리면 먼 곳의 넓고 푸른 하늘이 눈에 들어옵니다. 이러한 풍경은 감나무를 타고 올라가 감을 딸 때 받는 선물입니다. 물론 새참으로 따 먹을 수 있는 홍시의 달콤함도 무척 좋습니다.

감나무에 올라간 사람이 열심히 감을 따면, 감나무 아래에 있는 사람들은 10월의 맑은 햇살과 바람을 가득 담은 바구니를 받아주거나 바닥에 떨어진 감을 줍습니다. 아직 된서리 맞기 전에 푸르게 남은 애호박과 호박잎을 따기도 하고, 고구마를 캐면서 걷어낸 고구마 줄기를 다듬기도 합니다. 그렇게 반나절이 흐르고 나서야 도시락을 나눠 먹습니다. 몇 사람은 먼저 갔고, 마지막에는 세 사람이 남았습니다. 저희끼리 감 따고, 감 받고, 감 줍고, 나물을 다듬는데, 밭 주인 분이 "세 사람이 모이니 무슨 일이라도 하겠네! '소'라도 잡겠네!"라고 말씀하셨습니다. 그래서 제가 깜짝 놀라 "아, 농담으로라도 소 잡는 건 안 돼요! 셋이서 두부를 만들면 되지요!"라고 답했습니다.

그날 오랫동안 하늘을 쳐다보면서 감을 땄는데, 무리한 탓인지 심한 목감기에 걸리고 말았습니다. 그래서 며칠 동안 힘들긴 했지만, 감을 깎아 처마 밑에 주렁주렁 엮어놓은 감발을 볼 때마다 행복해집니다. 빠알간 감발이 짙은 갈색으로 변해가는 추운 겨울 어느 날부터, 식구들 혹은 저희 집을 오가는 손님들이 하나둘 곶감을 빼먹다 보면 남은 감꼭지가 하나둘 늘어나겠지요. (울산저널, 2015. 11. 12.)

밥은 똥이 되고 똥은 밥이 되고

우리는 매일 밥을 먹습니다. 그리고 매일 똥을 눕니다. 좋은 음식을 잘 먹으면 똥도 잘 나오고, 냄새도 그리 나쁘지 않습니다. 좋은 음식을 먹은 엄마의 몸에서 나온 젖을 먹은 아기의 똥은 향긋한 냄새가 나기도 합니다. 매일 먹는데 매일 똥이 잘 나오지 않는 건 제대로 잘 먹지 못했다는 뜻이기도 합니다. 똥은 다시 논이나 밭으로 돌아가 거름이 되어 우리가 먹는 먹을거리를 잘 자라게 합니다. 이렇고 밥을 먹고 똥을 싸는 건 자연스러운 생명의 순환입니다.

내가 먹은 밥이 똥이 되고 내가 눈 똥이 밥이 되게 하려면, '뒷간'에서 똥을 누고 그 똥을 논과 밭으로 돌려보내야 합니다. 그런데 우리가 주로 사용하는 수세식 화장실에서 똥은 거름이 되기보다는 수질오염, 환경오염의 원인이 됩니다. 거기다 수세식 화장실은 물도 많이 소비합니다. 무엇보다도 똥은 더러운 것으로 여겨집니다. 내가 좋은 것을 잘 먹었다면 내 몸에서 나온 똥도 나쁘고 더럽지 않겠지요.

안동의 깊은 골짜기에는 '비끼실'이라는 마을이 있습니다. 큰비나 태풍 등이 비껴가서 편안한 마을이라는 뜻입니다. 이곳에는 참 아름다운 가족이 살고 있습니다. '바우'님과 '들풀'님 부부와 두 딸이 살고 있는데, 예쁜 두 딸의 별명이 '큰 똥'과 '작은 똥'입니다. 네 가족은 생활할 집을 함께 지었고, 먹을거리도 함께 농사짓습니다. 입을 거리도 대부분 손수 염색하거나 바느질을 해서 마련합니다. 삶터와 살아가시는 모습 모두가 자연스럽고 아름답습니다. 그중에서도 똥을 누는 뒷간이 참 아늑하고 편안합니다.

작은 방 같은 뒷간 문 입구에는 방비와 쓰레받기가 얌전히 걸려 있습니다. 실제 어느 집의 방문을 옮겨다 달아놓은 문을 열고 들어가 나무 바닥

의 구멍 위에 적당히 다리를 벌리고 편안히 쪼그려 앉으면, 눈앞의 창문에
는 계절마다 다른 텃밭의 풍경이 아름답게 펼쳐집니다. 똥과 오줌은 작은
들통에 따로 모이는데, 벼에서 나온 왕겨를 똥 위에 뿌리고 뚜껑을 닫아주
면 냄새가 거의 나지 않습니다. 똥통과 들통이 있는 마루 밑에는 그물망이
있어서, 바람은 드나들되 파리와 모기는 드나들지 못해 여름에도 쾌적합니
다. 겨울에는 바람 통하는 문을 내려 닫으니 찬바람이 많이 드나들지 않습
니다. 들풀님은 매일 아침 오줌통과 똥통을 퇴비장에 비우고 내 몸을 씻듯
이 깨끗이 씻습니다. 퇴비장의 똥과 오줌은 잘 발효된 뒤에 논과 밭으로 돌
아가고, 곡식과 채소들을 자라게 합니다. 똥과 오줌으로 건강하게 자란 곡
식과 채소, 이러한 곡식과 채소를 먹고 나온 똥과 오줌은 다시 곡식과 채소
들을 자라게 합니다.

바우님과 들풀님이 사는 집의 문을 열고 들어가 신발장 위의 소담스
러운 감염색 천가리개를 열면, 손으로 만든 광목 주머니마다 똥이 되고 밥
이 되는 씨앗이 조용히 숨을 쉬고 있습니다.

바우님과 들풀님 댁에서 똥과 오줌으로 자란 채소는 한 달에 두 번
정도 우리 집에 찾아옵니다. 식구들이 좋아하는 무청김치가 다 떨어져 갈
무렵, 마침 찾아온 채소로 김치를 담갔더니 막내가 엄지손가락을 위로 척
올렸습니다. (울산저널, 2015. 11. 26.)

이슬, 바람, 햇빛을 먹고 자란 식물을 먹어요

며칠 전, 시내에 볼일을 보러 가는 길이었습니다. 겨울 아침 차가운 아스팔트길 위에 고양이 한 마리가 죽어 있었습니다. 아! 가슴이 철렁거렸고 숨이 멎을 것만 같았습니다. 어두운 밤 지나가는 차에 치였을까요. 날은 춥고 가는 길이 바빠서 어찌할까 고민하다, 발걸음을 되돌려 고양이를 살짝 들어 올렸습니다. 다행히 가까운 곳에 동산이 있어 산기슭에 내려주고 다시 갈 길을 갔는데, 마음이 떨렸습니다.

몇 년 전 겨울 아침이었습니다. 창문 커튼을 젖히고 바깥을 보니 마을 저 아래쪽이 환했습니다. 자세히 보니 불이 활활 타고 있었습니다. 소를 키우는 축사에서 전기가 누전돼 불이 났다고 했습니다. 축사에 묶여 있던 소들은 도망가지 못하고 그 자리에서 불에 타 죽었다고 합니다. 그때 문득 생각했습니다. 축사의 소들은 불에 타 죽었지만, 어쩌면 죽음이 조금 더 빨리 온 것일지도 모릅니다. 그들은 사람들의 먹이로 키워지기에 마음대로 움직이지도 못하고 햇빛을 보지도 못합니다. 그들은 어느 날 사람들에 의해서 곧 죽임을 당할 운명이었습니다.

저는 동물성 식품을 일절 먹지 않고 있습니다. 심지어 집안에 들어와 조금은 귀찮게 하는 파리나 모기, 물리면 엄청나게 아픈 지네도 밖으로 내보내며 나를 귀찮게 하지 말아 달라고 마음으로 빕니다. 하지만 내가 모르는 사이, 나로 인해 작은 생물들이 죽을 수도 있습니다. 호흡하면서, 먹으면서, 이런저런 움직임에서 말이죠. 다만 의식적으로는 다른 동물을 해치지 않으려 합니다. 권정생 선생님의 『하느님의 눈물』에 등장하는 하느님처럼 '보리수나무 이슬하고 바람 한 점, 그리고 아침 햇빛'만 먹고 살 수는 없지만, 이슬과 바람과 햇빛을 먹고 자란 식물을 감사히 먹으며 살아가려 노력하고 있습니다.

낮이 길고 따뜻한 계절에는 새벽 일찍 일어나도 몸이 가벼운데, 밤이 길어지고 날이 추워질수록 아침에 일어나기가 어렵습니다. 계절의 흐름 속에서 겨울이 되면 식물은 생장을 멈추고 동물은 겨울잠을 자는 풍경은 자연스럽습니다. 사람 역시 겨울에는 움직임을 줄이고 조용히 내면을 돌아보는 삶이 자연스러울 수 있습니다. 오늘은 동지입니다. 밤이 가장 긴 날이지요. 학교나 직장에 나가지 않고 집에서 쉬는 날, 온 식구는 구들방 솜이불 속에서 늦게까지 겨울잠을 잤습니다. 겨울잠을 자고 나온 식구들의 소박한 밥상에는 단호박 팥죽, 식물식 김장김치, 동치미가 올라갔습니다. (울산저널, 2013. 12. 31.)

맛없는 것을 맛있게 먹습니다

텃밭에 배추 모종을 심었습니다. 동물성 퇴비는 전혀 넣지 않았습니다. 풀로 덮어주거나 혹은 식물성 식품만 먹는 비건인의 오줌을 간간이 뿌려주는 편입니다. 배추가 자라면서 알이 차오르기 시작하니, 고라니님께서 맛있게 뜯어 먹기 시작했습니다. 잎만 뜯어 먹은 덕분에 뿌리가 살아남아서, 겨울이 지나고 봄이 오면 새잎을 먹을 수 있겠지요. 김장김치용 배추로는 텃밭 배추 대신 절임 배추를 주문했습니다.

건강을 위해서는 식물성 식품을 최대한 자연스러운 상태로 먹는 자연식물식이 좋습니다. 이 사실을 알고 나서는 점점 요리를 주저하게 됩니다. 하지만 식구들을 위해 아직 요리를 멈출 수는 없습니다. 겨우살이 준비로 식물식 김장김치를 담그기 위해서 채수를 우려냈습니다. 표고버섯과 다시마를 하루 정도 우려낸 물에 무, 늙은 호박을 푹 삶았습니다.

채수 우려낸 재료 중 호박, 무, 표고버섯을 먹기 좋은 크기로 잘라 개들에게 나눠주었습니다. 저도 남은 것들을 그냥 그대로 먹습니다. 그냥 무 맛이고, 호박 맛이고, 다시마 맛입니다. 신맛, 짠맛, 단맛으로 요리하지 않고 그냥 먹습니다. 맛없는 것을 맛있게, 감사히 즐기면서 먹습니다. 식구들도 식물식 동지들도 없이 혼자서 밥을 먹을 때는 오히려 맛없는 것들을 마음껏 즐깁니다. 무를 먹으며 농사지은 농부들을 생각합니다. 호박을 먹으며 호박을 선물해 준 지인을 생각합니다. 지구에 살아가는 생명체로서 에너지를 덜 쓰고 쓰레기도 덜 남겼으니 기쁜 마음입니다. 내 몸은 자연 그대로를 좋아합니다. (울산저널, 2021.12.27.)

나는 사람들을 좋아한다 / 그래서 혼자 있기를 좋아한다
나는 말하기를 좋아한다 / 그래서 깊은 침묵을 좋아한다

나는 빛나는 승리를 좋아한다 / 그래서 의미 있는 실패를 좋아한다

나는 새로운 유행을 좋아한다 / 그래서 고전과 빈티지를 좋아한다

나는 도시의 세련미를 좋아한다 / 그래서 광야와 사막을 좋아한다

나는 소소한 일상을 좋아한다 / 그래서 거대한 악과 싸워 나간다

나는 밝은 햇살을 좋아한다 / 그래서 어둠에 잠긴 사유를 좋아한다

나는 혁명, 혁명을 좋아한다 / 그래서 성찰과 성실을 좋아한다

나는 용기 있게 나서는 걸 좋아한다 / 그래서 떨림과 삼가함을 좋아한다

나는 나 자신을 좋아한다 / 그래서 나를 바쳐 너를 사랑하기를 좋아한다

- 「내가 좋아하는 것들」(박노해)

하늘 아래 땅 위에서 햇살과 바람으로

철이 든다는 것은

첫 아이를 시골 작은 학교에 보내려고 봄에 이사 온 어머니가 있습니다. 학교 일에서도 여러모로 애쓰는 분인데, 이렇게 이야기했습니다.

"얼마 전에 아이랑 길을 걷는데, 갑자기 걸음을 멈추더니
논이 달라졌다고 그러는 거예요.
들판에 가득하던 벼가 어느새 하나도 보이지 않는 걸 발견한 거죠.
도시에서는 큰 건물들에 가려서 잘 보이지 않던 자연이,
시골에서는 내 눈높이에서 변하는 모습이 보이는 거예요."

그렇습니다. 시골에서 살면 자연이 변하는 모습이 잘 보입니다. 특히 들판의 논은 봄 여름 가을 겨울, 사계절에 따라 다릅니다. 이른 봄에는 마른 땅이던 논이 따뜻한 날씨가 되면 물이 찰랑찰랑 움직입니다. 얼마 뒤 모내기한 논에는 파릇파릇 모들이 줄지어 바람결에 살랑살랑 흔들립니다. 여름에는 긴 장맛비와 무더위 속에서 푸르게 푸르게 아이들 키만큼 자란 벼들이 드디어 이삭을 내밉니다. 가을 햇살과 바람에 벼 이삭은 알알이 영글고 노랗게 익어가면서 점점 고개를 숙입니다. 하늘이 높아지고 바람이 차가워지는 가을의 끝 무렵 들판에는 벼 베기와 탈곡이 한창입니다. 그리고 하얀 서리가 내릴 무렵 논에는 마른 지푸라기만 남아 텅 비어 있습니다.

우리 삶에서 가장 중요한 것이 농사라고 생각하는 선생님 한 분이 있습니다. 선생님은 책으로 하는 공부뿐만 아니라 농사짓고, 옷 짓고, 집 짓는 공부도 함께 가르칩니다. 선생님께선 "사람은 시골에 살아야 철이 든다"라고 하십니다. 그분은 '보리출판사'을 운영하는 윤구병 선생님입니다. 좋은 책을 많이 펴내고 있는데, 보리출판사에서 출간된 『보리 국어사전』에는

'철'을 이렇게 설명하고 있어요.

> 철 : 도리. 사람이 자라면서 옳고 그름을 가릴 줄 알게 되는 것. 또는 그런 힘.
> ex) "나도 이제 철이 들었어요."

> 철 : 1. 한 해를 봄, 여름, 가을, 겨울로 나눈 것 가운데 한때. 계절.
> 2. 한 해 가운데 어떤 일을 하기 좋은 때.
> ex "모내기 철이면 농촌은 바빠진다."

'철'은 두 가지 의미를 담고 있습니다. 하나는 사람의 도리, 다른 하나는 계절을 뜻합니다. 그런데 "사람은 시골에 살아야 철이 든다"라는 윤구병 선생님의 말씀을 곰곰이 생각해 보면 왜 그런지 알 수 있습니다. '벼는 익을수록 고개를 숙인다'라는 속담이 있지요. 도시에서만 나고 자란 사람은 왜 그런지 잘 모를 수 있습니다. 그렇지만 시골에서 벼가 자라는 모습을 본 사람은 벼가 익을수록 고개를 숙이는 걸 저절로 알게 되고, 그 속담에 담긴 깊은 뜻을 깨달을 수 있습니다. 그리고 매일 우리 밥상에 올라오는 것들이 어떻게 자라는지 알기에 그 고마움을 자연스럽게 받아들입니다. '철' 따라 변하는 자연의 모습을 보고 자란 사람이 '철'이 드는 건 당연하겠지요.

동학을 연구하신 해월 최시형 선생님께선 "밥 한 그릇의 이치를 알면 만사를 아는 것이다"라고 했습니다. 밥 한 그릇이 밥상에 오르기 위해서는 자연의 햇볕, 비, 바람과 수많은 생물의 도움, 여러 사람의 손길을 거쳐야 합니다. 그 고마움과 수고로움을 안다면 세상 모든 일의 흐름도 알 수 있을 것입니다.

흔히 어린아이나 자연의 이치를 잘 모르는 사람을 '철부지'라고 합니다. 봄, 여름, 가을, 겨울에 자연이 변하는 모습을 보고 그 속에서 나오는 우리의 먹을거리를 감사히 먹을 줄 아는 아이들은, 자라면서 자연스레 '철이 든 사람'으로 클 것입니다.

　'소한 대한 지나면 얼어 죽을 사람 없다'라는 속담처럼 대한이 지나고 설을 앞두자 얼었던 땅들이 조금씩 녹습니다. 이제 살을 에는 듯한 칼바람이 아닌 훈훈한 기운이 느껴집니다. 시골에서 나고 자란 막내 아이가 아침에 문을 열고 나가더니 "엄마! 입춘도 안 되었는데 벌써 날씨가 따뜻해지네요!"라고 합니다.

　초등학교 2학년생인 막내 아이가 다니는 학교는 2학년이 7명이고 1학년이 5명이었습니다. 그런데 봄에 새로 입학할 신입생이 9명이라고 합니다. 이곳 마을의 어른 중 제가 계속 막내일 거라 생각했는데, 10년을 지내니 저보다 젊은 사람들이 계속 들어옵니다. 시골에 정착하려는 사람도, 시골 학교에 다니는 아이도 조금씩 늘어나고 있습니다. 요즘은 어른이 되어도 철없는 철부지가 많다고들 하는데, 아마도 귀농, 귀촌 인구가 늘어날수록 철이 든 사람들이 많아지리라 생각합니다. 철든 사람들이 많아질수록 세상은 더 살기 좋아질 거라 믿습니다. (울산저널, 2014. 2. 5.)

가마솥에 시래기 삶는 날

혹독한 추위 없이 24절기 중에 가장 춥다는 소한과 대한이 지나갔습니다. 봄날같이 따스한 설날을 보냈으니 이제 따뜻한 봄날이 온 줄 알았습니다. 아이들이 좋아하는 하얀 눈도 제대로 보지 못한 채 말이죠. 그러다 연이은 폭설로 초등학교에 이틀의 휴교령이 떨어졌습니다. 폭설에도 학교에 가는 학생, 일터로 가는 어른에게는 힘든 며칠이었겠지만, 어린아이들은 이틀 동안 눈과 함께 신나게 놀았습니다.

주말이 지나고 월요일 아침부터 새하얀 눈이 펑펑 내리던 날이었습니다. 학교가 쉰다고 하자, 막내 아이는 영화 〈겨울왕국〉에 나오는 눈사람을 만들면서 온종일 집 안팎을 들락날락했습니다. 보통 눈사람은 동그란 눈덩이 두 개를 붙여 머리와 몸통을 만드는데, 겨울왕국 눈사람은 머리, 허리, 몸통을 만들어야 해서 눈덩이 세 개를 붙여야 합니다. 휴교령 이틀째 아침에 다시 휴교령이 내려지자 아이가 말했습니다. "엄마! 이번 주에는 토요일이 두 번, 일요일이 두 번 있는 것 같아요!" 아이는 이렇게 말하곤 다시 눈과 함께 놀았습니다.

눈이 그친 이후에도 날씨는 계속 흐렸고 몸은 자꾸 움츠러들었습니다. 그러다 처마 밑에 늘어진 무청이 눈에 들어왔습니다. 아, 가마솥에 불을 지펴 무청 시래기를 삶아야지, 가마솥에 나무를 때어 말린 무청을 푹 삶고 싶은 욕구가 들었습니다.

며칠 날씨가 계속 흐려서 그런지, 건조한 날에는 만질 때마다 바싹거려 조심해야 했던 말린 무청이 이번에는 부스러지지 않고 부드럽게 풀렸습니다. 무청을 일단 물에 담근 후, 가마솥에 물을 붓고 불 지필 준비를 했습니다. 맑은 날 모아둔 낙엽을 깔고 잔가지를 작은 산처럼 쌓아서 불을 지폈습니다. 바싹거리며 불이 타오르자 굵은 나무토막도 넣었습니다. 가마솥에 물이 끓기를 기다리며 낙엽과 잔가지를 조금씩 넣다 보니 몸도 마음도 따뜻해졌습니다. 가마솥 물이 끓자 김이 뭉실뭉실 납니다. 뚜껑으로 새어 나온 물이 솥을 타고 흘러내립니다. 어릴 적 어머니가 가마솥에 불을 지피는 일을 시킬 때, 늘 "솥에 눈물이 나면 얘기해라!"라고 말씀하셨습니다. 가마솥에서 눈물이 나자 말린 무청을 넣고 푸욱 삶았습니다. 구수한 냄새가 나니 마음속까지 훈훈해졌습니다.

　푹 삶은 무청 시래기를 꺼내 찬물에 두어 번 헹궜습니다. 묵은 냄새가 우러나도록 무청 시래기를 물에 담가두었습니다. 나무가 거의 다 타고 조금 남은 숯불 사이에 고구마를 묻었습니다. 이때 숯불에 묻은 고구마 개수를 꼭 기억해야 합니다. 다람쥐가 여기저기 땅속에 묻어둔 도토리는 혹시 깜빡 잊어버려도 싹을 틔워 나무로 자랄 수 있지만, 숯불 속에 묻은 고구마는 깜빡 잊어버리면 검은 숯덩어리가 되어버리니까요. 따스한 숯불에 고구마는 금방 익었습니다. 봄방학이라 집에 있는 둘째 아이를 불러 따끈따끈 군고구마를 함께 까먹었습니다. "앗! 뜨거워!" 호호 불면서.

　시래기를 건지고 군고구마를 구워내고도 가마솥은 아직 따뜻합니다. 그 속에는 시래기 삶은 물이 있습니다. 그 물을 퍼서 구수한 시래기 냄새를 맡으며 머리를 감았습니다. 비누나 세제를 쓰지 않고요. 마지막에는 맹물에 헹구었습니다. 비누와 세제가 드물었고 물을 아껴 쓰던 옛날에는 채소 삶은 물에 목욕도 하고 머리도 감았답니다. 설거지물로 쓰는 건 기본이었고요. 가마솥에 삶은 무청 시래기는 찬물에 우려낸 뒤 건졌습니다. 된장에 버무린 무청 시래기를 다시마와 무로 우린 국물에 넣었습니다. 그리고 여러 가지 곡식과 씨앗을 넣어 만든 두유 국물을 부어 찌개를 끓였습니다.

　나무로 불을 때며 가마솥에 시래기를 삶는 날에는 시래기 반찬도 먹고, 고구마도 구워 먹고, 구수한 물에 머리도 감습니다. 자연스레 몸과 마음이 편안해집니다. (울산저널, 2014. 2. 19.)

울산가족문화센터에서 처음으로 식물식 요리교실이 진행되었습니다. 5년 동안 센터의 여러 요리 프로그램에 참여한 수강생 한 분이 얘기했습니다. "음식물쓰레기가 정말 적게 나오네요!" 그렇습니다. 자연식물식, 현미식물식 요리는 음식물쓰레기가 거의 나오지 않습니다.

본격적으로 요리를 하기 전, 수강생 분들과 재료를 생으로 먹어보는 시간을 가졌습니다. 태어나 처음으로 가지, 단호박을 생으로 먹어본 분들은 무척 놀란 듯 보였습니다. 가지, 단호박을 생으로도 먹을 수 있고 생으로 먹을수록 내 몸이 좋아한다는 사실에 말이죠. 지금까지 껍질을 벗기고 먹던 배와 단감을 껍질째 먹어본 사람들 역시 그 오묘한 맛에 신기해했습니다.

곡식은 통곡을 쓰고 과일과 채소는 껍질째 쓰니 요리를 해도 쓰레기가 거의 나오지 않습니다. 열매채소의 꼭지도 가능하면 버리지 않고 먹습니다. 가지 꼭지도, 파프리카 꼬부랑 조각도, 깻잎 꼭지도 웬만하면 다 먹습니다. 보기 좋으라고 껍질이나 꼭지를 자르지 않습니다. 모두 요리를 하면서 씹어먹거나 혹은 잘게 다져서 요리에 넣을 수 있습니다. 기름도 최소한으로 쓰려고 노력하니 설거짓거리도 많이 없습니다. 내가 요리하면서 사용한 싱크대, 내가 음식을 담아서 먹은 접시를 보면 내 몸의 상태를 알 수 있습니다. 싱크대와 접시가 깨끗할수록 내 몸도 깨끗해집니다.

사람들은 깨끗한 걸 좋아합니다. 그래서 농약으로 깨끗하게 키워진 곡식, 채소, 과일의 껍질을 깨끗하게 벗겨서 먹습니다. 그리고 화학세제로 깨끗하게 설거지를 합니다. 눈으로 보기에는 정말 깨끗합니다. 그러나 그렇게 먹는 과정에서 나와 지구는 점점 더러워지고 병들어 갑니다. 유기농으로 자연스럽게 키운 곡식, 채소, 과일을 자연에 가깝게 먹으면 나와 지구가 함께 깨끗해지고 건강해집니다. 껍질째 먹으면 섬유질을 많이 먹으니 몸 안에 쓰레기가 거의 쌓이지 않습니다. 껍질을 남기지 않으니 음식물쓰레기도 거의 나오지 않습니다.

가을의 햇볕과 바람에 늙은 호박, 단호박, 약호박을 말립니다. 호박을 반으로 잘라서 씨앗을 파내고, 씨앗을 감싸고 있던 물기 많은 섬유질을 숟가락으로 살짝 파냅니다. 단단한 과육은 껍질째 채 썰어서 말립니다. 물기 많은 호박 섬유질은 오트밀, 곡물가루 등과 반죽하고, 여기에 말린 과일 조각을 넣어서 비건 쿠키로 구워 먹어도 좋습니다. 시래기찜에 같이 넣어서 끓여도 좋습니다. 껍질째 먹되, 생각의 껍질은 계속 벗겨내야 합니다. 현미식물식은 나와 지구를 깨끗하게 하는 가치로운 식생활입니다. (울산저널, 2022.11.01.)

바람결에 레시피 '여름'

채소국수

채소무름모둠

채소말이

감자샐러드비건샌드위치

채소국수

* 더운 날 불을 쓰지 않는 생채식요리, 로푸드 요리 등 채소를 재미있게 먹는 방법으로 활용하면 좋다.

재료　　애호박국수 – 애호박, 간장, 식초, 발표액, 들깨가루, 견과류

　　　　　오이국수 – 오이, 토마토, 양파, 레몬즙(식초), 소금

#애호박 국수

1. 애호박을 회전채칼로 돌려 애호박면을 만든다.

2. 간장, 식초, 발효액, 들깨가루 등으로 소스를 만든다.

3. 견과류를 다진다.

4. 접시에 애호박면을 담아 견과류를 뿌린 후 소스를 곁들여 낸다.

#오이국수

1. 오이를 회전채칼로 길게 뽑는다.

2. 토마토, 양파를 잘게 다져서 레몬즙(식초), 소금을 조금 넣어 소스를 만든다.

3. 접시에 오이면을 담고 과일과 채소로 고명을 얹는다.

4. 소스를 곁들여 낸다. 당근을 오이처럼 회전채칼로 뽑거나 채썰어 같이 놓으면 색감이 좋다.

* 현미국수, 통밀국수, 해조류 등과 같이 먹을 수도 있다.

채소무름모둠

~~~

*무름 : 뿌리채소나 열매채소들을 적당한 크기로 썰어 가루에 묻혀 쪄서 무르게 만든 후
그냥 먹거나 양념장과 같이 먹는다.

재료　　감자, 애호박, 당근, 가지 등 열매채소와 뿌리채소, 통밀가루(현미가루),
　　　　　소금
양념장　간장 생들기름(참기름) 들깨가루(깨소금)
　　　　　*기호에 따라 양념장에 파, 마늘 첨가

1. 감자, 애호박, 당근, 가지 등을 깨끗이 손질해서 무르기(익기) 좋은 굵기로 채 썬다.
2. 통밀가루나 현미가루에 채소들을 버무려 가루옷을 입힌다. 소금으로 살짝 간을 할
   수 있다.
3. 김이 오른 찜기에 천보자기를 깐 다음 감자, 애호박, 당근, 가지 등의 순서대로 채
   썬 채소들을 올려 15분 정도 찐다. (감자, 애호박, 가지가 익는 시간이 조금씩 차이
   난다)
4. 5분 정도 뜸을 들인 다음 찜기 뚜껑을 열어 채소들을 식힌다.
5. 준비한 양념장과 곁들여 낸다.

채소말이

재료   가지, 파프리카, 단단한 두부, 사과, 초록잎채소, 유기농 압착유, 소금, 후추

1. 두부는 물기를 충분히 빼고, 면행주로 물기를 닦는다.

2. 1의 두부를 가로로 8등분 해서 자른다.

3. 달군 팬에 기름을 조금 두르고, 두부를 노릇노릇하게 구워내어 소금을 조금 뿌린다. 두부를 식힌 후 길이 방향으로 4조각 자른다.

4. 가지를 감자채칼로 길고 납작하게 썬다.

5. 납작하게 썬 가지를 소금과 후추로 살짝 절여둔다.

6. 절인 가지를 후라이팬에 약불로 살짝 굽는다.

7. 파프리카, 사과는 가늘게 채썬다.

8. 구운 가지에 두부, 파프리카, 사과, 초록잎채소를 나란히 넣고 돌돌 말아준다.

9. 간이 된 두부와 새콤달콤 사과가 있어 소스 없이 그냥 먹어도 좋고, 감귤농축식초 등에 찍어 먹어도 좋다.

* 채소를 잘 먹는 가족이면 두부를 빼고 만들어도 좋다.
* 가지 대신 오이편, 꼬시래기 등을 활용해서 만들면 채소를 더 재미있게 먹을 수 있다.

감자샐러드비건샌드위치

재료　비건통밀빵(통밀식빵, 현미식빵, 바게트 등), 초록잎채소

　　　　감자샐러드(단호박고구마샐러드)

　　　　* 감자, 고구마, 단호박 등 계절에 따라 구하기 쉬운 재료를 사용한다.(두부
　　　　　크림, 토마토케첩, 잼, 감귤농축식초 등)

1. 잎채소와 사과 등을 물에 담가 깨끗이 씻는다.

2. 통밀식빵을 팬이나 오븐에 살짝 굽는다. 그냥 사용해도 된다.

3. 잎채소는 먹기 좋은 크기로 자르거나 찢는다.

4. 통밀식빵 2장에 감자샐러드를 얇게 펴서 바른다. 이때 토마토케첩(혹은 감귤농축식
　 초, 두부크림, 잼 등)을 살짝 발라도 된다.

5. 감자샐러드를 바른 식빵 위에 초록잎채소를 여러겹 올린다. 기호에 따라 감귤 농축
　 식초 등을 초록잎채소 위에 살짝 뿌린다.

6. 나머지 통밀식빵을 올려서 마무리한다.

#감자샐러드

재료   감자, 오이, 두부크림, 후추, 소금

1. 감자를 깨끗이 씻어서 껍질째 삶는다.
2. 오이는 동글납작하게 썰어서 소금에 살짝 절인 후에 물기를 꼭 짠다. 양파를 다져서
   같이 넣어도 좋다.
3. 삶은 감자를 꺼내어 겉껍질만 살짝 벗겨내고 방망이로 으깬다. 질긴 감자 겉껍질이
   괜찮다면 굳이 벗겨내지 않아도 된다.
4. 3에 물기 짠 오이와 두부크림을 넣어서 버무린다.

#단호박고구마샐러드

재료   단호박, 고구마, 사과, 두부크림, 견과류, 소금, 조청, 계피가루

1. 단호박과 고구마를 손질한 후 깨끗이 씻는다.
2. 단호박은 반으로 잘라서 씨앗을 파낸다.
3. 고구마를 찜솥에 찌다가 10분쯤 후에 단호박을 넣어서 15분쯤 더 찐다. 이때 단호박
   은 엎어서 쪄야 물이 호박에 안 고인다.
4. 쪄낸 단호박과 고구마를 볼에 담고 껍질째 으깬다.
5. 4에 채썬 사과, 두부크림, 조청, 견과류, 소금, 계피가루 등을 넣어서 섞어준다.
* 두부크림 : 두부 1모, 견과류 2큰술, 식초 4큰술, 유자청(현미조청, 배농축액 등) 4큰
   술, 소금 1/2 작은술을 믹서기에 넣고 갈아준다.

3장

식물식 평화여행

3월의 어느 날, 언양읍에 산불이 크게 났습니다. 마을 어른들과 함께하는 봉사단체의 일원으로서, 산불진압 구호요원의 급식을 준비하러 갔습니다. 전날 저녁 꽃샘바람을 타고 번진 산불을 진압하기 위해 관청, 군대, 경찰 등 수많은 기관의 사람들이 비상근무를 했습니다. 급식 메뉴는 눈처럼 하얀 쌀로 만든 콩나물 소고기국밥과 배추김치, 생수와 믹스커피였습니다. 봉사요원은 구호요원의 급식을 준비하면서 스스로 식사를 챙겨 먹는데요, 메뉴에서 제가 선뜻 택할 수 있는 건 생수뿐이었지요. 김치에도 멸치 육수와 젓갈이 들어갈 테니까요.

하루는 삼동면 어르신들과 함께하는 자원봉사 모임에서 어르신들이 그동안 모은 회비로 횟집에 가고 싶다고 했습니다. 모임에서 맡은 직책이 있기에 빠질 수도 없어, 집을 나서면서 쌈장만 조금 챙겨갔습니다. 어르신들은 기분 좋게 바닷고기로 골고루 식사하고 저는 한쪽에서 조용히 백미밥과 푸성귀, 가지고 간 쌈장으로 밥을 먹었습니다.

성당의 소공동체 모임에서 한 자매님이 맛있는 빵을 나눠 먹자고 제안했습니다. 호주산 유기농 밀가루에 일본산 대나무 숯으로 만든 새까만 숯빵이었습니다. 빵을 사러 경주에 다녀왔다고 합니다. 나눠준 빵은 먹음직스러웠지만 차마 먹지는 못했습니다. 일반 빵은 대개 유제품이 들어갈 테니까요. 집에 돌아와서 곰곰이 생각해 보니 자매님이 서운해할 수 있겠다 싶었습니다. 그래서 제가 빵을 먹지 않은 사연을 문자 메시지로 보냈습니다. 다행히 너그러운 마음으로 이해해주었습니다.

저는 현미식물식을 실천합니다. 사람들은 저에게, 그럼 먹을 음식으로 뭐가 있냐고 묻습니다. 때때로 어디 아프냐고 묻는 경우도 있습니다. 현미식물식으로 먹을 음식은 많이 있습니다. 식물식이라면 흔히 푸성귀만 떠올립니다. 하지만 그보다 훨씬 다양한 먹거리가 있습니다. 곡류(현미, 통밀, 수수, 기장, 조 등), 콩류(대두, 검정콩, 쥐눈이콩, 강낭콩, 완두콩, 땅콩 등과 된장, 청국장, 두부 등 콩 가공품), 구근류(감자, 고구마, 토란, 무, 당근, 야콘 등), 견과류(호두, 밤, 잣 등), 버섯류(표고버섯, 느타리버섯, 송이버섯, 목이버섯 등), 해조류(미역, 다시마, 김, 톳, 파래, 메생이, 꼬시래기 등), 나물류(시금치, 도라지, 쌈류 등), 산야초(더덕, 취나물 등), 과일류(사과, 감, 배, 귤, 복숭아, 대추, 자두 등) 등이 있습니다. 그리고 산과 들, 바다에서 나오는 식물의 뿌리, 잎, 열매에도 먹을 수 있는 부분이 무척 많습니다. 현미식물식을 하면 자연에서 나오는 먹을거리가 더 잘 보입니다. 그리고 늘 감사하는 마음으로 음식을 먹게 됩니다.

저는 서로 더불어 행복하고 평화로운 세상을 꿈꾸며 현미식물식을 합니다. 현미식물식은 생명을 순환시키며 과도한 육식이 초래한 식량의 불균형을 해소할 수 있습니다. 저는 아름다운 지구의 환경을 생각하며 현미식물식을 실천합니다. 현미식물식 생활은 에너지와 자원을 덜 쓰게 합니다. 과도한 육식으로 발생하는 대기, 토양, 수질오염 등 환경 문제도 개선할 수 있습니다. 저는 제 삶의 근본이라 할 수 있는 제 몸의 주인으로서 현미식물식을 하고 있습니다. 이것이 건강한 삶을 위한 바탕이라는 것을 알기 때문에 저뿐만 아니라 가족과 이웃을 위해서도 현미식물식 밥상을 차립니다.

이 땅에서 인간으로서, 여성으로서, 주부로서, 아내로서, 엄마로서 존재의 무거움이 느껴질 때가 많습니다. 그래서 생활 속에서 현미식물식을 실천하고, 현미식물식의 소중한 가치를 조금씩 알려 나가는 현미식물식 안내자가 되었습니다. 제가 안내하는 길이 사랑과 자비로 향하는 길임을 믿습니다. (울산저널, 2013. 3. 20.)

아침에 부엌에서 수도꼭지를 돌리는데 소리가 조용합니다. 벽에 달린 수도꼭지에서 물이 안 나왔습니다. 아! 드디어 그날이 왔습니다. 일 년에 몇 번씩 찾아오는 날, 가뭄이 아주 심할 때 찾아오는 날, 바로 벽에서 물이 안 나오는 날입니다. 더운 여름에 계속되는 가뭄으로 마을의 50여 가구가 쓰는 마을 상수도가 바닥을 드러냈나 봅니다.

어릴 적 시골에서 자랄 때는 우물에서 물 길어서 생활하고 냇가에 빨래하러 다녔습니다. 그것이 일상이었습니다. 그러나 수도꼭지에서 나오는 물을 편리하게 쓰는 데 익숙해진 요즘은 물이 나오지 않으면 불편한 점이 많습니다. 당장 회사와 학교에 가야 하는 가족들이 씻지 못합니다. 밥하고 빨래하고 청소하는 기본적인 집안일도 몇 배나 수고롭습니다. 다행히 마을에는 별도의 화장실과 샤워실이 있어 식수를 길어 나를 수 있었습니다. 마을 차원에서 녹색농촌체험마을 사업을 시작하며 따로 지하수를 파서 지은 곳입니다. 씻는 일과 빨래는 그곳까지 가서 해야 합니다. 물이 안 나오면 종종 잊고 사는 물의 소중함을 새삼스레 깨닫습니다. 보통 땐 무심코 흘려보낸 한 방울의 물도 아껴 쓰는 계기가 됩니다. 그러니 수고롭지만 좋은 공부를 하는 시간이라 생각해 봅니다.

그런데 올여름 폭염이 이어지고 물도 일주일 이상 나오지 않자 속이 타들어 갔습니다. 폭염과 가뭄, 그 원인은 바로 우리 사람에게 있으니까요. 곳곳이 공업화·산업화되고 육식 문화가 과도해질 뿐 아니라 지구온난화와 물 소비까지 심해지니 불볕더위와 물 부족은 당연한 결과겠지요.

당장 생활용수도 부족하니 텃밭 채소에 줄 물은 꿈도 꾸지 못합니다. 호박과 오이는 말라버렸습니다. 그래도 매일 조금의 깻잎과 상추, 토마토, 가지, 풋고추 등을 따 먹을 수 있어 감사하고 고마울 뿐입니다. 그리고 현미식물식을 하니 기본적인 식생활에서 물과 에너지를 덜 쓰게 돼 이 또한 고마운 일이지요.

더운 여름 마실 물을 길으러 집 밖으로 나가는 불편함 속에서도 잘 버텨준 가족을 위해 팥빙수를 만들어주기로 했습니다. 아이들이 빙수기로 얼음을 돌리며 마냥 행복해합니다. 빙수기로 얼음을 갈고 그 위에 미숫가루와 삶은 팥을 얹었습니다. 푹 삶은 뒤 조청과 죽염을 넣고 조린 팥입니다. 친환경 매장에서 산 백년초, 녹차, 단호박, 감자전분 등으로 색을 낸 빙수 떡도 더했습니다. 우리 땅에서 재배하진 않았지만 아이들이 하도 원해서 조금 샀던 건포도도 함께 넣었습니다. 그다음 산야초 효소와 집에서 만든 오곡두유를 부었습니다. 잠시나마 더위를 식혀주는 시원함이 완성됐습니다.

도시에서 살든 시골에서 살든 이번 여름나기가 만만치 않을 것입니다. 단순히 무더위라 치부하고 피하기만 할 문제가 아닙니다. 폭염의 원인을 진단하고 어떻게 살 것인지 각자 나름대로 고민하는 시간을 가져보기를 간절히 바라봅니다. (울산저널, 2013.8.21.)

아이가 돌아왔습니다

3박 4일 현미식물식보따리학교로 떠난 막내가 무사히 집으로 돌아왔습니다. 9살 때 처음으로 이웃 누나와 함께 보따리학교에 참가한 아이입니다. 막내는 이제 11살이 되어 마산에 사는 7살, 10살 동생 둘과 함께 멀리 상주에서 열린 현미식물식보따리학교에 다녀왔습니다. 시외버스도 타고, 기차도 타고, 시내버스도 타고, 오고 가는 길에 수많은 사람도 만나고, 산도 넘고 강도 건넜겠지요.

처음 어른 없이 길을 떠날 때 아이는 불안해했습니다. 그러다 이제는 동생들을 데리고 먼 곳까지 씩씩하게 다녀오는 형, 오빠가 되었습니다. 버스에서 내려 가볍지 않은 가방을 어깨에 메고 손에 주머니 한 개씩 들고 걸어오는 세 아이가 참 기특했습니다. 봄 햇살이 세 아이를 반겨주듯 따스한 날씨였습니다. 우리는 가방을 내려놓고 과일 몇 점을 먹은 뒤 잠시 놀았습니다. 그러다 가마솥 불을 지필 땔감을 같이 준비하려는데, 아이들의 일하는 품새가 참 야무져 보였습니다. 제 밥값을 할 만큼 자랐네요. 며칠 사이 몸도 마음도 훌쩍 자란 듯합니다. 저녁 반찬으로 먹을 두부가 필요해 아이들을 동네 두부가게로 보냈습니다. 두부를 사 온 아이들이 배고프다며 얼른 밥을 먹고 싶다고 합니다. 이른 저녁을 먹고 나갈 일이 있어, 현미짜장밥에 쑥된장국, 쑥전, 두부김치, 봄나물꽃 샐러드로 소박한 밥상을 차려줬습니다. 7살 아이는 두 오빠가 먼저 밥을 먹고 놀러 나갔는데도, 혼자서 저녁을 잘 먹었습니다. 쑥전을 추가로 주문하면서요.

현미식물식보따리학교를 개설한 분이 카페에 글과 사진을 올렸습니다. 살펴보니 아이들이 밭에 거름으로 쓸 낙엽을 줍는가 하면 낙엽 속에서 놀기도 하더군요. 감자를 심고, 봄나물을 뜯어 밥상도 차리고요. 저수지에서 쓰레기를 줍기도 하고, 물수제비를 뜨기도 했습니다. 함께 놀고, 일하고, 밥하고, 먹고, 자고…. 그게 참된 공부겠지요.

학교 상담주간이라 막내의 담임 선생님을 만나러 갔습니다. 3년 전 우리 초등학교에 부임하며 둘째 아이 담임을 맡았던 선생님입니다. 아이와 관련된 이런저런 얘기를 나누다 꼭 물어보고 싶은 것이 있다고 했습니다.

선생님은 현미식물식강좌를 듣고 제가 드린 책을 읽으니 육식이 좋다는 생각이 들지는 않는다고 했습니다. 하지만 급식에서 동물성이 들어간 반찬을 제외하니 어떨 땐 먹을 게 너무 없어 아이가 불쌍해 보인다는 것입니다. 제가 아이에게 현미식물식을 권한 건 동물성 식품이 우리 몸에 꼭 필요하다고 할 수는 없으니 먹지 않을 용기를 가졌으면 하는 마음 때문이라고 말씀드렸습니다. 건강보다는 생명 윤리적인 접근이라고요. 그랬더니 선생님은 이제 이해가 된다고 했습니다. 선생님에게 저녁 반찬으로 드시라고 봄나물 꽃모둠인 돌나물, 갈퀴나물, 찔레순, 흰색과 보라색 제비꽃을 전해드렸습니다. 헤어지는 길에 카톡으로 간단한 봄나물꽃 샐러드 레시피를 보내며 한마디 덧붙였습니다. '진정한 교육이란 지식과 더불어 지혜를 배워 정신을 고양하는 것이고, 현미식물식은 모든 존재의 평화로운 공존을 위한 거랍니다'라고요.

현미식물식보따리학교에 다녀온 세 아이는 여행을 하는 동안 시중에서 파는 먹을거리도 사먹었다고 합니다. 나름 성분표시를 읽고 동물성이 들어가지 않은 음식으로 사먹었다네요. 그래서 조용히 알려주었습니다. 동물성 식품을 먹지 않았으니 다른 동물을 아프게 한 건 아니지만, 나쁜 재료나 식품첨가물이 들어간 과자를 사 먹으면 아주 예쁜, 다른 동물이 아플 수 있다고 말이죠. 특히 여행하다 아프면 큰일이니까요. (울산저널, 2015. 4. 1.)

나도 좋고 너도 좋은 참세상을 바라며

하늘을 우러러 / 한 점 부끄럼이 없기를 /
잎새에 이는 바람에도 나는 괴로워했다 / 별을 노래하는 마음으로 /
모든 죽어가는 것들을 사랑해야지 /
그리고 나한테 주어진 길을 걸어가야겠다

읊을 때마다 언제나 그 영혼의 맑음으로 절절히 가슴을 적시는 윤동주 님의 「서시」입니다. '모든 죽어가는 것들을 사랑'하고 싶습니다. 어찌 보면 우리의 밥상에서 가장 많은 생명이 죽어가고 있는 게 아닐까 싶습니다. 일상의 밥상에서 동물의 사체인 고기와 생선, 더불어 동물한테 빼앗은 달걀이나 우유가 더 이상 올라오지 않을 때 세상의 평화는 자연스레 찾아오지 않을까요? 사람 사이의 사랑이 아닌 모든 생명을 향한 사랑이 진정한 평화를 가능하게 하겠지요.

일주일 내내 하루 세끼를 순식물성으로 식사할 수 있으면 좋겠습니다. 하지만 일주일에 한 끼 정도의 순식물성 식사조차 낯설어하는 사람이 대부분입니다. 그러니 월요일 하루라도 고기 없는 식사를 하자는 취지에서 '고기 없는 월요일' 운동이 시작되었겠지요.

어제는 월요일이었습니다. 현미식물식두레밥 회원들과 함께 준비해, 울산과학대 청소노동자들과 현미식물식을 나누려 했습니다. 이들은 정당한 생활임금을 받기 위해 아스팔트 위 천막에서 사계절을 보내고, 이번에 다시 더운 여름을 맞이하고 있었습니다. 하지만 사정이 여의치 않아서 청소노동자와의 현미식물식 나눔을 그냥 지나쳐야만 했습니다. 마음이 편치 않았습니다. 가뭄에도 잘 자라는 텃밭 풀과 밀린 집안일들이, 바깥일로 바쁜 어설픈 시골 아낙의 손길을 기다리고 있었습니다. 그런데 세상 낮은 곳에서 일하며 어렵게 생활하시는 청소노동자들이 자꾸 생각났습니다.

그렇게 오후가 되었습니다. 우리가 공유하는 생명과 평화에 관해 그분들과 이야기를 나누고 싶었습니다. 그래서 그저께 농장에서 나무를 타고 올라가 햇볕에 얼굴을 익히며 직접 딴 체리와 집 근처 산기슭에서 딴 산딸기를 들고 가기로 했습니다. 더운 날씨에 가시밭길을 헤치며 산딸기를 따는 동안 여러 생각이 들었습니다. '먹고 자고 일하면서 더불어 행복할 수 있다면 얼마나 좋을까', '대학교수도 청소노동자도 함께 어울리며 비슷한 생활 수준을 영위할 수 있다면 얼마나 좋을까', '순하고 부드럽고 아름다운 식물식을 함께 나누면 얼마나 좋을까'.

그렇게 고민하다가 결심이 섰고, 곧장 아이스박스에 산딸기와 체리를 챙겼습니다. 아주 얇고 작은 책『Please, Stop killing! 우리를 입에 넣는 대신 사랑을 주세요!』도 여러 권 챙겼습니다. 두 시간여 만에 도착한 울산과학대학 입구에는 '학생들의 학습환경을 방해하는 집회 농성을 하지 말라'라는 경고 문구가 적힌 알림판이 세워져 있었습니다. 그럼에도 전체적인 풍경은 풀과 나무, 꽃들이 아름답게 피어 있는 사이로 사람들이 오가는 여느 대학과 비슷했습니다. 오르막길을 올라 천막농성장에 도착하니 청소노동자 몇 분이 보였습니다. 그중 한 분은 지난번 뵌 적이 있었고, 이후에도 〈울산저널〉에 실린 칼럼을 보며 저를 '채식주의자'로 기억하고 있었습니다. 그분은 잔칫날 들고 온 대추와 약과를 권했습니다. 다들 저보다 나이가 많았기에, 어릴 적 산딸기를 따 먹었던 그 맛을 추억하기도 하고, 국산 체리를 보며 신기해하기도 했습니다.

조심스럽게 준비해간 책을 읽어드렸습니다. 이 책은 어느 여고생이 그린 웹툰을 손바닥만 한 소책자로 펴낸 건데, 우리가 먹는 고기와 우유가 어떻게 만들어지는지를 이야기하고 있습니다. 몇 번 축사의 몇 번 소라 불리며, 태어난 지 일주일도 안 돼 엄마 품에서 강제로 떨어지는 이야기, 더럽고 무서운 축사로 옮겨져 항생제, 성장촉진제, 성호르몬제를 맞고 심지어 같은 동족의 사체가 들어간 사료를 먹어야 하는 이야기, 강제로 임신을 당하고, 새끼와 생이별하는 이야기, 인간들이 먹을 젖을 짜내다 더 이상 우유가 나오지 않으면 햄버거가 되기 위해 도살장으로 끌려가는 젖소 이야기 등이 책에 담겨 있었습니다.

깊은 슬픔이 담긴 책을 읽다 보니 가슴이 저렸습니다. 청소노동자들은 몸에 좋다는 개소주를 담그려고 시장에 갔다가, 우연히 마주한 개들의 맑은 눈망울을 언급했습니다. 추어탕을 끓이기 위해 산 미꾸라지들에게 왕소금을 뿌릴 때, 미꾸라지들이 몸부림치는 모습을 떠올리기도 했습니다. 그러면서 인간이 참 잔인하다고 덧붙였습니다. 저는 청소노동자들이 너무 힘들게 생활하지 않기를 바라듯 동물들이 고통스럽게 죽지 않기를 바란다고 얘기했습니다. 그러니 그분들은 고기를 덜 먹기 위해 노력하겠다고 다짐했고, 다른 사람들과 같이 읽겠다며 여분의 책도 요청했습니다.

청소노동자들이 힘들게 생활하는 현실은, 누군가 더 맛있게 먹기 위해 동물을 죽이는 현실과 별다르지 않습니다. 더 편하게 살고자 누군가가 이기심을 부린 결과입니다. 나도 좋고 너도 좋은, 내가 살기 위해 네가 희생되지 않아도 되는 진정한 생명살림으로, 평화롭고 살기 좋은 참세상이 자연스레 찾아오기를 염원합니다. (울산저널, 2015. 6. 17.)

햇빛과 별빛, 달빛과 함께한 3박 4일

참으로 더운 여름날이었습니다. 계속되는 더위에, 한낮에 바깥일을 자제하라는 폭염주의보가 면사무소에서 날아왔습니다. 왜냐하면 여름 한낮의 더위에도 아랑곳하지 않고 논일 밭일을 하다 종종 쓰러지시는 분들이 있거든요. '국민안전처'에서 발송한 폭염주의보가 10일 넘게 휴대폰으로 연달아 날아왔습니다.

시골도 여름 한낮에는 아주 아주 덥습니다. 하지만 주변에 아스팔트 길, 콘크리트 건물이 없는 데다 풀과 나무로 둘러싸여 있어, 선풍기나 에어컨이 없어도 지낼 만합니다. 밤에는 시원한 편인데, 어떨 때는 조금 쌀쌀한 기운에 몸을 움츠리기도 합니다.

폭염주의보가 계속되던 한여름날, 현미식물식을 하는 아이들 네 명이 우리 집에서 3박 4일을 보냈습니다. 창원에서 온 10살과 7살 남매, 부산에서 온 10살 여자아이, 그리고 우리 집 11살 아들입니다. 살림집 옆에 원두막과 평상이 있어, 그곳에서 전기를 거의 쓰지 않고 햇빛과 별빛, 달빛을 온몸으로 느끼며 생활했습니다. 처음에는 밥도 화석연료가 아닌 나뭇가지로 낸 불로 지어보려 했습니다. 그런데 풀을 베다 벌에 얼굴이 쏘이는 바람에 몸이 힘들어서 별수 없이 휴대용 가스버너의 도움을 받았습니다.

첫째 날

산청 계곡에서 1박 2일 소나기 보따리 모임을 마쳤습니다. 산청에서 울산까지 돌아가려고 버스를 몇 번 갈아탔습니다. 6시간 만에 집에 도착하니 해 질 녘이었습니다. 전날 집 떠나기 전에 먹은 현미밥과 된장찌개가 냉장고에 남아 있어, 가스 불에 음식을 데우며 저녁을 준비했습니다. 그런데 모기들이 여기저기서 우리를 괴롭혔습니다. 마른 나뭇잎과 나뭇가지를 모아 불을 피우고, 덜 마른 풀들도 위에 얹어서 모깃불을 만들었습니다. 연기를 따라 모기가 날아가긴 했지만, 모기로부터 완전히 자유로울 수는 없었습니다. 모기 기피제, 모기 물린 데 바르는 약도 효과가 크지 않습니다. 하는 수 없이 뒷정리를 하고 모두 모기장으로 피신했습니다.

네 명에서 잠자리를 정하는데, 집 떠난 7살 딸이 꼭 오빠 옆에 자겠다고 했고, 10살 딸은 아래로 떨어질 수도 있다는 걱정에 가장자리가 무섭다고 했습니다. 적당히 자리를 정하니 각자 누워 재잘대다가 곧 잠이 들었습니다. 한밤에 눈을 뜨니 별이 총총하고 달빛이 훤히 아이들을 비추고 있었습니다. 새벽녘 바람결에 실려 오는 달맞이꽃 향기에 다시 눈뜨니, 아이들은 여전히 곤히 자고 있었습니다.

둘째 날

아침 겸 점심을 함께 준비해서 맛있게 먹고, 이후 설거지 당번을 정하는데 의견이 분분합니다. 전날 저녁 설거지를 해보니 덥지는 않지만 모기가 있었고, 낮 설거지는 덥기는 하지만 모기가 없었습니다. 모두 좋을 수는 없고, 좋은 점이 있으면 불편한 점도 있는 상황입니다. 그래서 네 명이 이래저래 짝을 맞춰 아침저녁 설거지 차례를 정했습니다.

이후 볼일이 있어 다 함께 시내로 나갔습니다. 제가 볼일을 보는 동안 아이들은 도서관에서 책을 보기로 했습니다. 버스를 타러 나가는데, 앞서간 아이들이 차비를 안 챙겼다며 다시 돌아왔습니다. 시내처럼 가까운 곳에 도서관이 있는 줄 알았다고 합니다. 도서관에 도착하니 아이들은 배가 고픈지 간식을 먹고 싶다고 합니다. 그래서 휴게실에 들어가 도시락으로 준비한 삶은 감자와 참외, 오이를 껍질째 먹는데, 옆에 계시던 할아버지가 아이들을 바라보며 웃었습니다.

아이들과 저녁을 함께 준비했습니다. 마침 채식평화연대 정회원인 이웃집에, 또 다른 정회원 한 분이 아이들과 놀러와 있었습니다. 그래서 함께 저녁밥을 먹기로 했습니다. 모깃불을 피우고 현미밥, 된장국을 차렸습니다. 된장국은 산청에서부터 4박 5일 동안 매일 먹었는데, 아이들은 된장국을 거의 항상 두 그릇 이상 잘 먹었었지요. 국과 밥에 더해 오이우뭇가사리무침, 묵은지, 생오이와 풋고추, 배추물김치, 열무김치, 양파장아찌, 현미쌀주물럭까지, 어른 셋과 아이 일곱이 평상에 둘러앉아 저녁을 먹으니 어릴 적 시골집의 추억이 생각났습니다. 여름날이면 마당에 평상이나 멍석을 깔아 저녁을 먹고, 별을 보다 달을 보다 잠들곤 했던 기억이 떠올랐습니다.

저녁을 먹은 아이들은 모깃불 피우는 재미에 빠졌습니다. 수줍음이 많던 아이들도 불장난 앞에서는 다른 아이들과 쉽게 어울리는 모습을 보니, 절로 미소가 지어졌습니다.

셋째 날

이른 아침에 맨발로 산길을 걸었습니다. 어제 같이 저녁을 먹은 두 가족과 함께 나선 길이었습니다. 흙이 고운 산길이 아니라 돌멩이에 발이 아팠는데, 가끔 떨어진 밤송이 가시에 찔리기도 했습니다. 처음에는 그냥 걷다가 나중에는 저마다 손에 나무막대기를 들고 밤송이를 치우며 걸었습니다. 그렇게 맨발로 산길을 걷고 내려왔습니다.

돌아와 텃밭에 빨갛게 익은 방울토마토를 따서 손에 한 알씩 주니 맛있다고 더 달라고 합니다. 그래서 두 알씩 더 줬습니다. 이어서 가지, 고추, 갓끈동부, 케일을 땄습니다. 다 된 밥솥 뚜껑을 열고 방금 딴 채소들을 넣은 뒤 다시 밥솥 뚜껑을 닫았습니다. 그렇게 채소들을 살짝 쪄냈더니 7살 막내는 가지를 무척 맛있게 먹었습니다.

아침밥을 먹은 후, 봉숭아꽃 물들이기를 하고 싶다던 아이들은 동네로 산책을 나갔습니다. 한참이 지나도 돌아오질 않더군요. 그러다 아랫집에서 아이들 노는 소리가 들렸는데, 우리 아이들의 목소리도 섞여 있었습니다. 아마도 마당의 작은 풀장에서 신나게 노는 듯했습니다. 얼마 후 7살 딸아이가 아예 수영복으로 갈아입으러 올라왔습니다. 한여름 한낮의 물놀이는 아이들에게 최고의 놀이인가 봅니다.

딸들이 좋아하는 봉숭아꽃 물들이기를 하려고 봉숭아꽃과 잎을 따러 갔습니다. 오랜 가뭄과 땡볕에 꽃잎이 별로 없었습니다. 회화나무 그늘 아래 자리를 깔고 봉숭아꽃, 잎과 괭이밥잎(봉숭아꽃 물들일 때 괭이밥잎을 같이 찧어서 쓰면 꽃물이 더 잘 든다고 합니다)을 돌멩이로 찧어서 손톱에 올렸습니다. 그러고는 봉숭아잎으로 감싼 후 무명실로 묶었습니다.

저녁으로 통밀국수를 준비했습니다. 시장이 반찬이라 그런지 아니면 함께 음식을 준비하니 재미있어서 그런지, 아이들은 수박 속껍질을 채 썰면서 먹기도 하고, 고명으로 쓸 김을 자르면서 먹기도 합니다. 국수를 제대로 삶기 전 마른국수 몇 가락도 먹고, 소쿠리에 담긴 삶은 국수도 그냥 먹더군요. 그렇게 김, 수박 속껍질 채, 오이채, 묵은지를 넣어서 비빔국수, 물국수를 만들어 맛있게 잘 먹었습니다.

잠자리에 누워있는데 어미 소 우는 소리가 조용한 시골 마을에 크게 울려 퍼졌습니다. 아마도 축사의 송아지가 다른 곳으로 팔려 간 듯했습니다. 며칠 후 우리 집 아이가 낮에 봤다고 하는데, 동네 축사에서 송아지 한 마리가 보이지 않았다고 했습니다.

넷째 날

단호박으로 무엇을 만들어줄까 하니, 아이들은 그냥 먹는 게 제일 맛있다고 합니다. 일단 단호박 씨를 파내고 쪄서 아이들이 좋아하는 대로 그냥 먹을 수 있도록 반을 남겼습니다. 그리고 나머지 반에는 으깨서 다진 피망과 옥수수알을 넣었습니다. 거기에 죽염으로 간을 한 뒤 단호박샐러드를 만들었더니 최고로 인기 있는 메뉴가 되었습니다. 아이들에게 솜씨 좋은 요리사라는 평가까지 들었습니다.

아침을 먹고 나니 텃밭에 볕이 들어 있었습니다. 아이들에게 그늘진 마당에 있는 풀을 뽑게 했더니, 풀이 예쁘다며 집에 가져가도 되냐고 묻습니다. 자세히 보니 아직 꽃이 피지 않은 개망초였습니다. 이 세상 모든 것들은 자세히 보면 모두 예쁩니다. 예쁘지 않은 꽃은 없습니다. 빨갛게 익은 꽈리 열매와 이제 막 초록에서 갈색으로 익어가는 풍선꽃 열매를 선물로 주었더니 아이들은 너무나 행복해했습니다.

아이들에게 삶은 팥과 조청을 넣은 팥아이스바를 냉동실에서 꺼내 먹으라고 했습니다. 모두 엄청나게 좋아합니다. 여섯 개가 한 묶음인데, 한 개씩만 먹고 나머지 두 개는 다시 냉장고에 두었다고 합니다. 나눠서 더 먹으라고 했더니 선생님은 안 드시냐고 묻습니다. 아이들이 맛있게 먹는 것만 봐도 먹은 느낌이 드는 게 어미의 심정이지요.

날이 조금씩 더워지자 7살 딸은 어제처럼 아랫집 마당풀장에서 물놀이를 하고 싶어 했습니다. 반면 큰 아이들은 책을 보며 뒹굴뒹굴했습니다. 언니 오빠들이 별다른 반응을 보이지 않자 결국 막내가 훌쩍훌쩍 서럽게 울기 시작했습니다. 우는 막내를 회화나무 그늘로 데리고 갔습니다. 괭이밥 잎을 먹어보라고 주니 맛있게 먹었습니다. 그러다 괭이밥 잎을 보며 세 잎 클로버가 아니냐길래, 진짜 세 잎 클로버를 따서 나란히 보여줬습니다. 아이는 조금 분간을 하는 듯 보였습니다.

10살 딸아이의 부모님이 아이들을 데리러 부산에서 왔습니다. 텃밭에서 딴 토마토와 오이를 나눠 먹으며 이런저런 얘기를 나눴습니다. 어머님은 아이의 아토피가 많이 좋아졌다며 놀라워했습니다. 우리 집에 보내기 전에도 아이가 순수식물식을 했다고 합니다. 하지만 도시에서 사는 데다, 요즘 날씨가 더워 견과류가 든 비건 아이스크림을 많이 먹어서 그런지 아토피가 심해졌다고 했습니다. 다행히 며칠 동안의 자연스러운 생활이 몸에 좋은 변화를 일으킨 듯합니다.

한여름날 3박 4일을 꼬박 바깥에서 생활했습니다. 전기를 거의 쓰지 않았습니다. 잠자리를 준비하기 전 전깃불을 잠깐 밝히고, 큰 볼일을 볼 때 화장실 불을 잠깐 켜고, 아주 더울 때 선풍기를 잠깐 쓴 것이 전부입니다. 3박 4일을 통틀어 전기를 쓴 건 한 시간이 채 되지 않았을 겁니다. 바깥에서 생활한다는 것, 전기를 쓰지 않는다는 것은 불편하게 생활한다는 뜻이기도 합니다. 그러나 그렇게 하면 자연의 빛인 햇빛과 별빛과 달빛의 좋은 기운을 느낄 수 있습니다. 그리고 자연의 소리에 귀를 기울일 수 있습니다. 자연의 빛과 소리와 함께한 소박한 현미식물식 밥상이 참 감사했습니다. (울산저널, 2015. 8. 12.)

아빠가 날 키우는 건

한 꼬마가 울먹이며 이야기합니다. "아빠가 그러는데 돼지를 키우는 건 돼지고기를 먹기 위해서래. 닭을 키우는 건 닭고기를 먹기 위해서래. 그럼 아빠가 날 키우는 건…." 마침내 꼬마는 울음보를 터뜨립니다.

아이를 키운다는 것, 동물을 키운다는 것, 식물을 키운다는 것에 대해 생각해 봅니다. 그리고 동물을 먹는 것과 식물을 먹는 것에 대해 생각해 봅니다. 우리는 아이가, 동물이, 식물이 행복하게 잘 자라기를 바라며 사랑으로 키웁니다. 키우면서, 자라면서 관계 맺은 시간이 서로에게 행복입니다. 그 행복한 관계는 언제까지 지속 가능할까요?

우리는 평화로운 세상에서 행복하게 살기를 원합니다. 행복한 삶과 평화로운 세상은 일상에서 찾고 만들어 갈 수 있습니다. 나의 진정한 행복은 다른 생명을 파괴하지 않는 평화로운 세상 속에서 지속 가능합니다. 세상에 인간으로 태어나 누군가에게 키워지며 스스로 자라는 동안, 우리는 매일 무언가를 먹습니다. 이 먹을거리도 내 행복, 세상의 평화와 연관시켜 볼 수 있어야 합니다. 어떤 이는 원시시대부터 동물을 먹어왔기에 육식은 자연스러운 현상이라고 합니다. 그러나 그 시대로 돌아가고 싶다거나 그러한 세상을 원한다고 말하는 사람은 드물 것입니다. 살기 좋은 이상향으로 표현하는 '에덴동산', '무릉도원', '천국', '낙원'이 다른 세상, 다음 세상에만 가능한 것이 아닙니다. 모름지기 평화란, 한 그릇의 음식이 내 앞에 오기까지의 과정에 고통스러운 울음소리와 피비린내가 없는 곳에야 저절로 찾아오겠지요.

지난겨울에 가지치기한 앵두나무가 아름다운 선물을 주었습니다. 묘목을 심은 지 3년쯤 되던 해부터 새빨간 앵두를 맺던 나무입니다. 지난 2년 동안은 앵두가 채 영글기도 전에 떨어져 버렸는데, 올해는 탐스럽고 튼실하게 열렸습니다. 가지치기로 공기와 햇빛과 바람을 더 잘 받은 덕분이겠지요. 앵두나무 그늘에서 앵두를 따며 식물의 축복을 생각했습니다. 아름다운 열매를 내어준 앵두나무는 내년에도 꽃을 피우고 열매를 맺겠지요. 그다음 해에도 또 그다음 해에도…. (울산저널, 2017.6.22.)

행복지수가 높은 나라, 부탄에 다녀왔습니다

어느 순간부터 부탄이라는 나라에 많이 끌렸습니다. 자연만을 위해 기도하는 나라, 먹기 위해서 동물을 죽이지 않는 나라, 국민들의 행복지수가 높은 나라, 국왕이 국민을 만나러 산길을 걸어서 가는 나라, 세계에서 유일하게 수도에 신호등이 없는 나라, 행복위원회가 있는 나라인 부탄을 동경했습니다.

부탄은 외국인들의 무분별한 방문으로 환경이 파괴될 미래를 염려합니다. 그래서 여행객들의 방문 절차가 제법 까다롭다고 합니다. 간절히 원하면 소원이 이루어지는 걸까요? 2017년 한국과 부탄의 수교 30주년 기념으로 특별 기간이 열렸습니다. 덕분에 채식평화연대 정회원들이 함께하는 첫 번째 채식평화여행을 부탄으로 떠나게 되었습니다.

우리는 여행사에 비행기와 현지에서 먹을 비건식을 준비해달라고 요청했습니다. 고기, 생선, 달걀, 우유, 꿀 등 일체의 동물성 성분이 들어가지 않은 순식물성으로요. 건강, 환경, 동물권, 평화를 위해서 삶의 방식을 비건으로 선택한 이에게는 가장 중요한 여행 조건이었지요.

부탄은 시골과 도시 모두 자연스러운 나라였습니다. 자연스러운 환경에서 사람과 동물, 인간이 조화롭게 어울리며 살고 있었습니다. 부탄에서는 법적으로 어떠한 동물도 마음대로 죽일 수 없습니다. 부탄은 도축과 낚시가 금지된 국가입니다. 동물의 고기를 먹고 싶으면 인도에서 수입된 냉동고기나 말린 고기를 먹을 수는 있지만, 매월 일정한 시기에는 그마저도 금지됩니다. 소, 말 등 가축이나 동물을 키우더라도 묶어서 키우는 경우는 절대 없습니다. 소는 농경을 돕거나 우유를 나누어 주는 친구이지, 우유를 빼앗거나 고기를 얻고자 키우지 않습니다. 도시에는 개들이 사람처럼 자유롭게 다닙니다. 낮 동안 사람과 차가 많아서 제대로 돌아다니지 못했을 개들은 어두운 밤이 되면 광장에 모입니다. 그러고는 그들의 소리를 마음껏 냅니다. 어떤 분들은 개들 소리에 잠 못 이루었다고 했지만, 원래 세상은 인간만을 위한 곳이 아니지요.

그리고 까마귀 떼들이 많이 찾아오는 부탄의 아름다운 계곡은 야생동물보호구역으로 지정되었는데요. 그곳에는 새를 보호하고자 전선이나 송전탑이 지상에 설치되지 않았습니다. 그래서 전기량이 부족하면 주민들은 촛불을 켜고 생활합니다. 농가에서 민박하던 날 전기가 끊겨, 저희는 촛불을 켜고 저녁밥을 먹었습니다. 마당에서 바라본 밤하늘은 별빛이 가득했으며 사람이 만들어 낸 빛은 거의 보이지 않았습니다. 하늘과 땅 사이에 사람과 뭇 생명이 서로 더불어 살아가고 있었습니다.

한국에서 5년을 공부하고 돌아온 부탄 가이드에게, 부탄 사람들의 행복지수가 높은 이유를 물었습니다. 부탄 사람들은 하루에 네 번 이상 죽음에 대해서 생각한다고 그가 답했습니다. 아플 때가 아니라 일상에서 늘 죽음을 생각한다고 합니다. 그러니 그 삶은 더욱 경건하며 숭고하리라 생각합니다. 산이 많은 부탄 곳곳에는 죽은 이의 안녕을 비는 기다란 깃발이 무리를 지어 바람에 나부끼고 있습니다. 죽은 이를 화장하고 난 재는 석회반죽으로 빚어서 주먹보다 작은 상징물을 만들 뿐, 무덤이나 비석이 없습니다.

여행의 축복은 다시 일상으로 돌아와, '지금 여기에서 어떻게 살 것인가'라는 질문으로 이어집니다. 부탄이 평화롭고 국민의 행복지수가 높은 까닭은 자연을 향한 외경 덕분이라 생각합니다. 사람과 동물이 자유롭게 살며, 삶과 죽음을 함께 생각하는 일상이 비결일 것입니다.

어느 지인은 저보고 그곳에 다녀오고 나서 많이 성장한 듯해 보인다고 말했습니다. 아마도 부탄 여행을 통해 이 땅에서 자연을 지키고 생명을 살리려는 마음이 더 커졌기 때문이 아닐까 싶습니다. 제가 사는 이곳을 부탄처럼 행복지수가 높은 곳으로 가꾸기 위한 간절함이 저의 내면에서 불빛을 내었나 봅니다. (울산저널, 2017.8.16.)

우리 소꿉놀이 합시다

"햇볕은 쨍쨍 모래알은 반짝
모래알로 떡 해 놓고 조약돌로 소반 지어
언니 누나 모셔다가 맛있게도 냠냠."

어릴 적 소꿉놀이를 떠올리게 하는 동요입니다. 먼저 소꿉놀이에 쓸 그릇을 찾습니다. 깨진 도자기, 버려진 병뚜껑, 돌멩이, 예쁜 나뭇잎 등을 주워 모읍니다. 나뭇가지를 꺾어서 수저를 만듭니다. 그다음 진흙으로 떡을 빚거나 풀잎을 땁니다. 엄마가 다듬고 남은 채소 자투리를 주워 차린 밥상에서 '냠냠' 맛있게 먹는 시늉을 했지요.

먹는다는 것은 참으로 소중하고 중요한 일입니다. 먹어야 살고, 살기 위해서는 먹어야 하기 때문입니다. 무엇을 어떻게 먹느냐는 단순한 생존 그 이상의 가치가 있습니다. 그래서 예로부터 성인들은 음식의 중요성과 더불어 음식을 대하는 태도를 강조해 왔습니다. 공업화, 세계화, 산업화라는 문명의 혜택으로 먹을거리가 예전보다 더 풍족하고 다양해졌습니다. 하지만 그 부작용으로 공장식 축산, 패스트푸드 등이 등장했습니다. 고기, 생선, 달걀, 우유 등 동물성 식품과 가공품을 지나치게 섭취한 나머지 인간을 살려야 할 음식이 오히려 건강을 해치고 있습니다. 그뿐만 아니라 환경오염, 자원 부족, 지구온난화, 생명경시 등의 위기 상황을 초래했습니다. 식물식인의 식생활을 이해하고, 현미식물식의 가치를 인식하면 이러한 위기를 극복할 수 있는 지혜를 얻을 수도 있습니다.

그동안 우리나라의 여러 소비자생활협동조합과 시민단체는 친환경 지역농산물 먹기와 유기농 육류 먹기 등을 강조해 왔습니다. 그러나 유기농이냐 아니냐를 떠나 고기, 생선, 달걀, 우유 등 동물성 식품은 우리에게 꼭 필요한 음식이 아닙니다. 육식은 덜 할수록, 안 할수록 좋습니다. 무엇보다 식물식이 사람과 지구를 더불어 살리는 길이라는 연구 자료가 이미 많이 공표되었습니다.

현미식물식 밥상은 건강, 환경보존, 저비용, 에너지 효율, 평등, 이웃사랑, 생명 존중, 지속 가능 등 다양한 가치를 실현하는 방법 중 하나입니다. 자연상태에 가까운 식물성 식품을 먹을수록, 동물성 식품을 안 먹을수록, 가공된 식품을 덜 먹을수록, 조리를 적게 할수록 좋습니다. 현미식물식의 가치를 알고 나면 삶은 점점 단순하고 소박해집니다.

하루를 시작하는 아침, 바쁘게 움직이는 식구들은 학교와 직장에 가기 전에 간단히 먹길 원합니다. 그래서 아침 식사는 더 단순하고 소박합니다. 감자, 고구마, 단호박 등을 껍질째 찌거나 현미 떡, 통밀빵, 비건 만두 등을 찌기도 합니다. 날씨가 쌀쌀할 때는 떡국이나 죽, 현미 누룽지를 끓이기도 합니다. 오이, 당근, 콜라비, 토마토, 참외, 사과, 배, 감 등 제철 과일과 채소는 잘 씻어서 껍질째 조각내는 정도로 곁들입니다. 요리하지 않은 초록잎채소도 함께 올립니다.

지지고 볶는 요리보다는 순식물성 재료를 활용해 찌거나 굽거나 생으로 아침 식사를 준비합니다. 이런 밥상은 마치 어릴 적 소꿉놀이와 비슷합니다. 자연물을 이용하던 소꿉놀이에는 순식물성 재료들만 있었지요. 산, 들, 바다, 자연에서 나오는 뿌리, 줄기, 잎, 열매를 가지고 예쁘고 재미있게 소꿉놀이하는 사람들이 많아질수록 지구는 동화 속 아름다운 나라가 될 것입니다. 우리는 동화 속 주인공처럼 행복하게 살 수 있겠지요? 우리, 소꿉놀이합시다! (울산저널, 2017. 9. 20.)

나의 명절, 제사 보이콧

설! 우리나라의 가장 큰 명절인 설날을 보이콧하는 여성들의 이야기가 주요 일간지에 실렸습니다. 설! 그냥 그대로 생각하면 참 설레는 아름다운 말이요. 참 기다려지는 날입니다. 새해를 맞이하는 설은 오랜만에 가족들이 한자리에 모여 조상님들께 차례를 지내며 맛있는 음식을 먹고 덕담을 나누는 날입니다.

그러나 가부장적인 사회구조가 차례 문화를 왜곡시켰습니다. 어느 날부터 명절은 여성에게 즐겁지 않을뿐더러 일 년 중 가장 힘든 날이 돼버렸습니다. 그래서 명절증후군이라는 말이 생겼습니다. 명절이 끝나고 그대로 이혼하는 경우도 종종 있다고 합니다. 명절이 되면 시댁에 먼저 찾아가, 여성이 음식을 장만하고 준비하는 관습이 오늘날까지 남아 있습니다. 그런 가운데 평등한 인간관계를 지향하는 소수의 여성이 비로소 명절에 보이콧을 선언한 거지요. 결혼한 부부가 명절에 자기네 부모님과 각자의 시간을 보내는 움직임이 생겨나고 있습니다. 본가에 간 미혼여성이 여성의 일로만 인식되던 차례 음식 만들기에 일부러 참여하지 않는 모습도 보입니다. 이에 더해 청와대 국민 소통광장에 명절 음식 및 제사의 간소화를 청원하는 글도 게시된 바 있습니다. 사회적으로는 명절과 제사 철폐의 공론화도 제기되고 있습니다.

그러고 보니 저도 명절에 제사 보이콧을 한 여성 중 한 명입니다. 채식을 지키면서 자연스럽게 그렇게 되었습니다. 고기, 생선, 달걀, 우유에 대한 불편한 진실을 알고 나니 일체의 동물성 식품을 더는 먹을 수도, 만질 수도 없었습니다. 그래서 명절 차례상과 제사상을 준비할 때 동물성 식품을 만지지 않겠노라고 선언했습니다. 그 결과 시댁에 가 산더미 같은 음식을 장만해야 하는 의무에서 빠져나올 수 있었습니다. 결국 며느리가 당연히 준비해야 했던 명절 차례와 산소 성묘도 점점 간소화되더니, 이제는 원하는 사람이 음식을 준비하고 참여하게 되었습니다. 여기까지 오는 동안 칼날처럼 매서운 눈총을 받기도 했지요. 이제는 명절 때 시댁에 가더라도 명절 음식을 준비하는 대신 시댁 근처에 가보고 싶었던 곳을 찾거나, 보고 싶었던 지인을 만나고 옵니다.

몇 년 전 한강의 『채식주의자』를 읽는데 많은 부분에 감정이 이입되었습니다. 제가 채식 초기에 겪었던 일들이 떠올라 많이 울었습니다. 어느 날부터 더는 살아있는 생명을 해칠 수 없어서 채식주의자가 된 여성이, 많은 사람과 다르다는 이유로 정신병자로 취급받는 이야기가 절절히 가슴을 울렸습니다.

이 땅에서 비건으로 살아가기란 쉽지 않습니다. 하지만 비건으로 살며 저는 당당히 양성평등의 삶을 살아갈 수 있는 힘을 얻었습니다. 또한 사람 이외의 생명을 함께 존중하는 길이 참된 나를 찾아가고, 사랑과 평화의 세상으로 나아가는 근본이 될 수 있다는 것을 깨닫게 돼 행복합니다. (울산저널, 2018. 2. 21.)

예전에는 미처 몰랐어요. 세상에 아무리 작은 동물이라도 자유롭게 살도록 내버려 둬야 한다는 것을요. 마음대로 다른 동물을 괴롭힐 권리가 없다는 사실을요.

15년 전 숲속 아파트에서 품앗이 육아를 했던 엄마들이 다시 단톡방에 모였습니다. 당시 5~7살 아이들을 유치원에 보내지 않기로 했던 사람들입니다. 그때 그 시절을 떠올리며 품앗이 육아일지를 펼쳐보니 얼굴이 화끈거리며 부끄러웠습니다. 어느 날은 아이들과 잠자리채를 만들어 방아깨비를 잡고서는 동화책을 읽어주었더군요.

『개구리네 한솥밥』은 백석의 동시를 그림책으로 펴낸 동화책입니다. 줄거리는 다음과 같습니다. 형네 집으로 양식을 구하러 가던 개구리가 반딧불이, 개똥벌레, 방아깨비 등등 작은 동물들을 도와주는데요. 양식을 얻어 오는 길에는 도움받은 동물들이 다시 개구리를 도와줍니다. 그래서 모두 다 같이 한솥밥을 나눠 먹는다는 따뜻한 이야기입니다. 서로 다른 종들이 먹이사슬, 약육강식의 관계로 먹고 먹히는 것이 아니라 서로 돕고 사는 세상 이야기인 거죠. 사람은 작은 동물을 함부로 잡거나 가지고 노는데, 작가는 종이 다른 동물들이 서로 돕고 사는 따뜻한 세상을 꿈꾸었던 겁니다.

식물식을 하기 전에는 동화책 내용과 제 생활을 연결하지 못했습니다. 동화시를 쓴 백석 시인도, 그림책으로 재구성한 작가도 식물식인이 아니라고 알고 있습니다. 그저 참 따뜻한 마음을 가진 사람들인데 그 사랑이 인간 중심인 거죠. 저는 청년 시절부터 간디와 톨스토이의 책들을 가까이 하며 흠모했는데요. 그들이 비폭력, 평화의 세상을 염원하며 식물식의 중요성을 강조했다는 사실은 식물식인이 되고서야 알았습니다. 식물식인으로 거듭나며 세상을 다시 보게 된 거죠. 예전에는 미처 몰랐습니다. 식물식이 평화라는 것을요.

강아지 밥그릇에 담긴 현미밥을 참새들이 와서 먹는 모습이 자연스러워 보입니다. 밭에 심은 채소를 고라니가 뜯어 먹고 가면 조금 아쉽기는 하지만 그리 밉지는 않습니다. 처마 밑에는 곶감이 달려 있는데, 식물식을 하기 전에는 저희 식구와 손님의 몫이었습니다. 하지만 이제는 강아지들의 주요한 간식거리입니다. 저와 제 식구, 나아가 다른 사람을 위해 먼저 먹을거리를 챙기지만 다른 동물들에게 미안한 마음이 듭니다. 그래도 그들을 일부러 해치거나 괴롭히지 않으려고 노력하며 미안한 마음을 조금이나마 덜어내려 합니다. 예전에는 미처 몰랐어요. 인간뿐 아니라 모든 생명이 맛있는 것을 먹을 권리가 있다는 점을요.

회원들과 한 달에 한 번 준비하는 '환경평화밥상'을 위해 쑥과 돌나물, 삼잎국화잎을 뜯고 찔레순과 진달래꽃을 땄습니다. 햇살과 바람을 맞으며 새소리를 들었습니다. 평화의 염원을 밥상에 담았습니다. 이번에 울산 노옥희 교육감님이 환경평화밥상을 찾았습니다. 노 교육감님은 학교급식을 선택급식으로 하는 시범학교를 만들고자 노력하겠다고 했습니다. 비만과 아토피로 고생하는 아이들이 다른 급식을 선택할 수 있도록 말이죠. 참 고맙습니다. 더 나아가 비만과 아토피 때문이 아니어도, 생명사랑과 환경을 생각하며 식물식을 선택하는 모든 사람이 존중받는 사회가 되기를 바랍니다. 예전엔 미처 몰랐어요. 급식은 인권의 기본으로 저마다 선택할 수 있어야 한다는 것을요. (울산저널, 2018. 3. 27.)

개 짖는 소리가 자연스러운 일상

요즘은 새벽마다 개 짖는 소리를 들으며 눈을 뜹니다. 지난해 다녀온 부탄에서는 새벽마다 광장에서 개 짖는 소리가 들렸습니다. 사람과 자동차 소음이 들리지 않는 새벽에 개 짖는 소리는 자연스러운 일상이었습니다. 개들은 낮 동안 사람들이 돌아다니는 세상에서 조용히 지내다 사람들이 잠든 밤에 광장으로 모입니다. 그러고는 새벽까지 소리 내어 떠들며 놀다가 아침에 사람들이 하나둘 거리로 나오기 시작하면 조용히 흩어집니다. 부탄 여행에서 꿈엔들 잊히지 않는 장면은 동물과 사람들이 서로 배려하며 평화롭게 어울려 사는 모습입니다. 그래서 낚시와 도축이 금지된 나라 부탄에는 도둑과 범죄자가 거의 없을지도 모릅니다. 진정으로 평화로운 세상은 동물과 인간이 자연스레 공존하는 곳이라 생각합니다.

8월 19일입니다. 6월 19일에 태어나 꼭 두 달 된 비건 강아지들이 건강하게 자랐습니다. 강아지들은 이제 온 마당과 텃밭을 돌아다닙니다. 밥을 먹고도 아직 엄마 젖을 찾기도 하면서요. 바깥에서 일을 보고 집에 오면 강아지들이 쪼르르 달려옵니다. 한 엄마 배에서 나와 같은 젖을 먹고 자란 까망이 네 마리인데, 생긴 꼴과 하는 짓이 조금씩 다릅니다. 수줍음이 많아서 밥 먹을 때 제일 나중에 오는 아이가 있는가 하면, 제일 작은 몸으로 용감하게 돌아다니는 아이도 있고, 서로 엉겨 붙어 장난치기 좋아하는 아이도 있습니다. 어미 개는 강아지들이 장난이 심할 때나 이빨 난 강아지들이 젖을 심하게 빨 때면 크게 으르렁거리기도 합니다. 사람이 아이를 키울 때랑 너무 비슷해서 웃음이 나옵니다.

강아지가 밥 먹는 모습을 지켜보던 막내 아이가 "엄마, 복이가 전에는 떨어진 밥을 잘 안 먹었는데 지금은 강아지들이 떨어뜨린 밥을 먹어요!"라고 말합니다. "너희들 아기 때 엄마도 그랬단다…." 어린 새끼 먼저 챙기는 건 사람이나 동물이나 마찬가지인가 봅니다. 막내는, 자기 새끼들이 밥 먹는 모습을 물끄러미 지켜보는 어미 개를 생각했는지, 강아지들 밥과 어미 개의 밥을 다른 그릇에 따로 담아 주었습니다.

강아지는 보통 태어난 지 두 달이 지나면 엄마 젖을 뗍니다. 엄마에게 기본적인 생활 훈련을 배운 뒤입니다. 이때가 어미에게서 떼어내 입양 보낼 수 있는 시기라 합니다. 이제 강아지 세 마리를 다른 곳으로 보내야 합니다. 다행히 좋은 분들이 강아지를 키우겠다고 나섰습니다. 아이들은 강아지들이 언제 떠나는지 조심스레 물어봅니다. 힘들었던 여름날, 장마와 태풍, 폭염 속에서 제 새끼들을 진자리 마른자리 갈아 뉘며 키운 어미 개 복이에게 양해를 구했습니다. 어미 개와 강아지 네 마리를 다 같이 키우기가 여의치 않은 상황이라, 강아지 세 마리는 다른 곳으로 보낸다고, 좋은 분들이 잘 키워 주겠다고 하셨다고…. 강아지들이 부디 헤어지는 날까지 서로 사이좋게 지내기를, 다른 곳에 가서도 행복하게 잘 살기를 바랍니다. 부탄처럼 마음대로 돌아다니며 살지는 못하더라도 동물을 따뜻하게 대하는 좋은 사람을 만나 사랑받으며 잘 살 수 있기를 바랍니다. (울산저널, 2018.08.22.)

내가 버린 음식물쓰레기는 어떻게 될까?

울산부모교육협동조합에서 주최하는 〈내가 버린 쓰레기는 어디로 갔을까?〉 대중강연이 열린 날이었습니다. 강연 후 지인들과 나눠 먹을 김밥을 쌌습니다. 김밥 속 재료는 현미밥에 깻잎, 유부, 가죽장아찌, 근대 그리고 비트였습니다.

비트를 채 썰다 보니 손가락과 도마가 보랏빛으로 물들었습니다. 비트를 넣은 김밥도 살짝 보랏빛으로 물들었습니다. 손톱에 봉숭아꽃물이 천천히 물들 때처럼 기분이 좋았습니다. 산과 들의 뿌리, 줄기, 잎, 꽃, 열매 등 식물성 재료로 요리를 하다 보면 좋은 향기와 아름다운 색깔에 종종 취하게 됩니다. 완전 식물식을 실천하기 전을 떠올려 보면 토막 난 고기와 생선을 만지고, 달걀을 깨뜨리거나 우유 팩을 여는 과정에서 기분이 그리 좋지는 않았던 것 같습니다. 핏자국과 비린내는 요리하기 위해 참아야 하는 고역이었습니다. 핏자국은 얼른 지우고, 비린내는 빨리 없애고 싶었습니다. 어른들이 귀하다며 챙겨주신 곰국거리인 뼈다귀는 사실 좀 무섭기까지 했습니다. 식물식을 실천하고부터는 지금 내 앞에 오기까지 그 잔인한 과정이 연상돼 고기, 생선, 달걀, 우유, 꿀 등을 절대 요리하거나 먹지 못합니다. 하지만 식물식 생활을 하기 전에도 동물성 재료로 요리하는 순간이 즐겁지는 않았다고 기억합니다.

〈내가 버린 쓰레기는 어디로 갔을까?〉 강연 내용은 자연 분해되지 않는 생활쓰레기 이야기였습니다. 우리가 편리하게 사용하고 버린 플라스틱, 도자기, 유리병, 비닐, 스티로폼 상자, 전기제품 등이 바로 생활쓰레기지요. 자급자족으로 생활하지 못한다면, 생활쓰레기 문제로부터 자유롭고 마음이 가벼워지기란 참 어렵습니다. 가능하면 생활쓰레기를 덜 만들고, 생분해되거나 재활용이 가능한 생활용품을 쓰고자 노력해야겠지요.

내가 버린 음식물쓰레기가 어떻게 될지 생각해 보면 어떨까요? 음식물쓰레기는 양뿐만 아니라 냄새도 문제입니다. 자연식물식 위주로 생활하면 음식물쓰레기가 별로 나오지 않습니다. 가공하지 않은 식물성 재료는 먹기 전에 깨끗이 씻어서 껍질째 요리하면 밥 한 톨도 남기지 않고 먹을 수 있습니다. 그러니 음식물쓰레기가 아주 조금 나오는 편입니다. 게다가 텃밭을 가꾸면 거름으로 쓸 수도 있습니다.

잡식인 다른 식구들 입맛을 고려해 가끔 식물성 기름을 쓰거나 식물성 가공품을 사곤 합니다. 하지만 고기나 생선, 달걀, 우유 등에서 나오는 동물성 음식물쓰레기가 없으니 썩는 과정에서 역겨운 냄새가 별로 나지 않습니다. 사실 생활쓰레기는 20대 시절부터 심각한 문제로 인식해왔습니다. 저 나름대로 분해되지 않는 물건을 덜 사려고 노력했지만, 마음이 완전히 가벼워지지는 않았습니다. 그래서 가능하면 현미식물식을 지향하고, 작은 텃밭이라도 가꾸려 노력했습니다. 그래야 자연에 해를 덜 끼치는 듯하여 마음이 더 가벼워졌습니다.

도시락으로 준비한 비트 물든 김밥과 과즙을 먹었습니다. 과즙을 먹고 난 빈 봉지를 빈 도시락통에 담아오는데 어찌 된 일인지 과즙이 흘러나왔습니다. 에코백과 바지까지 과즙이 묻어 처음에는 깜짝 놀랐습니다. 물로 씻고 또 씻어내는 일이 번거로우면서도 과일 향이 나서 기분이 살짝 좋았습니다. 참을 수 없는 존재의 무거움을 가벼움으로 살아내는 과정이라 생각하니까요. (울산저널, 2018. 9. 19.)

2018 전교조울산지부 참교육실천한마당에 채식평화연대가 함께 했습니다. 분과에서 농부의사 임동규님의 강연이 열렸습니다. 제목은 〈내 몸이 최고의 의사다 - 항생제, 수술 없이 자연치유력으로 질병 극복하기〉였습니다. 현미식물식 시식 부스에는 현미밥, 식물식 김치, 비건 빵과 쿠키, 껍질째 자른 과일 등을 준비했습니다. 정제된 곡식이 들어가지 않은 순현미밥, 젓갈과 멸치 육수 등이 들어가지 않은 식물성 김치, 달걀과 우유 성분이 들어가지 않은 통밀빵과 쿠키 등을 준비했는데 많은 참가자가 시식했습니다. 다들 준비한 음식을 맛있게 먹으며, 어떻게 이런 맛을 낼 수 있는지 물어보았습니다. 그래서 김치와 빵, 쿠키에 어떤 성분이 들어갔는지 설명하고 채식자료지를 나눠주었습니다. "현미식물식을 하면 내 몸 안과 내 몸 밖(환경)을 더불어 살릴 수 있습니다"라고 하니 "정말 명언이네요"라는 답변이 돌아왔습니다. 학교에서 현미채식 선택 급식이 채택되도록 함께 노력해 보자고 부스에 들른 학부모, 교사, 교육감, 시민들에게 호소했습니다.

현미식물식을 하면 몸 안에 노폐물이 거의 쌓이지 않아 자연스레 건강해집니다. 가축을 사육할 때 나오는 이산화탄소와 메탄가스가 줄어드니 지구온난화를 늦출 수 있습니다. 가축 사료 재배 대신 굶주리는 사람들에게 곡물을 줄 수 있고, 동물 사육으로 파괴되는 숲과 환경도 살릴 수 있습니다. 축산용수로 사용되는 물을 줄이고 축산배설물로 오염되는 강물과 지하수도 살릴 수 있습니다.

무엇보다 순식물식은 동물의 고통이나 희생을 요구하지 않으니 사랑과 평화의 음식이라 할 수 있습니다. 동물을 먹는 과정과 식물을 먹는 과정은 완전히 다릅니다. 음식을 취하는 동안 우리의 마음을 곰곰이 살펴보면 어떤 쪽이 좋은지를 알 수 있습니다. 고기, 생선, 달걀, 우유, 꿀 등을 얻기 위해 우리는 어떻게 해야 할까요? 반대로 곡식, 채소, 과일 등을 얻기 위해 우리는 어떻게 해야 할까요?

동물성 성분이 우리 몸에 필요하다거나, 음식에 동물성 성분이 꼭 들어가야 맛이 난다는 생각은 자본주의가 만들어 낸 잘못된 영양 정보입니다. 나아가 약육강식의 생태관에서 비롯된 고정관념이자 편견입니다. 예로부터 평화로운 세상을 원하는 선지자는 완전한 채식을 하거나 채식 위주로 식사해 왔습니다.

분과 발표와 부스 체험이 끝나고 열림식이 열렸습니다. 전 전교조 울산지부장님이 1년 전 울산 최초의 진보교육감 당선을 기원했다며, 마침내 그 꿈이 이루어져 감격스럽다 했습니다. 그러면서 "소 잡아야 하는 거 아닙니까?"라는 말을 몇 번이나 반복했습니다. 아! 그 말에 가슴이 참 아팠습니다. 사람들은 종종 기쁘고 즐거운 날에 '돼지 잡아야지!', '소 한 마리 잡아야지!'라는 관용구를 씁니다. 사람들이 즐겁자고 동물 울음소리를 듣고 피비린내를 일으키자는 말은 자세히 보면 참 잔인합니다. 행사를 마치고 나와, 지부장님에게 "선생님! 정말 기쁜 날에 '소 잡자'하는 말씀은 제발 안 하셨으면 좋겠습니다"라고 부탁했습니다. 채식평화연대가 준비한 식물식 음식을 맛있게 시식한 지부장님은 허허 웃으며 "아! 습관에 젖어 그리했습니다. 다음부터는 조심하겠습니다"라고 했습니다.

입시 위주의 교육 현실과 부조리한 사회에서 참교육을 위해 애쓰는 참선생님들과 함께 할 수 있어 참 기뻤습니다. 선생님들이 참교육으로 꿈꾸는 세상은 채식평화연대가 꿈꾸는 세상과 비슷하리라 생각합니다. 사랑과 평화의 세상은 사람뿐 아니라 동물과도 더불어 잘 살아야 더 깊어지고 넓어지리라 믿습니다. (울산저널, 2018. 11. 28.)

사람과 동물이 더불어 사는 작은 천국

　회색빛 건물들 사이에 있는 붉은 벽돌집에는 겨울이라 잎이 떨어진 담쟁이넝쿨이 온 벽을 감싸고 있었습니다. 저와 동행한 분은 "밖에서 보기에 딱 식물식인의 집이라는 느낌이 든다"라고 이야기했습니다. 콘크리트 건물 사이, 아스팔트 도로 사이에 있는 그 집 마당에는 계절의 흐름에 따라 아름다운 꽃들이 피고 탐스러운 열매가 열렸습니다. 가지각색 어여쁜 고양이들이 자유롭게 돌아다니고, 새들이 쉬었다 가는 곳이었습니다. 대문을 열고 들어서니 마당에 있는 빨간 산수유 열매가 눈길을 끌었습니다. 고양이들은 마당에서, 거실에서, 안방에서 편안하게 머물거나 자유롭게 사뿐사뿐 돌아다녔습니다. 사람과 동물이 더불어 사는 작은 천국이었습니다.

　20년 넘게 비건으로 살아온 집주인분은 우리밀 통밀가루로 수제비를, 비건 오징어로 튀김을 준비하고 있었습니다. 비건 오징어는 호주에 사는 자식들 집에 다녀 오는 길에 구매했다고 합니다. 개인의 다양성과 가치관을 존중하는 국가에서는 다양한 비건제품이 개발되고 있습니다. 존재, 건강, 환경을 위해 비건을 선택하는 사람이 잡식인 틈에서 그들의 신념을 지킬 수 있도록 어묵, 수육, 새우, 오징어, 햄, 소시지 등을 비건 식품으로 개발하는 것이죠(물론 이런 가공품도 먹지 않는 자연식물식이 가장 좋긴 합니다). 집주인분이 점심 밥상으로 꺼내는 무조림, 배추찜, 식물식 김치는 눈으로 보기만 해도 깊은 손맛이 느껴졌습니다.

　빨간 벽돌집 주인인 우리의 왕언니는 비건으로 20여 년 자녀를 키웠답니다. 그동안 자녀들과 그 친구들이 변하는 모습을, 또 비건 고양이들 이야기를 저희에게 들려주곤 했습니다. 아들의 친구는 세계적인 비보이로 호주 이민권을 가지고 있는데요, 친구 어머니가 해주는 식물성 식품을 섭취한 후 자신의 몸이 더 가벼워지고 맑아지는 경험을 해서 비건이 되었답니다. 며느리 또한 시어머니의 영향으로 수년간 식물성 식품을 먹으며, 건강에 부족함이 없다는 걸 깨달아 비건이 되었다고 합니다.

길고양이들도 어려서부터 식물성 사료를 먹이니 다른 제품은 안 먹어서 매일 사료통을 식물성 사료로 채워놓는다고 했습니다. 고양이 사료를 공부하다가 사람 음식까지 공부하면서 비건으로 전환한 분이 있을 정도로, 동물 사료 제품 중에는 정말 안 좋은 재료로 만드는 경우가 많습니다. 그래서 사료를 먹는 동물이 질병에 취약하다고 합니다. 제가 아는 어느 분은 10년째 고양이를 키우는데, 비록 자신은 비건이 아니지만 고양이에게 식물성 사료를 먹인다고 했습니다. 고양이가 아파서 동물병원에 갔더니 식물성 사료를 권했다고 하면서요.

비건 왕언니댁 고양이 네 마리는 중성화수술을 마쳤습니다. 뒤에 들어온 고양이들은 눈치채고 도망가는 바람에 아직 못했다고 합니다. 사람 중심의 세상에서 동물들은 점점 먹을 것을 찾지 못하고 있습니다. 그러다 보니 사고도 자주 발생합니다. 이러한 사회적, 환경적 문제를 고려해서 인간과 같이 살거나 인간 생활 주변에 사는 반려동물들을 대상으로 중성화수술을 권장하고 있습니다.

왕언니는 사는 게 싫증 나고 어제 좋았던 일도 돌아서면 의미가 없어지는 기분이 들어, 이 세상에 내가 붙들 것이 없다는 절망감에 빠진 적이 있었다고 합니다. 자신이 아무것도 아니라는 생각이 들어, 언제 어디서든 죽음을 생각할 정도였다고 합니다. 그러다 명상을 하며 비건으로 거듭난 왕언니는 이제 매일매일이 행복하다고 합니다. 비건은 사람과 동물의 평화로운 공존을 추구하는, 지금 이곳을 사랑과 평화의 세상인 천국으로 가꾸려는 사람들의 선택입니다. (울산저널, 2018. 12. 20.)

아이들이 마을과 소통하며 배우고 자라는 마을교육공동체를 찾는 여정으로 제천 간디학교를 찾았습니다. 첩첩산중 어느 시골 마을에 있는 간디학교 운동장에 들어서니 어디에선가 고양이 한 마리가 다가왔습니다. 손을 내밀어 머리를 쓰다듬어 주었더니 사뿐히 품에 안겼습니다. 따스한 겨울 햇볕 아래에서 털북숭이 고양이와 잠시 한 몸이 되었습니다.

간디학교는 생태주의, 평화주의, 인권과 비폭력의 교육을 지향했던 간디의 철학을 추구하는 교육 현장입니다. 새 교육과정에서 지역사회와 연계를 고려하고 있기도 합니다. 교장 선생님에게 학교 현황에 대한 설명을 듣고 나서, 혹시 급식에 식물식이나 비건이 반영되는지를 여쭈었습니다. 생태와 평화를 존중하는 비폭력주의자 간디의 철학에서 주요한 실천 중 하나가 식물식이니까요. 교장 선생님은 비건 교사도 있어 배려는 하고 있다고 답했습니다. 다만 아쉽게도 식물식을 공식적으로 권장하고 있지는 않았습니다.

학교 시설 중 생태뒷간이 가장 인상적이었습니다. 105명의 학생과 26명의 교사가 사용하는 학교 화장실에 수세식 변기는 없고 생태뒷간뿐이라고 했습니다. 사용법을 들어보니 양변기처럼 앉아서 볼일을 보고 난 다음에는 왕겨를 뿌려야 한다고 합니다. 게다가 뒷간 치우기는 학생들이 꼭 해야 하는 주요한 일이라고 합니다. 뒷간에서 나온 똥오줌은 학생들이 공동으로 농사를 짓는 천 평의 텃밭으로 간답니다. 물을 낭비하지 않고 똥오줌을 거름으로 사용하는 생태뒷간에다 식물식 급식까지 제공한다면 간디 선생님께서 더, 더, 더 기뻐하시리라 생각합니다.

간디학교 졸업생들이 일하고 있다는 가까운 면 소재지의 사회적기업 카페로 점심을 먹으러 갔습니다. 단체로 쌀국수를 주문했는데 고기가 들어간다고 하기에 비건이라고 밝히고서 육수 없이 쌀국수에 채소만 넣어달라고 부탁했습니다. 그랬더니 숙주, 버섯, 양파, 파, 마늘 등을 넣은 쌀국수를 내주었습니다. 고수도 주셔서 함께 넣어 먹었습니다. 평소에 파와 마늘 등 오신채를 먹지 않으니 마늘 맛이 매우 강하게 느껴졌지만, 겨울날의 따뜻한 쌀국수가 참 좋았습니다.

20대에 간디의 자서전을 감명 깊게 읽었는데, 비폭력 평화주의에 마음 깊이 끌렸습니다. 30대에는 귀농하신 분들과 간디의『힌두 스와라지』를 같이 공부하며 마을에서 할 수 있는 일을 찾으려고 노력했습니다. 그런데 그때는 간디가 채식 생활을 중요하게 생각했다는 사실에 주목하지 못했습니다. 40대에 접어들어 식물식을 공부하면서 간디 철학의 주요한 부분이 채식임을 알게 되었지요. 간디는 "한 나라의 위대함과 도덕성은 그 나라의 동물이 어떻게 다뤄지는가로 판단할 수 있다"라고 주장했습니다. 마을 자치를 꿈꾸었던 평화주의자 간디는 가장 큰 마을인 지구마을공동체가 평화롭게 더불어 잘 살기를 바랐습니다. 그래서 개인의 삶에서 식물식을 먼저 실천했고, 식물식의 중요성을 강조했으리라 생각합니다. (울산저널, 2019. 1. 23.)

설 차례상은 어떻게 차리시나요?

큰 명절 설날이 열흘 뒤로 다가왔습니다. 설날은 새해를 맞아 가족들이 한자리에 모이는 날입니다. 세배하고, 덕담을 나누고, 떡국을 먹으며 한 해 동안 건강하며 복 많이 받기를 기원하는 날이라고들 하지요. 그런데 이렇게 좋은 날인 설날을 과연 우리 모두가 설레는 마음으로 맞이하며 즐겁게 보낼 수 있을까요?

어린 시절에는 설날을 세뱃돈 많이 받고, 맛있는 음식을 많이 먹는 날로 여겼습니다. 그래서 늘 설날을 손꼽아 기다렸습니다. 그러다 여성으로서 정체성을 찾아갈 무렵부터는 그렇지 않았습니다. 그때부터 '설날' 하면 떠오르는 기억은 자매들과 추운 겨울 수돗가에 쪼그리고 앉아, 기름기가 잔뜩 묻은 채 산더미처럼 쌓인 그릇들을 설거지했던 순간입니다. 결혼 이후 명절만 되면 시댁에서 삼시 세끼를 준비하고 설거지를 했습니다. 시어머니, 시누이와 함께 고기를 양념에 절이고, 생선을 찌거나 굽고, 갖가지 튀김과 전을 만들고, 사골국에 떡국을 끓이는 등 기름진 음식을 준비해야 했습니다. 그래서 명절에 시댁에 들렀다가 친정에 가면 몸이 퍼져버렸습니다. 몸도 마음도 무거워지는 '명절증후군'을 심하게 앓아야만 했습니다.

남성 중심의 가족문화에서 비롯한 명절증후군에, 대한민국 여성으로서 점점 지쳐갈 무렵이었습니다. 자연치유를 공부하면서 '현미식물식이 답이다'라는 것을 깨달았습니다. 현미식물식은 일상의 밥상에서 건강을 선물로 줄 뿐만 아니라 환경을 살리고, 주부의 가사노동을 줄이고, 명절증후군도 치유할 수 있는 밥상 혁명입니다.

현미식물식은 산, 들, 바다에서 나는 곡식, 채소, 과일을 최대한 자연에 가깝게 먹는 것입니다. 우리 몸에 필요한 성분들만 가지고 있는 순식물성 재료는 최대한 덜 가공하고 덜 요리할수록 영양분의 손실이 적어 우리 몸에 이롭습니다. 게다가 엄청 거칠거나 딱딱한 겉껍데기만 빼면 대부분 먹을 수 있습니다. 그래서 몸 밖으로 음식물쓰레기가 거의 나오지 않습니다. 섬유질이 체내의 노폐물을 빼내니 몸이 가볍습니다. 이렇게 밥상을 준비하면 고기, 생선, 달걀, 우유 등 동물성 성분이 들어간 음식을 준비할 때보다 맑고 향기로워서 몸과 마음이 가벼워집니다. 아울러 요리나 설거지 등 부엌일도 점점 단순해집니다.

현미식물식으로 설 차례상을 차린다면 어떨까요? 현미를 물에 불려서 그냥 먹거나 현미밥으로 먹습니다. 떡국을 먹고 싶으면 채수에 현미떡국을 끓여 먹습니다. 아니면 고구마를 껍질째 생으로 먹거나 찌거나 구워 먹습니다. 좀 기름지게 먹고 싶으면 껍질째 썬 고구마에 통밀가루 반죽옷을 입혀서 전을 구워 먹습니다. 배추, 무, 시금치, 미역 등을 그냥 생으로 먹으면 좋습니다. 요리된 맛을 즐기고 싶다면 생채, 샐러드, 나물로도 먹을 수 있습니다. 생김을 그대로 먹어도 좋습니다. 더 고소하게 먹고 싶다면 불에 살짝 구워서 양념장이랑 먹거나 기름을 발라서 구워 먹을 수도 있겠지요. 설이라 강정이 먹고 싶다면 통곡식과 현미조청으로 만든 현미오곡강정을 먹을 수 있습니다. 상큼한 과일을 먹고 싶다면 사과와 배, 단감 등을 껍질째 먹습니다. 말린 대추나 곶감도 맛있는 설음식입니다.

황성수 박사님은 수십 년 동안 현미식물식으로 환자들을 치유의 길로 인도한 분입니다. 박사님 댁의 차례상을 보면 참 맑고 향기롭습니다. 산, 들, 바다에서 나는 곡식, 채소, 과일을 깨끗이 손질해 단순하게 올려놓은 음식들이 참 아름답습니다. 집안의 제일 어르신이 깨우치니 아랫사람들이 평화롭겠지요.

현미식물식을 시작하면서 일체의 동물성 식품을 먹지도 만지지도 않습니다. 그리하여 명절증후군도 서서히 자연적으로 치유할 수 있는 힘이 생겼습니다. 더 이상 동물성 식품을 만지지 않고, 동물성 식품이 담겨 있던 그릇도 만지지 않습니다. 처음 차례상을 준비할 땐 잡식을 하는 가족들이 불편해했지만, 이제는 서로 다른 점을 인정합니다. 그러고 나니 예전보다 편안합니다. 언젠가는 다른 가족들도 순식물성의 차례상으로 함께 새해를 맞이할 수 있기를 바랍니다.

동물의 희생이 없는 생명 평화, 여성들의 희생이 없는 가족 평화가 깃든 설 차례상은 주는 이도 받는 이도 행복하게 해줍니다. 식물식은 생명을 해치지 않으니 복을 짓는 일이라고 할 수 있겠지요. 복을 많이 지을수록 복을 많이 받겠지요. 새해에는 많은 사람이 식물식으로 복 많이 짓고, 복 많이 받을 수 있기를 바랍니다. 새해 복 많이 받으시길 바랍니다. (울산여성신문, 2019. 1. 26.)

아줌마부대가 밥솥을 들고 간 이유는

　　대한민국의 바람직한 교육을 토론하는 '2019 대한민국 교육자치 콘퍼런스'가 열렸습니다. 교육의 아름다운 모습을 그려보려는 교육관계자, 학부모, 시민, 학생이 모였습니다. 이곳에서 채식평화연대는 '백년미래를 위한 식생활 및 급식문화'라는 이름으로 부스를 열었습니다.

　　울산교육청 혁신교육팀 장학사님에게 행사 참여 권유를 받고, 학교급식에서 식물식을 채택해야 하는 필요성을 논할 수 있는 자유 강연과 부스를 신청했습니다. 그러나 아쉽게도 자유 강연은 선정되지 못하고 부스만 열게 됐습니다. 참된 식생활 교육이 선행되어야 우리가 바라는 아름다운 가치들을 제대로 실현할 수 있습니다. 그런 점에서 아쉬운 점이 많았습니다.

　　행사를 한 달여 앞두고 공문이 왔습니다. 사전에 식사를 신청하라는 내용이어서 식물식을 지원할 수 있는지 물어보니 예산상 어렵다고 했습니다. 제 요청은 비건에게만 초점을 맞춘 메뉴를 준비해달라는 의미가 아니었습니다. 정해진 메뉴에 동물성 재료를 첨가하기 전 식물성 재료만 먼저 요리하면 어떻겠냐고 제안했지만 반영되지 않았습니다. 사실 식물식활동가들은 이런 행사에서 도시락을 준비할 각오를 늘 하고 있습니다. 그럼에도 사회의 긍정적인 변화를 위해 다른 목소리를 내본 것입니다.

　　행사를 일주일 앞두고 3일간 열릴 예정이던 부스를 하루만 허가한다고 연락이 왔습니다. 각 지역에서 열혈 운동가들이 올라가는 만큼 3일 동안 있는 힘껏 채식 선택 급식의 필요성을 알리려 했기에 힘이 빠졌지만, 단 하루의 행사를 위해 열심히 움직였습니다. 먼저 부스에 전시할 식물식 도서와 식물식 자료지, 식물식 동영상을 준비했습니다. 그리고 현미밥, 식물식 김치, 비건 쿠키를 시식하기로 했습니다. 채식 식당을 운영하는 정회원님이 육류대체품으로 콩치킨을 선보이겠다고 했습니다.

　행사 전날에 주문한 김치가 도착했지만, 젓갈 김치라 반품 처리해야 했습니다. 회사는 대신 행사 당일, 행사장으로 식물식 김치를 보내주었습니다. 김치와 함께 콩치킨을 챙겨온 회원들이 행사장에 도착했습니다. 그런데 교원대 박물관 측 행사요원이 다가와 시식이 불가하다고 해서 신청계획서가 통과됐다는 문서를 보여줘야만 했습니다. 준비한 전기압력솥으로 현미밥을 지으려고 하니 깜짝 놀란 행사 요원들이 다시 다가와, 박물관에서는 취사가 안 된다고 했습니다. 어쩔 수 없이 인근의 다른 건물에서 밥을 해서 퍼 날랐습니다. 갓 돌이 지난 아기를 둔 엄마부터 아이를 성인까지 키운 엄마까지, 전국에서 모인 채식평화연대 정회원 9명이 일사불란하게 움직였습니다. 인권, 건강, 환경을 위해, 채식 선택 급식 필요성을 알리기 위해 모인 사람들이었습니다.

　완전 현미밥, 식물식 김치, 비건 쿠키, 콩치킨을 처음 먹어본 사람들은 새로운 맛에 신기해하고 놀라워했습니다. 공장식 축산의 진실이 담긴 『젖소 모아니아의 이야기』를 읽고 가슴 아파하는 이들도 있었습니다. 식물식을 알리고자 전국연대로 활동하는 모습에 기꺼이 정회원으로 가입한 분도 있었습니다. 그리고 학교 교육으로 연대하면 좋겠다는 교육관계자도 있었습니다.

　행사장 부스에서 밥을 직접 지어 제공하는 일은 결코 쉽지 않았습니다. 인권과 건강, 환경을 위해서는 급식과 밥상에서 변화를 일으켜야 하기에 아줌마부대는 가정을 두고 온갖 짐을 바리바리 싸서 먼 길을 달려갔습니다. 그리고 온갖 난관을 뚫고 채식 선택 급식의 필요성을 이야기했습니다. 행사 후 저녁 식사로는 남은 현미밥, 식물식 김치, 마른김, 방울토마토를 감사히 먹었습니다. 많은 것을 바라지 않는 우리는, 단순하고 소박한 현미식물식 식사만으로 충만했습니다. (울산저널, 2019. 8. 15.)

사람과 지구를 더불어 살리는 다이어트

『빼지 말고 빠지게 하라』, 『배고픈 다이어트는 실패한다』, 『맥두걸 박사의 자연식물식-살 안 찌고 사는 법』, 『다이어트 불편의 법칙』, 모두 식물식 다이어트, 현미식물식, 자연식물식 다이어트 책들입니다. 이 책들에 소개된 다이어트를 실천하면 우리는 제대로 잘 먹는 것으로 나와 지구를 더불어 살릴 수 있습니다. 나와 지구를 더불어 아름답게 가꿀 수 있습니다. 정말 멋진 다이어트 아닐까요?

최근 페이스북에 자신의 다이어트 실천기를 몇 달 동안 계속 올리는 작가가 있습니다. 글에 따뜻한 감성이 담겨 있어 독자와 친구들의 응원 댓글과 공감을 많이 받았죠. 저도 그 작가의 강연을 들었고, 개인적으로 응원하고 있습니다. 그런데 그 다이어트 방법을 읽으며 조금은 아쉬운 마음이 들었습니다. 작가의 다이어트 방법은 탄수화물을 줄이고, 닭가슴살을 먹는 것이었습니다. 그분이 말하는 '우리는 연결돼 있다'라는 사랑의 가치가 음식에서도 가능함을 깨달으면 더 멋진 작가로 거듭나지 않을까요? 그래서 위에 언급한 책들을 추천했습니다. 인간의 사랑에서 더 나아가 비인간동물의 사랑으로 커질 수 있기를 바라는 마음에서요.

우리는 연결돼 있습니다. 가족에서 이웃으로, 자연으로, 다른 동물로. 지구의 모든 생명체가 연결되어 있다는 걸 깨닫는다면 우리는 더 큰 사랑을 펼칠 수 있습니다. 참 생명이 생명을 살립니다. 현미는 생명이 있기에 싹을 틔우고 생명을 살립니다. 백미는 생명이 없기에 싹을 못 틔우고 생명을 살리지 못합니다. 식물식은 생명의 순환이기에 서로의 생명을 살립니다. 동물식은 생명의 단절이기에 서로의 생명을 살리지 못합니다. (울산저널, 2020.06.15.)

폭우와 폭염의 한가운데서

어느새 처서를 맞이했습니다. 더운 여름에 왕성하게 활동하던 모기가 서늘해진 날씨에 입이 삐뚤어진다는, 더위가 떠난다는 처서입니다. 한낮에는 여전히 덥지만 아침저녁으로 가을바람, 가을소리가 느껴집니다. 그러나 여름 다음에 당연히 찾아오는 가을을 오롯이 기쁘고 편안한 마음으로 맞이할 수는 없습니다. 사람들이 삶을 하루라도, 한순간이라도 빨리 바꾸지 않는다면, 기후위기는 점점 더 가속화될 것이기 때문입니다.

지난여름에는 장마가 길었습니다. 곳곳에 내린 폭우로 큰 피해가 생겨 많은 사람과 동물이 삶터를 잃었습니다. "이 비의 이름은 장마가 아니라 기후위기입니다"라는 문구가 기후위기를 걱정하는 사람들에게 회자됐습니다. 기후위기를 심각하게 걱정하는 사람들은 한 장의 그림을 기억할 것입니다. SNS 곳곳에 퍼진, 녹아내리는 빙하를 아슬아슬하게 붙잡고 있는 북극곰과 폭우 속에서 지붕 위에 올라가 있는 소가 마주 보고 있는 모습을요. 기후위기를 한 면에 잘 표현한 그림이었죠. 기후변화로 북극의 빙하가 녹아내려 북극곰이 위험에 처해있다는 사실은 이미 오래전부터 알려져 있습니다. 이제 우리나라도 이상기후가 생존을 위협할 만큼 심각하다는 것을 지난여름의 폭우가 보여줬습니다.

폭우에 지붕 위로 올라갔던 소는 무사히 내려와서 며칠 후에 송아지를 낳았답니다. 사람들은 기뻐했습니다. 기특하다고 찬사를 보냈습니다. 그런데 앞으로 소의 운명은 어찌 될까요? 어미 소와 송아지는 감옥과 같은 축사에서 똥오줌 범벅으로 지내다 머지않아 생이별을 당할 것입니다. 항생제와 성장촉진제를 맞다 강제 임신이나 거세를 당할 것입니다. 결국 자연에서는 20년 이상 누릴 수명을 4년도 채 누리지 못하고 도축 당해, '고기'라는 이름으로 사람들 식탁에 놓이겠죠.

올봄은 산불이 자주 났고, 여름에는 폭우와 폭염으로 가혹했습니다. 다가오는 가을과 겨울은 어떨까요? 우리에게 남은 시간이 8년도 채 되지 않는다고 합니다. 당장의 삶에서 정의로운 전환을 하지 않는 한, 8년 뒤 우리 인간은 상상도 할 수 없는 기후를 견디지 못하고 서서히 멸종하리라는 경고로 다가옵니다.

지속 가능한 삶을 이야기하고, 지구환경을 걱정하고, 아이들의 미래를 생각하는 사람이 많습니다. 그들은 먹는 것은 사적인 일이고 개인의 선택이니 입맛을 존중해야 한다고 합니다. 보통 때라면 납득할 수 있고, 맞는 말일 수 있습니다. 그러나 인간으로서 삶이 위험해질 수도 있는 기후위기 문제 앞에서도 그래야 할까요?

청소년 기후변화활동가 그레타 툰베리가 기후변화의 심각성을 깨닫고 '미래를 위한 금요일' 시위를 시작한 지 만 2년이 지났습니다. 툰베리는 말합니다. "환경을 걱정하시면서 왜 고기와 유제품을 끊지 않으세요?" 우리나라 청소년 김하늘은 "어른님들, 고기를 줄이고 미래를 주세요"라고 합니다. 그리고 세계 곳곳의 청소년들이 지속 가능한 미래를 위해 기후위기 비상행동으로 식물식을 선택했습니다.

북극곰이 살고, 소가 살고, 사람이 살 수 있는 길은 하나로 연결됩니다. 동물식을 멈추고 완전 식물식 또는 식물식 위주의 식생활로 전환하는 길이 우리 모두가 살길입니다. 인간은 동물을 마음대로 먹고자 공장식 축산을 발명했습니다. 이는 생태계 파괴, 지구온난화 가속, 토양 오염, 수질 오염, 인수공통전염병 유행, 시민건강 위협, 식량난 급증, 에너지 낭비 등을 초래했습니다. 고기를 안 먹겠다는 태도는 동물을 위하는 듯해 보여도 결국은 나를 위한 길입니다. 모든 생명을 이롭게 하는 길이 곧 나를 위하는 길입니다. 진리는 하나로 연결되기 때문입니다. (울산저널, 2020.8.27.)

겨울 저녁밥을 먹은 어느 날이었습니다. 형이랑 동지팥죽에 넣을 새 알심을 빚던 막내 아이가 물었습니다.

"엄마! 파이 몇 조각이 있는데 여러 사람이 그걸 먹고 싶어 해요.
그러면 어떻게 해야 좋을까요?"

"글쎄⋯."

"가난한 사람부터, 필요한 사람부터 줘야 해요!
인도의 그라민은행을 세운 무하마드 유누스가 그랬대요.
그라민은 마을이라는 뜻이래요."

그라민은행은 가난한 서민들이 자립할 수 있도록 돕는 소액 대출 은행입니다. 빵 한 조각도, 동전 한 닢도 정말 간절히 필요한 사람들이 있습니다. 어떤 이에게는 대수롭지 않을 빵 한 조각과 동전 한 닢이 가난한 이들에게는 다시 일어설 힘입니다.

얼마 전 막내는 학교에서 국제 구호단체 월드비전의 '글로벌 친구 맺기' 홍보지를 들고 왔습니다. 월 3만 원의 나눔으로 지구촌 한 아이에게 행복을 선물하는 후원입니다.

막내가 말했습니다. "엄마, 월 3만 원이면 한 친구가 매일 학교에 다닐 수 있고, 매일 세끼를 먹을 수 있고, 힘든 노동에서 벗어날 수 있대요. 친구를 돕고 싶어요!" 저는 "어떤 방법이 좋을까? 돈으로 어려운 친구를 도울 수도 있지만, 식물식도 어려운 친구를 돕는 방법이란다. 엄마처럼 식물식을 실천하고 식물식 활동을 이어가는 것도 어려운 사람을 돕는 길이란 다"라고 얘기했습니다. 곧장 막내가 대답했습니다. "알아요, 그래서 저도 식물식하려고 노력하고 있어요!" 그리고 곰곰이 생각하더니, 막내는 "제 통장에 모아 놓은 돈으로 친구를 돕고 싶어요"라고 선언했습니다.

막내가 모은 돈으로 몇 년간 후원할 수 있는지 계산해 보았습니다. 그 통장에는 친척들이 준 용돈과 해당 초등학교 출신 대기업 회장의 장학재단에서 매년 전교생에게 주는 장학금이 들어있습니다. 게다가 막내는 강아지 밥 주기와 집안일을 돕는 대가로 주일 용돈을 받습니다. 또한 땔감 준비, 심부름 등으로 용돈을 받기도 합니다. 막내는 그 돈으로 갖고 싶은 물건을 사거나 성당에 헌금을 내기도 합니다. 막내는 통장에 모인 돈으로 고등학교 졸업할 때쯤 '산타클로스의 나라', '무민의 나라', '칼레발레의 나라'인 핀란드에 가려는 꿈을 간직하고 있었습니다. 이제 그 꿈은 한참이나 뒤로 미뤄질지도 모릅니다. 다른 나라 친구를 꾸준히 도우면서 자신이 하고 싶은 일을 하거나 원하는 물건을 사려면 돈이 더 필요할 테니까요. 그러면 어떻게 하는 게 좋을까? 막내는 중·고등학생이 되면 공부를 열심히 해서 장학금을 받거나, 땔감 준비 등 집안일을 더 열심히 하기로 했습니다. '글로벌 친구 맺기' 신청서에 아이가 자신의 인적 사항을 적고, 저는 보호자 동의란에 서명했습니다.

막내는 저녁밥을 먹으며 학교 점심 급식이 짜장밥이었는데 짜장은 (고기가 들어서) 받지 않고 현미밥과 (동물성 성분이 조금 들어갔을) 김치만 먹었더니 배가 고팠다고 했습니다. 요즘 육상선수로 뽑혀 운동도 많이 하니 평상시보다 배가 더 고팠겠지요.. 지금까지는 아이가 원하지 않아 따로 음식을 학교에 가져가지 않았습니다. "동물성 성분이 없으면서도 학교 급식과 비슷한 메뉴를 엄마가 준비해 줄 테니 들고 갈래?" 하고 물으니 생각해보겠다고 했습니다.

2014년 유니세프 세계 아동 현황보고서에 따르면 굶어서 죽는 아프리카 5세 미만 아동 인구가 5초에 1명이라고 합니다. 반대로 지구의 다른 곳에서는 동물성 식품의 과잉 섭취와 비만으로 여러 가지 질병을 앓는 인구가 늘고 있습니다. 엄마도 아이도 지구의 모든 생명체가 더불어 건강하고 행복하게 사는 세상을 꿈꿉니다. (2015. 12. 22.)

보름달이 소원을 이루어준다면

코로나 속에서 두 번째 추석 한가위를 보냈습니다. 코로나 때문에 힘든 점도 많지만, 그 덕분에 일상이 새로움으로 거듭나는 이로움도 있습니다. 특히 명절 모임이 간소화되고 있습니다. 가족이 사랑으로 함께하며 시간을 보내는 문화는 바람직하지만, 모임이 의무와 관습으로 유지돼 왔음을 성찰할 필요가 있습니다. 코로나는 그 계기가 되고 있습니다.

어떤 분은 추석 전날이 생일이라, 40여 년 동안 생일 미역국을 먹지 못했는데, 코로나19 덕분에 시댁에 못 가게 되자 처음으로 딸이 끓여준 생일 미역국을 먹었다고 합니다.

기후위기와 코로나19 덕분에 동물식의 문제점을 인식하는 사람들이 늘어나고 있습니다. 동물을 착취해 얻은 음식으로 명절상을 준비하는 관습에서 벗어나, 산, 들, 바다에서 나는 비폭력의 식물성 식품(곡식, 채소, 과일, 해조류)으로 명절상을 준비하는 가정도 생기고 있습니다.

원래 명절은 계절과 자연의 흐름에 따라, 자연과 조상에게 감사를 표시하는 날이었습니다. 그러다 언제부턴가 서서히 인간 중심, 가부장제로 왜곡되면서 명절은 쾌락과 불평등의 문화로 변질했습니다. 한가위 추석에 경건한 마음으로 보름달을 바라보며 소원을 비는 사람이라면, 달이 어떤 소원을 들어줄지 생각해 봐야 합니다. 보름달은, 인간이 비인간동물을, 남성이 여성을, 강한 자가 약한 자를 억압하는 세상을 위해서 존재하지는 않을 것입니다.

인간과 자연이 더 조화로운 관계를 맺을 수 있기를 바랍니다. 뭇 생명이 함께 평화로운 세상을 고민하며 일상에서 혁명을 일으키는 사람들이 생겨나고 있습니다. 보름달이 소원을 이루어준다면, 이 세상의 생명 모두를 위한 소원일 것입니다. (울산저널, 2021.9.27)

먼 곳의 식물식 벗들과 만나는 기쁨

"벗이 있어 먼 곳으로부터 오면 또한 즐겁지 아니하냐(有朋自遠方來 不亦樂乎 유붕자원방래 불역낙호)."『論語(논어)』맨 첫 장 「學而篇(학이 편)」에 나오는 '孔子(공자)'의 말씀입니다. 저는 이 문구를 중학생 시절 한 문 시간에 처음 만났습니다. 그때는 실감하지 못했지만 시민 활동, 식물식 활동을 하면서 종종 떠올리게 됩니다. 먼 곳에서 찾아오는 벗을 맞이할 때, 먼 곳으로 가 뜻이 통하는 벗을 만날 때면 특히 더 생각납니다.

가끔 식물식에 관심을 가지고 더 나아가 식물식 관련 활동을 하고 싶어서 먼 길을 달려오는 분들이 있습니다. 예전부터 알고 지내던 사이는 아니지만, 아름다운 세상을 위해 함께 일할 벗들입니다. 고맙고 기쁜 일 이죠. 폭우가 쏟아지는 빗길을 운전해 경기도에서 울산까지 달려온 분도 있고, 다니던 직장을 그만두고 떠난 여행길에 번개처럼 찾아온 분도 있습 니다. 식물식 교육이 궁금해 현장 체험을 하고 싶어 멀리서 온 분도 있습 니다. 주말에 만나기를 청하는 분도 있고, 가끔 아침에 전화를 준 분과 당 일에 만날 때도 있습니다. 멀리서 찾아올 만큼의 열정을 가진 분과는 곧 마음을 나누는 벗이 됩니다. 하던 일을 그만두고 새롭게 일하는 것도, 하 던 일에 식물식을 더하는 것도 쉽지는 않지만, 다시 삶터나 일상으로 돌 아간 벗들은 다양한 방법으로 식물식 활동을 풀어갑니다.

저 또한 가끔 낯선 곳에 가서 그리운 이들을 만나고 올 때도 있습니 다. 그리운 이를 그냥 훌쩍 만나러 가기가 쉽지 않은지라, 먼 곳에서 강의 요청이 들어오면 기꺼이 여행하는 기분으로, 벗들을 만날 생각으로 기쁘게 가려고 합니다. 그렇게 반가운 만남에서 많은 것을 배우며 충만한 시간을 선물로 받고 돌아옵니다. (울산저널, 2022.7.26.)

벗 사귐에 대하여

너희의 가장 좋은 것을 벗에게 주라

그가 너의 썰물 때를 알아야 한다면 너의 밀물 때도 알게 하라

시간을 죽이기 위해 벗을 찾는다면 무엇이 벗이냐

언제나 시간을 살리기 위해 벗을 찾으라

그는 너의 모자람을 채우는 것이지

결코 너의 텅 빈 것을 채우자는 것은 아니다

유쾌한 심정으로 웃고 즐거움을 나누라

사람의 심정은 이슬방울 같은 작은 일들 속에서

아침 빛을 보며 소생하는 것이다

- 『예언자』(칼릴 지브란) 中

우리는 떠난 님을 보내지 아니하였습니다

2022년 12월 8일에 님은 갔습니다. 점심 식사 자리에서 님은 이 세상을 떠났습니다. 오전 수업을 마치고 점심을 준비하다 청천벽력 같은 소리를 들었습니다. 비보를 전해주시는 선생님의 울먹이는 목소리를 전화로 듣는데, 말이 잘 나오지 않았습니다. 통화를 끝내고 나니, (님의 소식을 확인하려는 듯한) 지인들의 부재중 전화와 문자가 다수 찍혀 있었습니다.

그러다 한 달이 지났고, 해가 바뀌었습니다. 님은 떠났지만 매일 님을 만납니다. 혼자 있을 때, 지인들을 만날 때, 지인들과 통화를 하거나 문자를 주고받을 때도 님을 만납니다. 님은 떠났지만 많은 사람이 님을 보내지 아니하였습니다. 떠난 님은 많은 이의 가슴에 남아 있습니다. 님과 함께한 이야기, 님이 하신 일들을 이야기하며 그리워합니다.

식물식 단체 대표로 활동하며 만난 님과의 추억 중 환한 웃음이 생각나는 장면을 떠올려 봅니다. 당시 울산교육연수원 교사 연수 중이었습니다. 저는 '기후위기 대응을 생각하는 점심 식사'로 순수식물식을 준비했습니다. 참가하는 교원들에게 개인 식기와 수저를 공지했습니다. 기후위기 대응으로 일회용품을 쓰지 않으며 식물식을 함께 실천하려는 노력이었습니다. 식사도 주요한 교육이라고 생각했습니다. 님은 에코백에서 텀블러, 접시, 수저를 꺼냈습니다. 님은 기후위기 대응으로 '고기 없는 월요일'을 시행하기에 앞서 자신이 먼저 고기를 끊으며 교육자로서 솔선수범했습니다.

평등하고 평화로운 세상을 꿈꾸는 다양한 단체들이 공간을 공유하며 활동하던 대안문화공간 '품&페다고지' 공간이 매각돼 이사하기 직전의 일입니다. 여러 사람이 품을 들여 만든, 아름다운 가치를 품은 공연과 독립영화 상영을 해온 소극장 '품'의 마지막 콘서트 〈안녕!? 품&페다고지〉가 있던 날이었습니다. 13년 활동을 돌아보는 한편 새로운 시작을 약속하는 콘서트가 끝나니 저녁 8시가 넘은 시각이었습니다. 남편과 함께 오신 님께, 저희 사무실에서 함께 식사를 하자고 제안했습니다. 그날의 식사는 현미밥, 된장국, 생배추와 상추, 다시마무조림, 숙주나물, 세발나물무침, 껍질째귤 등이었습니다. 소탈하신 님은 소박한 현미식물식 음식을 맛있게 드셨습니다.

어제 영화 〈교섭〉을 관람했습니다. 아프카니스탄 인질 사건을 소재로 한 내용입니다. 포스터의 문구가 기억에 남습니다. '아프가니스탄, 목숨을 구하기 위해 목숨을 걸다.' 임순례 감독은 "위기에 처한 국민을 구해야 하는 가장 기본적인 소명을 가진 사람들을 중심으로 이야기를 풀어갈 수 있지 않을까 하는 믿음을 두고 출발했다"라고 의도를 밝혔습니다. 영화를 보고 나오면서, 목숨을 걸고 소명을 다하고자 노력한 님이 생각났습니다. "오직 아이들만 바라보겠습니다." 그 약속을 지키려고 마지막까지 노력하신 님은 떠났습니다. 노옥희 교육감님은 아이들만 바라보며 목숨을 걸고 일했으며, 아이들을 위해 교육자로서 소명을 다하려고 노력한 분이었습니다.

노옥희 교육감님의 49재가 내일입니다. 님이 갑자기 떠난 후 깊은 슬픔에 잠겼던 사람들도 이제는 평온하게 님을 떠올릴 것입니다. 그리고 마음에서 님을 보내지 아니한 사람들은, 아이들을 위해 자신의 소명을 다한 님의 모습을 그리워하며 각자의 소명을 다하려고 노력할 것입니다. (울산저널, 2023. 1. 27.)

바람결에 레시피 '가을'

감자면파스타

현미식물식 꽃다발김밥

호박잎삼색수제비

현미꽃송편

감자면파스타

* 감자를 회전채칼로 뽑으면 부엌칼로 채 썰어서 요리한 감자볶음과는 다른 질감과 즐
  거움이 있다.

재료   감자, 당근, 소금, 후추, 친환경 압착유(유채유, 포도씨유 등)

1. 감자와 당근을 회전채칼로 돌려 길게 면처럼 뽑는다.

2. 채 썬 감자를 소금에 살짝 절여서 물기를 빼준다.

3. 달군 팬에 압착유를 조금 두르고 중불로 채 썬 감자와 당근을 볶아준다.

4. 접시에 담아 후추나 바질, 파슬리 가루를 뿌린다.

현미식물식 꽃다발김밥

* 현미식물식 꽃다발김밥의 재료는 계절에 따라서 다양하게 넣을 수 있다. 재료의 반 정도는 꼭 날 것으로, 초록잎채소를 넣으면 좋다. 파프리카, 비트, 꼬시래기, 버섯 등을 활용하면 예쁘고 재미있게 새로운 맛을 즐길 수 있다. 현미식물식 김밥의 재료인 곡식과 채소는 꽃을 피운다. 그런 재료로 만든 현미식물식 김밥 역시 꽃처럼 맑고 향기로워서 '꽃다발'이라는 이름을 붙였다.

재료　　현미밥, 김밥김, 단무지 또는 피클, 두부, 우엉, 당근, 청경채, 초록잎채소 (상추, 깻잎), 강황가루, 소금, 진간장, 현미조청, 생들기름

1. 멥쌀 현미에 찹쌀현미를 1/3~1/4 정도 섞은 현미밥을 고슬고슬하게 짓는다.

2. 단무지는 물기를 뺀다.

3. 통우엉은 흙만 살짝 씻어 껍질째 알맞은 크기로 썬다. 이후 진간장과 현미조청을 2:1 비율로 넣고 조린다. 이때 진간장을 먼저 넣고 조리다가 간장이 많이 조려졌을 때 현미조청을 넣고 더 조리며 마무리한다.

4. 당근은 채 썰어서 그냥 쓰거나 소금을 조금 뿌려 살짝 볶는다.

5. 두부는 물기를 충분히 뺀 후 강황가루를 넣어 노랗고 보슬보슬하게 볶는다. 두부 한 모에 강황가루 1티스푼 정도 넣으며 색깔을 조절한다. 소금간을 약간 한다.

6. 청경채는 큰 잎은 떼내어 길게 채 썰고 안쪽 잎은 대궁이에 붙은 상태 그대로 길이 방향으로 알맞게 자른다.

7. 김 위에 현미밥을 3/4 정도 얇게 골고루 펼쳐서 깔아 준다. 이때 김의 거친 표면이 위로 올라오도록 한다.

8. 현미밥 위에 상추 깻잎 등의 초록잎채소를 깔고 준비한 재료들을 차례로 나란히 넣은 다음 단단하게 말아준다. 잎채소 위에 단무지와 우엉으로 낮은 담장을 쌓고 그사이에 두부강황볶음을 골고루 퍼준다. 이후 당근채 청경채 등을 올리면 말기가 좋고 썰었을 때 모양도 예쁘다.

9. 김밥 표면에 생들기름이나 참기름을 살짝 발라준 후에 먹기 좋은 크기로 썬다.

호박잎삼색수제비

재료 삼색수제비 – 통밀가루, 비트가루, 단호박가루(강황가루), 뽕잎가루(쑥
가루)

채수 – 다시마, 버섯, 무(무말랭이)

수제비에 넣을 채소 – 호박잎, 감자, 애호박, 새송이버섯

1. 통밀가루에 적당량의 물과 소금을 넣고 반죽을 한다. 반죽을 3등분 한 뒤 비트가루,
   뽕잎가루, 단호박가루를 넣고 삼색 수제비 반죽을 만든다.

2. 반죽이 숙성되는 동안 다시마와 버섯, 무 등으로 채수를 끓인다.

3. 호박잎을 박박 문질러 풀물을 빼고 잘게 썬다.

4. 감자, 애호박, 새송이버섯을 손질하고 먹기 좋은 크기로 썬다.

5. 채수에 감자, 애호박, 새송이버섯을 차례로 넣는다.

6. 손에 물을 묻혀가며 수제비 반죽을 조금씩 떼 얇게 펼치면서 국물에 퐁당퐁당 던
   진다.

7. 국간장으로 간을 한다.

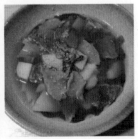

현미꽃송편

* 추석 혹은 특별한 날 여럿이 예쁜 꽃송편을 만들면서 웃음꽃을 피워보자.

재료   현미습식가루

천연색소- 노랑색(단호박가루, 강황가루), 분홍색(비트), 초록색(쑥가루, 뽕잎가루, 녹차가루)

송편 소- 말린 대추, 속껍질째 밤, 참깨(+볶은 콩가루, 유기농 원당, 현미 조청)

1. 현미습식가루 한 컵에 물 2티스푼, 천연색소 2티스푼을 넣어서 반죽한다.
2. 반죽을 젖은 면보에 싸서 30분 정도 숙성하면 더 좋다.
3. 반죽이 숙성되는 동안 소를 준비한다.
4. 송편 반죽을 작게 떼어 둥글게 빚은 후, 손가락으로 눌러 움푹 패도록 모양을 다듬는다.
5. 소를 넣은 후 오므려 꼭꼭 눌러 빚으며 원하는 모양을 만든다. 이쑤시개를 이용하여 호박, 딸기, 감, 나뭇잎 모양 등을 만들 수 있다.
6. 찜솥에 물을 끓인다. 찜기에 솔잎을 깔고 송편을 올려서 20분 찐 다음 5분 뜸 들인다.
7. 송편을 꺼내어 기름 떨어뜨린 찬물에 담갔다가 꺼낸다. 끝으로 소쿠리에 담아 물기를 뺀다.

4장

밥상머리에서 배우는 공존

엄마들이 아이들과 함께 저희 집으로 나들이를 왔습니다. 도시에 살면서 '비폭력대화'를 주제로 공부 모임을 하는 분들입니다. 시골 마을도 구경하고, 날씨도 더운 만큼 가까운 계곡으로 함께 물놀이를 가기로 했지요.

그런데 열두 살 아이가 세 살배기 동생을 안고 걷다가 움푹 팬 길에 발을 헛디뎠습니다. 아이 다리에 상처가 나는 바람에 모두 놀랐습니다. 그래서 자운고 연고를 바르고 어성초를 돌로 찧어 붙여주며 다친 아이를 달래주었더니 상처 난 곳이 따가워 울던 아이가 조금씩 진정하기 시작했습니다. 한편 어린아이들은 어성초 잎을 돌로 찧는 즐거운 놀이를 발견했고, 엄마들은 어린 시절 풀잎을 따 돌로 찧으며 소꿉놀이했던 이야기를 꺼냈습니다.

갑작스러운 사고로 물놀이는 뒤로 미루기로 했습니다. 마을 구경을 하고 와서인지 모두 배가 고픈 듯 보여서 물놀이에 가서 먹으려던 도시락을 꺼냈습니다. 점심은 현미밥에 깻잎을 깔고, 잘 익은 묵은지와 우엉조림, 당근볶음, 오이절임, 버섯조림, 두부구이를 넣어서 만든 현미식물식 김밥이었습니다. 세 살 아이부터 어른까지 모두 맛있게 먹었습니다.

간을 어떻게 했는지 물어보길래 간장과 죽염 감식초로 맛을 냈고 우엉조림에 조청을 넣었다고 레시피를 공유했습니다. 김밥 간이 싱거울까 봐 묵은지를 함께 준비했는데, 아이들이 무척 잘 먹는 모습에 엄마들이 놀라워했습니다. 거기다 마을에서 사 온 두부로 만든 두부김치까지 더해, 모두가 만족한 점심 식사를 마쳤습니다. 대부분 현미식물식을 처음 접하는 만큼, 고기의 빈자리를 고소한 두부로 채우며 아이들이 현미식물식에 가까이 갈 수 있도록 했습니다.

날씨가 계속 무더웠으면 점심을 먹고 나서 시원한 물을 찾아 떠났을

텐데, 여름 더위의 한가운데인 '중복' 날씨답지 않게 바람이 살랑살랑 불었습니다. 그 바람결에 대나무 풍경이 통통통 맑게 울렸습니다. 배부른 아이들이 풀과 흙을 가지고 여기저기서 어울려 노니 물놀이 갈 생각이 사라진 듯 보여서 그냥 시골집 마당에서 편안히 쉬었습니다.

자연의 품 안에서 행복해하는 엄마와 아이들을 보니 10년 전 제 모습이 떠올랐습니다. 첫째 아이는 9살이었고 둘째 아이는 5살이었는데, 당시 틈만 나면 자연의 품에서 생활하는 사람들과 만나려 했던 기억이 납니다. 그들의 집에 다녀 오고 나면 제 영혼이 맑은 공기를 마신 것처럼 편안했습니다. 귀농학교에 다닌 이후로는 매일 흙을 밟고 살면 좋을 거 같아 결국 시골로 이사했습니다. 우리 집도 누군가에게 쉼이 되기를 바랐습니다. 꽃과 나무, 새, 바람, 햇볕이 계절과 날씨에 따라 여러 모습으로 찾아오는 이들에게 인사를 건넵니다. 저는 그 옆에서 자연이 주는 축복을 안내하고 있습니다.

어느 날 아침 집으로 돌아오는 길에 꽃밭을 손질하고 있으니, 아랫집에 새로 이사온 사람이 "꽃밭의 풀도 그렇게 관리를 해주시는군요"라고 얘기했습니다. 저는 웃으면서 "집에 들어오기 전에 처음 만나는 얼굴이라서요"라고 대답했습니다.

도시 문명에서 벗어나 생태적인 생활을 꿈꾸는 이들은 '자동차, TV, 아파트, 육식'을 점점 멀리한다고 합니다. 저는 시골에서 자라다가 도시문명 속에서 20년을 생활했는데, 점점 자동차를 멀리했고, TV를 껐고, 아파트를 떠났고, 식물식인이 되었습니다. 예전에는 획일화된 자본주의 도시 문명이 싫어서 세상이 바뀌기를 원했지만, 이제는 제가 살고 싶은 대로 삶을 가꾸고 있습니다. '내일 지구가 멸망해도 나는 한 그루의 사과나무를 심겠다'라고 한 어느 철학자의 말이 가슴에 와닿기 시작했습니다.

생태주의 철학자 펠릭스 가타리는 아주 특이한 혁명관을 주장합니다. "혁명 과정에 관한 한 나는 완전히 행복하다. 왜냐하면 어떤 혁명가도,

어떤 혁명운동도 없을지라도, 모든 수준에서 혁명이 있을 것이기 때문이다. 그것이 바로 혁명을 하자는 이유이다." 저는 순수 현미식물식 밥상으로 세상의 여러 사람과 만나며 일상에서 혁명을 도모하고 있습니다. 현미식물식 밥상을 마주하고 이야기를 나누면 저에게 공감한 이들은 새로운 세상을 알게 되었다고 합니다. 작은 혁명을 일으킨 거지요.

'비폭력대화' 공부모임에 참여한 사람들은 헤어지면서 손에 손을 잡고 "나는 소중하다"라고 돌아가며 말했습니다. "나는 소중하다! 나는 소중하다! 나는 소중하다!"라고 세 번 얘기하고, 마지막으로 "사랑합니다"라며 마무리 인사를 했습니다.

내가 소중하기에 모두가 소중합니다. 서로 사랑하는 세상을 꿈꾸며, 현미식물식 안내자로, 일상의 혁명가로 살아가고자 합니다. (울산저널, 2014. 7. 30.)

내가 생각하는 농촌공동체 활성화와 지속 가능한 미래

열흘간 독일과 오스트리아의 농촌공동체를 둘러보는 연수를 떠나는 날이었습니다. 집 앞의 찔레꽃이 막 피기 시작했습니다. 바람결에 실려 오는 찔레꽃 향기를 맡으며, 열흘 뒤 집에 돌아왔을 때도 이 향기가 반겨주면 좋겠다는 작은 바람을 품었습니다.

열한 시간 동안 비행기를 타고 내린 독일 프랑크푸르트 공항의 날씨는 조금 흐리고 쌀쌀했습니다. 아! 프랑크푸르트 공항에서 첫날 숙소로 이동하는 길가에 낯익은 꽃들이 보였습니다. 버스 창밖으로 하얗게 뭉게뭉게 핀 꽃들은 집을 떠나면서 함께하지 못해 아쉬워하던 찔레꽃이었습니다. 간간이 소나무와 아카시아나무도 보였습니다. 우리나라와 비슷해 친숙하고 반가웠습니다.

대산농촌문화재단에서 주최하는 〈농촌공동체 활성화와 지속 가능한 미래〉라는 주제의 연수는 제가 농촌에 살면서 늘 고민하던 과제이기도 했습니다. 특히 독일과 오스트리아의 농촌공동체 외에 작은 정원 '클라인가르텐'과 대안에너지 도시인 '프라이부르크'도 둘러볼 수 있어, 좋은 배움이 될 듯해서 지원했습니다. 독일은 도시와 농촌의 균형적인 발전, 검소한 국민성, 철학, 과거의 역사적 잘못에 대한 반성의 태도, 녹색당, 대안에너지의 연구 등 저에게 여러모로 좋은 인상을 주는 나라였습니다.

독일에서 낯익은 나무와 풀들을 마주하니 편안함과 반가움이 느껴졌습니다. 푸르른 초원과 울창한 숲을 보면서 자연의 경이로움도 느꼈습니다. 익숙하지 않은 음식을 먹으면서 신이 내려주신 자연경관과 인간이 만든 문화경관의 조화로움을 접했습니다. 그 가운데 자연과 인간의 조화로운 관계에 대해 끊임없이 생각했습니다.

함께 간 사람들과 8박 10일 동안 잠자는 시간을 빼고 늘 같이 지냈습니다. 다만 같은 곳을 보면서도 느끼고 생각한 바는 저마다 다르리라 생각합니다. 독일과 오스트리아 농촌의 여러 공동체를 만나 보니, 여럿이 함께 지내며 자연과 더불어 사는 모습이 보기에 참 좋았습니다. 그중 특히 제 마음속에 아름다운 그림으로 남은 몇 곳이 있습니다. 주제와 변주라고들 하지요. 주제는 하나더라도 다양하게 변주가 가능하다고요. 연주하고 받아들이고 풀어가는 사람에 따라서 해석은 다르기에, 제 기억에 밝고 선명하게 남은 아름다운 그림 몇 개를 글로 옮겨 보려 합니다.

티롤 시골 성당의 작은 공원묘지

멀리 보이는 알프스 자락에는 하얀 눈이 쌓여 있었습니다. 비 오는 봄날이었습니다. 크리스마스 즈음하여 우리 가슴을 깊이 울리는 〈고요한 밤 거룩한 밤〉을 작사한 요셉이라는 수사가 머무른 곳이 바로 여기 알프스 산맥 지대입니다. 이 산맥에는 티롤 지역이 있는데, 이곳 시골 성당 옆에 자리한 아름다운 묘지공원을 찾았습니다.

이제까지 제가 본 묘지 중 가장 아름답고 편안했습니다. 시냇물이 흐르는 아름다운 티롤 시골 마을 성당 입구에는 사슴 동상 아래 작은 우물이 있고 바위벽에는 '목마른 사슴이 샘물을 갈구하듯이 오, 주여! 나는 당신을 갈구 하나이다'라는 성경 구절이 적혀 있었습니다.

문을 열고 들어가면 작은 묘지 정원들이 모여 있었습니다. 한 평 정도의 땅에 십자가와 정원으로 꾸며진 작은 묘지들이 나란히 모여 하나의 큰 정원을 이루고 있었습니다. 묘지는 저마다 다른 모양의 십자가와 꽃밭으로 꾸며져 있었습니다. 어느 묘지에는 죽은 이를 만나러 온 이가 기도를 드리고 있었습니다. 묘지가 이렇게 아름답고 편안할 수 있다니!

지속 가능한 미래는 삶과 죽음을 바라보는 시선에서도 새롭게 생각해 볼 수 있을 것입니다. 어두컴컴한 깊은 산속의 공동묘지가 아니라 내가 매일 매일 살아가는 삶터 가까운 곳에 있는 아주 작은 정원 묘지였습니다.

죽은 이를 묻고, 크고 높은 봉분이나 비석을 세우고, 납골당에 모시는 장례문화에 대해 평소 회의적으로 생각했습니다. 반면 수목장이나 자연장을 바람직하게 여겼는데, 일상적인 생활과 함께하는 곳의 작은 묘지정원도 참 아름다웠습니다. 이 세상에서 삶을 아름답게 가꾼다면 죽음도 아름답게 가꿀 수 있겠지요. 저세상으로 떠난 사랑하던 이를 만나는 방법으로 작은 묘지 정원을 가꾸는 것도 좋을 것 같았습니다.

몸과 마음, 영혼을 편안하게 해주는 묘지 정원을 나왔습니다. 시냇물 위의 나무다리를 건너니 〈고요한 밤 거룩한 밤〉의 가사가 적힌 나무표지판이 보였습니다. 아주 오래전(연도가 정확히 기억나지 않지만 백 년이 넘은 건 확실합니다) 어느 화가가 그곳의 아름다운 풍경을 그린 그림이 이젤 위에 액자로 남아 있었습니다. 예나 지금이나 달라진 게 별로 없어 보였습니다. 아름다운 산과 시냇물, 성당과 묘지공원까지, 화가들이 즐겨 찾는 스케치 장소로서 오래전 옛 모습이 그대로 남아 있었습니다. 자연경관이 너무나 아름다워 많은 사람이 찾는 곳입니다. 길을 넓히고 편의시설을 늘리면 이곳도 점점 덜 아름다운 곳이 되겠지요.

프라이부르크 보봉 단지에서 만난 풍경들

보봉 단지에서 우리를 안내할 하르비히 씨가 자전거를 타고 나왔습니다. 보봉 단지 주민들은 차 대신 자전거를 많이 이용하는데, 공동 주택에도 차고 대신 자전거 보관소가 있는 곳이 많았습니다. 그 결과 주민들이 도시 계획에 함께 참여해서 생활 만족도가 높다고 합니다.

이곳은 사람들이 자가용을 덜 쓰도록 7분마다 도시전차 트램을 운행하고 있는데 소음을 줄이기 위해 트램이 지나는 철로 양쪽에 잔디를 심었습니다. 지하철보다 공사비용도 저렴하고 장애인이나 노약자가 이용하기에도 안전하다고 합니다. 쾌적하기도 하고요. 시내에 아파트나 주택을 사면 법적으로 확보해야 하는 주차공간이 있습니다. 주민들은 주차공간만큼의 면적을 생활에 필요한 녹지공간으로 남겨두기도 하는데요. 그곳에 장애인이 휠체어를 타고 가꿀 수 있는 높이의 상자 텃밭을 만들고 넝쿨 식물로 큰 원형 돔을 만들어 행사장으로도 쓰고 있었습니다. 자동차가 필요한 사람은 카드로 미리 예약하면 공용자동차를 필요한 시간에 쓸 수 있다고 합니다.

서로의 생각과 개성이 다르고 자연의 색이 다양하듯이 공동 주택(4층을 넘지 않는 높이) 또한 다양한 색깔로 색칠되어 있었습니다. 작은 정원에 심은 식물들도 다양한 색으로 자연스럽게 표현되고 있었습니다.

대부분의 주거 단지에는 놀이거리 표지판이 설치돼 있었습니다. 차가 없으니 아이들이 안전하게 뛰어놀 수 있습니다. 아이들이 유치원에 가더라도, 혼자 걸어가거나 자전거로 다닐 수 있도록 유치원 옆에 자전거 보관소가 있었습니다.

유치원 마당에는 나무가 많았고, 흙놀이터에 있는 놀이기구도 나무로 만들어져 있었습니다. 아이들은 맨발로 놀고 있고, 선생님은 그런 아이들을 지켜보고 있었습니다. 도심에 흐르는 개울 가까이 있는 숲 유치원에는 컨테이너 건물 하나만 있었고, 아이들은 비가 오나 눈이 오나 밖에서 논다고 합니다.

도심 속 개울에는 큰 나무숲이 우거져 있었습니다. 개울은 자연의 모습 그대로라 맑았습니다. 아이들이 맨발로 물놀이를 하며 놀고 있었고, 엄마는 나무그루터기에 앉아 아이들을 지켜보고 있었습니다. 투명한 햇살 아래 개울가에서 노는 아이의 해맑은 웃음이 너무나 예뻤습니다.

동화작가 린드그렌의 소설 「삐삐 롱 스타킹」 속 놀이터를 재현한 숲속 놀이터는 6~14세 어린이가 보호자와 함께 오후 3~6시까지 놀 수 있었고, 토요일은 청소년과 어른도 함께 놀 수 있었습니다. 구속되지 않은, 자유로운 아이들만을 위한 놀이터였습니다.

도시를 둘러보는 사이 햇볕이 뜨거워 잠깐 나무 그늘에서 쉬었습니다. 주변에 있는 낮은 축대에는 돌과 함께 주민들이 쓰던 냄비, 아이들이 가지고 놀던 장난감이 박혀 있었습니다. 도시 계획을 짤 때는 계획하는 사람과 실제로 마을에 거주하는 주민이 함께한다고 합니다. 못 쓰는 물건들 함부로 버리는 대신 적당한 곳에 배치해서, 쓰던 이의 숨결을 다시 느낄 수 있어서 좋았습니다.

보봉 단지 곳곳에서 에너지를 덜 쓰고자 하는 다양한 노력을 만날 수 있었습니다. 제2차 세계대전이 끝난 후 프랑스 막사를 고쳐 열 손실을 줄인 패시브 하우스가 보였습니다. 핵발전소 건설에 반대한 어느 건축 설계사가 설계했다는, 태양광 지붕의 플러스 에너지 하우스도 있었습니다. 학교 지붕 위에 있는 정원과 태양광 축열판, 주차 빌딩 외부에 있는 나무판과 넝쿨 식물도 눈에 들어왔습니다.

클라인 가르텐

독일의 도시 주변에는 자그마한 오두막들이 옹기종기 모여 있고 그 사이사이에 작은 텃밭과 정원이 있는 풍경을 쉽게 볼 수 있습니다. 이곳이 독일인을 행복하게 해준다는 '클라인 가르텐'입니다. 우리나라의 주말 농장과는 달리, 이곳은 도시민이 거의 매일 들러 텃밭을 가꾸는 장소입니다.

클라인 가르텐은 독일에서 '슈레버 가르텐'이라는 이름으로도 불리는데, 슈레버 박사의 이름을 따왔다고 합니다. 의사였던 슈레버는 평소에 환자들에게 늘 햇볕을 쬐고 맑은 공기를 마시며 흙에서 푸른 채소를 가꾸라는 처방을 했다고 합니다. 비좁은 도시 생활에서 탁한 공기, 운동 부족 등이 사람을 병들게 한다고 강조한 것이지요. 특히 자라나는 아이들이 맑은 자연환경 속에서 마음껏 뛰어놀고 운동할 수 있도록 터전을 가꾸는 일은 생전에 그가 품은 염원이었습니다. 그의 뜻을 이어받은 후세의 사람들은 슈레버 가르텐이라는 작은 정원을 만들었습니다. 그렇게 아이들과 어른이 가꾸기 시작한 정원은 여러 모습으로 변천하다 오늘날의 모습을 갖

추게 되었다고 합니다.

클라인 가르텐은 도시 계획의 주요한 부분입니다. 녹색식물에 의한 공기정화, 적절한 습도유지, 주변 온도 관리 등 높은 생태학적인 가치를 띱니다. 다양한 동식물이 생활공동체를 이룰 수 있고 토양과 물 관리에도 큰 도움이 됩니다. 시에서 하지 않아도 도시민들이 스스로 도시 정원사가 되어 관리하는 셈이지요. 클라인 가르텐은 경치 좋은 곳에 있는 주말농장이 아니라 도시 근교에 자리하고 있습니다. 정원이 없는 사람들을 위해서라고 합니다. 그리고 전국적으로 정원동호회 간 교류도 활발해 사회적으로도 가치가 큰 편이라고 합니다.

이런 주요한 가치가 있는 클라인 가르텐은 주거용으로 사용할 수 없도록 법으로 엄격하게 금지되어 있습니다. 한 가구당 약 6평을 넘지 못하게 규제하고 있고, 공간은 대개 세 부분으로 나누고 관리하고 있습니다. 공간은 반드시 오두막을 포함한 쉼터 공간, 어린이들의 놀이 공간, 채소나 과일, 꽃 등을 재배하는 텃밭 공간을 갖춰야 합니다. 영업용이나 투기용으로는 절대 사용하지 못합니다. 클라인 가르텐은 주거지에서 유모차를 끌고 올 수 있는 거리에 있어야 하며, 이웃과의 조화를 위해 냄새나는 작물이나 큰 나무, 가시나무 등은 심지 못합니다. 화학농약과 비료 사용을 금하고 있고, 안전사고를 고려해 병원으로부터 30분 이내 거리에 있도록 규정하고 있습니다.

칼스루에시 클라인 가르텐 단지를 둘러보며 이러한 설명을 들었습니다. 50~250개의 작은 정원이 모여 단지를 형성한 칼스루에시에는 79개 단지가 있고, 4년마다 전국 단위로 클라인 가르텐 경진대회가 열린다고 합니다. 작은 텃밭정원들은 가꾸는 이의 개성대로 그 모습도 제각각인데, 저마다 어울려 무척 아름다웠습니다. 한쪽에는 우리네 텃밭처럼 상추, 오이, 토마토 모종이 이제 막 자라고 있었습니다. 어린이 놀이기구가 있는 곳도 있고, 앙증맞은 장난감들이 정원을 지키고 있는 곳도 있었습니다. 오두막과 나무는 쉼터가 될 정도의 적당한 크기였습니다. 가끔 주인의 손길이 덜 간 듯한 정원이 보였는데, 주인이 몸이 안 좋아 병원에 있어서 그렇다고 합니다. 여러 가지 이유로 정원 관리를 할 수 없어 포기하는 경우도 있습니다. 이때는 본인이 투자한 금액을 고려하되, 투기를 방지하도록 협회에서 인수 금액을 제한합니다. 그리고 아이가 많은 가정이나 외국인 가정에서 우선 적으로 인수할 수 있도록 배려한다고 합니다.

우리가 클라인 가르텐 단지를 둘러본 시간대는 오전이라 주로 나이 드신 분들이 정원을 가꾸고 있었습니다. 문득 우리나라의 요양병원이나 노인복지관 안에 있는 어르신들이 생각났습니다. 자연을 가까이할수록 점점 더 건강하고 행복해진다는 자연스러운 진리를, 국민 건강이나 복지와 연관된 일을 하는 분들이 조금씩 접할 수 있으면 좋겠습니다.

독일의 농업정책

독일과 오스트리아 농업정책의 기본목표는 작은 농가가 농촌을 떠나지 않고 남아, 농촌의 자연경관을 유지하도록 견인하는 것입니다. 두 나라는 농촌이 우리 삶에 가장 중요하다는 사실을 농민뿐 아니라 도시 사람들까지 모두가 인식하며, 자연환경의 지킴이로서 농민이 안정된 생활을 영위할 수 있도록 정책적으로 지원하고 있었습니다. 예를 들면 인간이 살기에 불편한 자연환경의 농가에는 직불금을 더 지원합니다. 농가에 주는 직불금은 농민이 자신의 수입을 늘리는 데 지원하는 개념이 아니라 국토 환경의 일부를 지키는 데 지원하는 것입니다.

모든 농민은 농업회의소 회원입니다. 농업회의소 소장은 선출직으로서, 농민 중에 뽑습니다. 농민은 아무나 되는 것이 아니라 자기 수입의 50% 이상이 농업에서 나와야 자격이 주어집니다. 게다가 자기 시간의 50% 이상을 농사짓는 데 할애해야 하고, 농민 자격증도 있어야 합니다. 그리고 반드시 농업학교를 졸업해야 합니다. 농민들은 자신의 자질과 역량을 키우며 자신이 하는 일에 자부심을 가지고 있었습니다. 도시에 살면서 농촌의 가사 일을 도우려면 '농촌 주부 자격증'이 필요합니다. 기본적으로 농촌에 관한 충분한 공부와 이해가 바탕이 돼야 일할 수 있습니다. 이처럼 소비자인 도시인은 농민과 서로 소통합니다. 도시인은 농촌에서 휴가를 보내며 농가와 가족처럼 지낸다고 합니다.

독일법에서 명시하는 농업의 기본목표는 다음과 같습니다.

농민은 일반 국민과 동등한 생활의 질을 향유하며 발전에 동참하고
농민은 일반 국민에게 안전하고 건강한 식품을 적정한 값에 안정적으로 공급하고
농업을 통해 국가 식량 문제 해결에 기여하고
농업을 통해 자연과 문화 경관을 보존하며 다양한 동식물상을 유지 보호하고
농업은 모든 국민에게 주거 휴양공간을 제공하고
농업은 지역사회와 마을을 보존하고
농업은 민족고유의 미풍양속과 전례를 보존한다.

독일의 교육은 평등의 원칙에 입각하고 있습니다. 독일은 전 국민에게 무료로 평등한 교육의 기회를 제공합니다. 직업에 차별이 없어 소득 차이가 크지 않습니다. 소득이 많다면 세금을 그만큼 많이 내야 합니다. 독일은 어디서 무슨 일을 하든 열심히 정직하게 일하는 사람이면 모두가 정당하게 대우받고 안정된 생활을 보장받을 수 있도록 돕는 사회복지정책이 든든하게 밑받침되어 있습니다.

독일, 오스트리아의 농촌공동체를 둘러보며

새벽시장에 농산물을 가지고 나와 건강하게 웃는 농민들, 나 혼자가 아니라 여럿이 함께 가려는 농민생산자조합의 농민들, 400년 된 건물에서 티롤 지방의 전통 옷을 입고 유럽의 농업회의소를 설명해 주는 소장, 학교

에 가려고 옹기종기 버스를 기다리는 시골 아이들, 농업학교에서 활기차게 웃으며 나오던 한 무리의 어학생들, 중세부터 이어저 온 오래된 마을의 정원에 이른 아침부터 물을 주며 웃는 농촌 주부, 오래된 고향 집에서 살며 산야초를 연구하고 멋진 풀피리 연주 솜씨를 뽐내는 농민 등 자연과 인간이 조화롭게 살아가는 모습을 보며 많은 감동을 받았습니다. 가슴이 따뜻해졌습니다.

다만 이번 연수에는 여러 공방 견학이 포함돼 있었는데, 유가공 공방 견학이 많아 조금 아쉬웠습니다. 건강과 환경을 배려하는 지속 가능한 미래를 위해서는 육류를 비롯한 동물성 식품의 생산과 소비를 줄이는 길이 가장 시급하고 절실한데, 이에 대한 이해가 부족했던 것 같습니다. 사전연수에서 농업의 중요성을 언급한 세계의 유명인들에 대해 배웠습니다. 그 중 존 로빈스가 있었습니다. 존 로빈스는 세계 최대의 아이스크림 기업인 배스킨라빈스의 상속자였음에도 불구하고, 아이스크림을 비롯한 각종 유제품과 축산물에 감춰진 진실을 폭로한 환경운동가입니다. 공장식 축산이 아니더라도 동물성 식품은 지구온난화, 에너지와 물 부족, 식량의 불균등 등 다양한 문제와 연관해서 다시 생각해 볼 먹거리입니다. 특히 더 넓고 더 크게, 전 지구적으로 '농촌공동체 활성화와 지속 가능한 미래'라는 주제를 생각한다면, 전통적이고 관행적으로 행해지는 농업이라 할지라도 좀 더 여러 측면으로 고민해야 합니다.

독일과 오스트리아에서 자연을 덜 훼손하려고 만든, 그리 넓지 않은 구불구불한 고속도로를 다니면서, 늘 산을 깎고 강바닥을 파내고 들판을 밀며 공사하는 한국의 모습이 떠올라 가슴이 아팠습니다.

오후 한 시 반쯤 학교 수업을 마치고 햇살 아래서 뛰어노는 아이들을 보았습니다. 오후 늦게, 심지어 캄캄한 밤까지 형광등 불빛 아래에 있는 한국의 아이들이 생각나 눈물이 나기도 했습니다. 화석에너지를 조금이라도 덜 쓰기 위해 애쓰며 대안에너지를 모색하는 독일의 모습을 보니, 밤늦게까지 거리를 환하게 밝히고, 아직도 무시무시한 원자력발전소에 매달리는 우리나라의 현실이 안타깝기도 했습니다. 그리고 넓은 풀밭과 잘 가꾸어진 포도밭, 대안에너지용으로 쓰이는 노란 유채밭이 아름다운 문화경관을 이루는 것을 보았습니다. 반면 경치 좋은 곳곳에 자리잡은 우리나라의 골프장이 떠올라 씁쓸했습니다. 독일에도 골프장이 있지만, 일하는 사람들을 배려해 보통 잘 보이지 않는 곳에 짓는다고 합니다.

함께 연수에 참여한 사람들은 다시금 자신의 삶터로 돌아가며 우리나라 농촌 곳곳에서 다양한 모습으로 열심히 살아갈 것입니다. 저마다의 재능과 색으로 농촌공동체를 활성화하고 지속 가능한 미래를 위해 더 열심히 노력하겠지요. 그렇게 아름답게 살아가리라 믿으며 우리 농촌의 희망을 그려봅니다.

농업에 대한 열정과 사랑으로 연수 기간 내내 애써주신 황석중 지도교수님, 좋은 배움의 기회를 마련해준 대산농촌문화재단의 관계자 여러분께 감사드립니다. 앞으로도 농촌에 관한 지속적인 관심과 지원을 부탁드립니다. (2014.6.19.)

* 이 글은 대산농촌문화재단 후원으로 다녀온 '농촌공동체 활성화 지속 가능한 미래' 연수 후기 중 일부입니다.

부활절에 받은 세 가지 선물

부활절입니다. 이 세상에 사람의 몸으로 내려와 하느님의 말씀을 전하다 십자가에 못 박힌 예수님께서 사흘 만에 부활한 것을 기리는 날입니다. 보통 성당과 교회는 부활절을 기리는 여러 행사의 일환으로, 주로 삶은 달걀을 나누어줍니다.

그런데 식물식인이 되니 부활절에 나누어 주는 달걀에 대해 다시 생각하게 됩니다. 하느님 아들인 예수님이 인간만을 위한 사랑만을 전하지는 않았을 테니까요. 생명이 막 탄생하려는 달걀을 삶아서(죽여서) 나눠 먹으며 예수님의 부활을 축하하는 모습은, 진정한 부활의 뜻과는 거리가 멀다고 생각했습니다. 아이들이 다니는 성당이나 아이 친구가 다니는 이웃 마을의 교회에서 달걀을 나눠줄 때면 난감했습니다. 그래서 성당에서 달걀을 주더라도 받아오지 말라고 아이들에게 당부했습니다. 그런데 이런 제 마음이 전해져서인지, 아이들은 달걀 대신 다른 부활절 선물을 세 개 받아왔습니다.

선물 하나! 아이들이 성당에서 들고 온 부활절 선물꾸러미에는 달걀이 없었습니다. 대신 진지향과 과일주스, 카라멜 몇 개가 들어있었습니다. 카라멜에 약간의 유제품이 들어갔을지도 모르지만, 아이들 말로는 성당에서 달걀이 들어간 꾸러미와 들어가지 않은 꾸러미 두 가지를 준비했다고 합니다. 아마도 식물식인을 배려하는 듯했습니다.

선물 둘! 텃밭에서 일하고 집에 돌아오니 문 옆에 부활절 선물꾸러미 두 개가 얌전히 놓여있었습니다. 이웃이 다니는 교회에서 두고 간 듯한데, 열어보니 떡과 과일주스, 사탕 몇 개가 있었습니다. 아이 친구의 엄마가 식물식을 하는 저희를 생각해서 달걀을 빼고 넣은 건지, 모든 꾸러미에서 달걀을 뺀 것인지는 알 수 없었지만요.

선물 셋! 막내 아이가 초등학교 홈페이지의 〈칭찬합시다!〉 꼭지에 누구를 칭찬하는 글을 올려야 한다며, 컴퓨터를 써도 되냐고 물었습니다. 얼마 후 막내는 담임선생님이 자기를 칭찬해 주는 글을 올렸다 해서 함께 봤습니다.

OOO은 세계평화를 위해 채식을 실천하고 있습니다.
어려운 사람을 보면 마음 아파하고 도와줄 수 있는 방법이 없는지 고민합니다.
친구들을 잘 도와주며, 유머가 있어 친구들을 한 번씩 즐겁게 해줍니다.
그림을 잘 그리고 책 읽기를 좋아합니다.
4학년에서 없어서는 안 될 소중한 친구 OOO을 칭찬합니다.

저와 아이의 생각을 이해해 주는 선생님의 마음이 담긴, 참 고마운 선물이었습니다. (울산저널, 2015. 4. 16.)

벌에게 벌 받았습니다

비가 적어 날이 무척 가물었습니다. 그동안 타는 목마름으로 대지의 풀과 나무와 꽃들이 무척이나 비를 기다렸는데, 다행히 오늘은 비가 내리네요. 예년보다 좀 늦게 장마가 시작하려나 봅니다.

며칠 뒤에 비님이 오신다는 소식을 그저께 듣고 부지런히 텃밭의 풀을 매고 벴습니다. 뽑고 벤 풀은 여름을 잘 날 수 있도록 오이, 고추, 토마토 등이 자라는 곳에 덮어주었습니다. 그 풀이 마르며 작물의 온도도 지켜주고, 물이 급한 요즘 약간의 수분도 보충해 주기를 바라면서요.

그런데 열심히 풀을 베는 와중에 풀 속에 있는 벌집을 건드렸나 봅니다. 갑자기 벌들이 웽웽거리며 날더니 장갑 낀 손등을 물었습니다. 따끔하더니 금세 손등이 붉어지며 부어오르기 시작했습니다. '벌에게 벌 받은 것'이지요. 풀숲에서 쉬거나 맛있는 꿀과 꽃가루들을 먹고 있었을 그들을 갑자기 습격한 셈이니 얼마나 놀랐을까요. 비록 벌이 모은 꿀이나 꽃가루를 빼앗은 건 아니지만 말이죠. 급히 어성초를 베어 잎을 찧어서 떡으로 만든 후 부푼 손등 위에 얹었습니다. 그래도 손등은 쉽게 가라앉지 않았습니다. 밤에 잠들려고 하니 손등이 점점 가려워지기 시작했습니다. 이튿날 아침 손등은 탱탱하게 부어올라 있었습니다. 어찌할까 하다가 이번에는 어성초 잎에 구죽염을 넣어 절구 안에서 함께 찧었습니다. 그렇게 다시 떡을 만들어 손등에 올렸습니다. 수분이 좀 더 손등에 스며들 수 있도록 비닐랩을 덮었습니다.

벌에게 벌 받는 동안 지난봄 월 터틀 선생님의 강연회 때 산 『월드 피스 다이어트』를 다시 읽을 여유가 생겼습니다. 스치는 바람결에 울리는 투명한 대나무 풍경소리를 들으며 책을 꼭꼭 씹으며 읽었습니다. 저자는 세상 사람들이 먹는 것처럼 고기, 생선, 달걀, 우유를 골고루 먹었다고 합니다. 그러던 어느 날 '생명의 어울림'과 조화로운 관계를 위해 나와 너, 모든 존재를 같이 살리는 길이 순식물성 먹을거리라는 사실을 깨달았다고 합니다. 그 일화가 제 마음에 조용히 스며들었습니다. 어떤 대상을 괴롭히거나 희생시키지 않으면서 더 잘 살 수 있고 세상을 구원할 수 있는 '음식혁명'은 참 조용하고 평화로운 길입니다. 누군가를 아프게 하거나 희생시키지 않고 나에게 이로우며 다른 생명에게도 이로워야, 진정으로 세상에 평화를 일으키는 혁명인 것입니다.

요즘 밭에서 채소 잎과 열매를 따거나 꽃을 꺾으면서 '아낌없이 주는 나무와 풀'에게 고마움을 느낍니다. 나무와 풀은 제가 그들의 일부분 또는 전체를 가져오더라도 늘 축복을 주는구나 싶습니다. 심은 지 8년 만에 열매를 맺은 복숭아나무에서 탐스러운 복숭아를 딸 때, 부침개 깔개로 쓸 칡 잎을 뜯을 때, 여럿이 마주하는 밥상의 향기를 더해줄 인동초꽃을 꺾을 때, 첫돌 상에서 토마토를 잡은 막내에게 줄 빨간 토마토를 딸 때, 미나리와 깻잎 등 향이 나는 잎을 유난히 좋아하는 둘째 아이를 생각하며 깻잎을 딸 때, 그들은 저에게 향기를 줍니다. 식물은 아프거나 싫다며 소리치거나 나쁜 냄새를 풍기지 않습니다. 그리고 도망가지도 않습니다. 그저 자신을 온전히 내주면서 '잘 먹고 잘살아라' 하며 진심으로 축복해 주는 것 같습니다.

벌에게 벌 받은 지 4일이 지난 손은 더 이상 가렵지 않았고, 다행히 붓기도 많이 빠졌습니다. 오랜만에 좋은 책을 읽을 수 있는 쉼을 준 벌들에게 고맙습니다. (울산저널, 2015.7.19.)

생명 존중과 배려의 교육을 고민한다면

아침에 새들 지저귀는 소리에 귀 열려 눈이 뜨이고, 마당에 나가서 아름다운 꽃과 나무, 풀과 마주하면 내가 서 있는 곳이 천국입니다. 인어공주는 사람과 사랑에 빠집니다. 사람 사는 세상에서 살기 위해 살이 찢어지고 뼈를 깎는 고통도 기꺼이 참습니다. 그런데 사람으로 태어난 저는 사람 사는 세상에 사는 게 아플 때가 많습니다.

막내가 다니는 초등학교에서 공개수업이 열리는 날이었습니다. 아침에 급한 일을 처리하고 논두렁 밭두렁 길을 지나 차들이 다니는 길옆의 자그마한 인도를 걸었습니다. 이마에 땀방울을 송알송알 달고 학교에 도착하니 수업이 막 시작되고 있었습니다. 영어 전담 선생님과 원어민 선생님이 함께 진행하는 영어 수업인데 그날 주제는 '음식의 연관성 탐색'이었습니다.

몇 가지 예시를 주며 음식의 이름을 알아맞히라고 하는데, 대부분이 동물성 가공식품이었습니다. 바다에서 힘차게 헤엄치는 참치 사진을 보고는 참치가 들어간 샌드위치를, 알록달록 예쁜 깃털의 닭 사진을 보고는 치킨을, 귀여운 눈망울의 강아지(dog)를 보고는 핫도그(hot dog)를 연상하는 것이었습니다.

밥상 위에 오른 고기와 생선을 먹는 사람이라도 자연에 있는 참치와 닭과 강아지를 만나면 본능적으로 교감하며 다가가지 않을까요? 그런데 학교 수업에서는 동물을 당연한 먹을거리로 가르치고 있었습니다. 동물을 친구로 생각할 수 있는 계기를 제공하기보다 그저 먹는 음식으로 여기게끔 하는 교육은, 자칫 아이들에게 생명을 쉽게 경시하는 태도를 심어주지 않을까 걱정이 됩니다.

가슴이 먹먹해져 수업이 끝날 때까지 앉아 있을 수가 없었습니다. 수업 참관 평가서에 '동물성 가공식품의 예시는 교육적으로 별로 바람직하지 않은 것 같습니다. 내용적으로 조금 더 평화로운 접근을 고민해보았으면 좋겠습니다'라고 적은 뒤, 조용히 교실을 나왔습니다. 왔던 길을 되돌아 좁은 인도를 걷고 논두렁, 밭두렁 길을 걸었습니다. 집으로 오는데 눈물이 나오려고 했습니다. 울음을 삼키며 걷는 길옆에는 축사가 보였습니다.

집으로 돌아와 교장 선생님과 담임선생님에게 카톡으로 수업 참관 소감을 보냈습니다. 담임선생님은 '영어 전담 선생님이 교과서에 나오는 음식의 예를 그대로 사용하다 보니 그렇게 되었네요. 이 사회에서 대다수 구성원이 동의하지 않는 일에 대해서 소수자들이 겪고 감당해야 할 고민이 아닐까 생각합니다. 마음을 불편하게 해드려서 안타까울 따름입니다'라고 답변해왔습니다. 학교를 마치고 집에 돌아온 막내에게, 엄마는 수업 끝까지 앉아 있을 수 없어서 나왔다고 말했습니다. 막내는 엄마의 마음을 짐작하고 있었습니다.

텃밭에서 허브잎을 따고, 마당에서 보리수 열매를 따고, 집 앞 돌계단에 있는 인동초꽃을 꺾을 때, 그 맑고 향기로움에 감사하게 됩니다. 오늘도 내일도 모레도 내년에도 이것들을 먹으며 맑고 향기롭게 살고 싶습니다. 사람에게 눈을 맞추듯 동물들과도 눈을 맞추며 살고 싶습니다. 그렇게, 비록 아프지만 세상에 나가려 합니다. 식물식으로 평화로운 세상을 가꾸기 위해서는 불편한 진실을 말할 수 있어야 하고 아름다운 선택을 안내할 수 있어야 하니까요.

낮이 가장 길다는 하짓날 아침, 남편과 두 아이를 위해 아침상을 차렸습니다. 하지 무렵 나오는 하지감자에 죽염을 조금 넣고 삶았습니다. 깻잎 위에는 기름에 살짝 구운 호박구이를 얹고 그 위에 허브잎, 양배추 채, 당근 채를 얹은 뒤 양념장을 살짝 둘렀습니다. 가마솥 팬에 기름을 약간 두르고 구운 현미떡볶이떡을 돌김에 돌돌 말아 옷을 입혔습니다. 단맛, 신맛, 떫은맛이 어우러진 빨간 보리수 열매와 은은한 향기가 코끝을 감싸는 인동초 줄기 하나도 더했습니다.

배움은 세상 곳곳에 늘 있습니다. 하지만 '학교'라는 이름으로 모여서 배우고 가르치는 사람들이 모인 곳인 만큼 학생과 교사가 교육의 주요한 가치인 더불어 사는 삶을 함께 실천하고, 진정한 생명 존중과 배려를 함께 고민할 수 있었으면 좋겠습니다. (울산저널, 2015.6.25.)

기쁘고 좋은 날, 좋은 음식

오 남매를 낳아 키운 친정어머니는 늦여름에 태어났습니다. 어머니 생신 즈음 해서 보통 여름휴가 겸 가족여행을 가는데, 올해는 막냇동생 결혼식을 치르느라 가족여행을 못 갔습니다. 대신 점심 한 끼를 외식으로 하자고 제안했습니다. 친정 경주에 있는 사찰한정식 식당을 추천했더니, (채식 위주로 드시는) 어머니가 얼마 전에 그 식당을 다녀왔다고 했습니다. 어머니는 평소에 채식을 하니 이번에는 숯불구이집으로 가고 싶다고 했습니다. 기쁘고 좋은 날에 고깃집이나 횟집에 가는 것을 당연하게 생각하는 사람들이 많은 세상에서 형제자매들도 어머니의 의견을 존중하자고 하니, 계속 우길 수도 없는 상황이었습니다.

일단 우유와 달걀, 설탕이 넉넉히 들어가 있을 케이크는 사지 말자고 했습니다. 대신 제가 현미떡케이크를 만들어 가기로 했습니다. 현미 가루에 소금 간을 하고, 체로 걸렀습니다. 그다음 졸인 사과와 빻은 호두, 계피 가루를 넣은 후 찜기에 쪘습니다. 두부와 집에 있는 여러 가지 색깔의 채소를 억새에 꽂아 두부채소꼬치를 만들어 팬에 구웠습니다. 초록과 빨강이 없어 조금 아쉽길래 마당에 나가 괭이밥을 뜯고, 텃밭의 끝물 토마토를 따서 장식하니 색이 조화로웠습니다. 그리고 식당에서 제가 먹을 음식도 조금 챙겼습니다.

형제자매들이 부모님 댁에 모두 모였습니다. 결혼한 지 얼마 되지 않은 올케가 기특하게도 약밥을 손수 만들어 왔습니다. 산책 나간 언니와 동생이 조카들과 함께 풀꽃다발을 만들어 왔습니다. 망초꽃, 익모초꽃, 강아지풀, 달맞이꽃, 부들 등 작은 풀꽃들로 만든 꽃다발은 참으로 예뻤습니다.

식당에 가기 전, 우리가 준비한 음식들로 소박한 생일상을 차렸습니다. 어린 조카가 할머니께 풀꽃다발을 드리며 축하 노래를 불렀고, 할머니와 할아버지를 꼭 안아드렸습니다. 준비한 음식을 모두 나눠 먹었는데, 다들 현미떡케이크가 달지 않으면서도 맛있다고 했습니다. 두부채소꼬치구이, 약밥도 인기가 많았습니다.

벼가 자라는 들판을 지나 한참을 가니 식당 간판이 보였습니다. 늘어선 숯불구이집은 사람들로 북적거렸습니다. 들어서는 순간 뿌연 연기와 불판 위에 있는 고기가 눈에 들어왔는데, 고기를 위해 죽어간 소들이 연상되어 그 자리에 있기가 불편했습니다.

아직도 많은 사람이 잔치, 제사, 생일, 명절 등 특별한 날에는 땅에 사는 동물이나 물에 사는 동물을 먹어야 잘 먹은 것으로 생각합니다. 그런데 기쁨을 배로 나누고 슬픔을 반으로 나누며 서로를 축하해 주고 위로하는 자리에 다른 생명을 제물로 바치는 건, 우리가 나누고 싶은 사랑의 진정한 의미를 퇴색시키진 않는지 생각해 보면 좋겠습니다. (울산저널, 2015. 9. 17.)

미움받을 용기

요즘 어느 철학자의 책 『미움받을 용기』를 읽는 독자가 제법 있는 것 같습니다. 지난봄에 집에 다녀간 딸이 마침 그 책을 읽고 있길래 저도 따라 읽었지요. 세상살이, 인간관계에서 당당하게 나를 드러내고 내가 살고 싶은 대로 살려면, 때로는 타인에게서 미움받을 용기를 가져야 합니다.

40여 년을 살면서 지금 이곳에서 나답게 잘 살 수 있는 까닭은 어쩌면 '미움받을 용기'를 지녔기 때문인 것 같습니다. 여러 사람에게 미움받았겠지만, 특히 시어머니에게 많은 미움을 받으며 20여 년을 살아왔습니다. 시골의 보수적인 집안에서 언니보다 먼저 결혼하겠다고 했을 때, 친정어머니는 절대 안 된다고 저를 말렸습니다. 결국 단식투쟁으로 친정에서 결혼 허락을 받았지만, 시어머니는 금쪽같은 아들의 아내가 될 여자가 화장도 하지 않고 식물식 위주의 생활을 하는 모습을 못마땅해했습니다. 20여 년 전 며느리가 첫딸을 낳고 분유 한 방울 안 먹이고 모유만 고집하는 걸 보고는, 아이가 남들보다 늦게 자라겠다며 못마땅해했습니다. 도시의 깨끗한 콘크리트 건물에서 반듯한 아스팔트 길을 걸으며 살다가 시골의 푸세식 뒷간이 있는 작고 낡은 흙집으로 이사 왔을 때는, 아들이 똥 주무르면서 살게 한다고 싫어했습니다.

명절 때 친환경 먹을거리를 사 들고 가면, 비싼 거는 싫다고 하십니다. 시어머니는 지난 명절 때 드린 수제 조청을 다시 되돌려 주고는 시중에 파는 물엿을 쓰셨습니다. 시아버님이 암에 걸렸을 때 달고 기름진 음식 하나 없이 현미식물식으로 밥상을 차려드리자, 시어머니는 부족하다고 생각하시는 것 같았습니다. 시아버님 장례식장에서 며느리가 육개장도 설렁탕도 먹지 않은 걸 보고는 '스님도 고기를 먹는데 너는 왜 그러냐?'라고 했습니다. 완전 식물식으로 밥상을 차리면서 동물성 성분이 들어간 식품은 일절 주지 않고, 동물성 성분이 들어간 옷을 사주지 않는다는 사실을 아시고는, 아들에게 동물의 털이나 가죽으로 만든 옷을 사서 보내시곤 합니다. 아들과 손자 손녀에게 절대 살이 찌지 않는 음식들만 해주니 야윈 아들네 식구들이 측은하다며, 명절에 새하얀 백미 밥과 고기반찬을 잔뜩 준비해놓고 기다리시곤 합니다. 첫째 며느리는 사정이 따로 있고, 둘째 며느리는 식물성 식품만 요리하니, 시아버지 제사를 집에서 모실 수 없게 됐다며 대성통곡을 하시기도 했습니다.

그러나 이제는 예전만큼 미워하지 않는 것 같습니다. 어떨 때는 멸치 육수와 젓갈 없이 표고버섯 우린 물로 양념한 가죽나무 김치를 주기도 하십니다. 명절날 고기 요리에는 손을 거들지 않는 둘째 며느리에게 나물 반찬을 푸짐하게 챙겨줍니다. 집안 모임 후에 음식을 나눠주실 때 채소와 과일만 받아 가도 싫은 소리를 안 하십니다. 한번은 결혼 20여 년 만에 좋은 옷 사 입으라고 큰돈을 주셨습니다. 그 뜻대로 쓰지 않을 제 속내를 아실 텐데 별말씀이 없었습니다. 둘째 아들네 식구들이 도시에 살지 않고도, 부드러운 음식이나 고기반찬을 먹지 않고도, 동물성 소재의 옷을 입지 않고도 건강하게 생활하는 모습이 느껴지는 걸까요?

언젠가는 시어머님이 채개장(채식 육개장)을 맛있게 두 그릇 드시며 좋아하는 날이 오기를 바랍니다. 백미 밥에 고기반찬 좋아하는 마을 이웃도, 어머니 또래의 자연식물식 하는 자연치유 어르신도, 집에서만 순수 식물식 하는 둘째 아들네 식구도 모두 좋아하는 채개장을요. 더 나아가 할머니가 주시는 고기반찬은 차마 거절하지 못하지만, 급식에서 고기반찬을 안 먹으려 노력하는 손자의 마음을, 목장으로 가는 학교 현장체험학습에 참여하지 않겠다고 선언하는 손자의 용기를 할머니께서 조금이나마 이해할 수 있기를 꿈꿔봅니다. (울산저널, 2016.9.29.)

어미 소가 우는 까닭은

　제가 사는 시골 마을에서는 가끔 소의 애절한 울음소리가 들립니다. 일주일 이상 밤낮없이 이어지곤 하는데, 아마도 송아지가 다른 곳으로 팔려갔나 봅니다. 어미와 생이별하고 낯선 곳으로 팔려 간 송아지도 어미 소를 그리워하며 어느 곳에서 밤낮없이 울고 있겠지요. 새끼가 성체가 되어 스스로 먹이를 찾을 수 있을 때까지 부모와 같이 생활하는 건 대부분의 생태계에서 개체 보전의 속성이요, 자연스러운 이치입니다. 그럼에도 사람들은 그들이 좋아하는 맛있는 고기를 위해 소의 가족들을 생이별시키고 훗날 도축장에서 피 울음을 듣습니다.

　가을걷이가 끝난 들판에는 공룡알처럼 커다란 비닐 두루마리가 여기저기 보입니다. 작년에는 하얀색이었는데 올해는 분홍색입니다. 그 안에는 탈곡이 끝난 볏짚이 들어있습니다. 동물 중 유난히 눈망울이 크고 아름다운 소는, 그 볏짚을 먹는 동안 우리에 갇혀서 따스한 햇볕도, 시원한 바람도 제대로 못 느끼며 살아갑니다. 커다란 비닐 두루마리를 볼 때마다 강제임신, 어미소와 송아지의 생이별, 고기로 도축되는 소들의 삶이 생각나서 가슴이 아픕니다. (울산저널, 2017. 11. 15.)

먹고 마심에 대하여

그러자 이번에는 여관주인인 한 노인이 말하기를,

저희에게 먹고 마심에 대하여 말씀해 주소서.

그는 대답했다.

그대들 대지의 향기로만 살 수 있다면,

마치 빛으로 살아가는 기생 식물처럼.

허나 그대들 먹기 위하여 살해해야 하고 목마름을 달래기 위하여

어미의 젖으로부터 갓난 것들을 떼어내야 함을.

그러므로 그 행위를 하나의 예배가 되게 하라.

그대들의 식탁을 제단으로 세우고,

그 위에서 숲과 평원의 순수무구한 것들이 인간 속의 더욱 순결한 것,

또 더욱 무구한 것을 위해 희생되도록 하라.

그대들 짐승을 살해해야 할 땐 마음속으로부터 속삭이라.

'그대 살해하는 힘으로 나 역시 살해당하고 있으며, 나 역시 먹히리라.

나의 손아귀 속으로 그대 인도한 법칙은

더욱 힘센 손아귀 속으로 나 또한 인도하리라.

그대의 피와 나의 피는 천공의 나무를 키우는 수액(樹液)에 불과할 뿐.'

그대들 이빨로 사과를 깨물 땐 마음속으로부터 속삭이라.

'그대 씨앗은 나의 몸속에서 살아갈 것이며,

그대 미래의 싹은 나의 심장 속에서 꽃피리.

그리하여 그대 향기는 나의 숨결이 되어 우리 함께 온 계절을 누리리라.'

또한 가을이 되어 포도주를 짜기 위해

포도밭에서 포도알들을 따 모을 땐 마음속으로부터 속삭이라.

'나 역시 포도밭과 같으니 나의 열매 또한 포도주를 짜기 위해 거두어지리

라. 그러면 나 역시 새 포도주처럼 영원히 항아리 속에 담겨지리라.'

그리하여 겨울이 되어 포도주를 따를 때면

하나의 잔마다 노래를 그대들 마음속에 따르도록 하라.

그리하여 그 노래 속에 가을날들과 포도밭과

포도주 짜던 추억을 간직하게 하라.

– 『예언자』(칼릴 지브란) 中

아픔을 겪은 친구들이 행복하게 생활할 수 있기를

겨울 햇살이 참 따스한 날이었습니다. 문득 지난가을 한 채식 단체가 주관한 진주 세시아리축제에서 〈You Are My Sunshine〉을 불렀던 꽃다운 친구들의 얼굴이 떠올랐습니다. 그 친구들은 10~20대 여성으로, 성폭력 피해센터에서 함께 생활하고 있다고 했습니다.

세시아리축제는 하늘과 땅과 사람이 둥글고 서로 조화롭게 어울리기를 바란다는 뜻에서 이름을 따왔다고 합니다. 채식인이며 한글 인문학자인 한울벗 김승권 님이 지은 이름인데, 그 뜻이 참 아름답습니다. 그날 채식 강의와 더불어 진행된 채식 식사 나눔과 공연이, 멀리 전주에서 여행을 온 친구들에게 아름다운 치유의 시간이 되었기를 바랍니다.

친구들끼리 비록 서툴지만 끝까지 함께 불렀던 팝송 〈You Are My Sunshine〉은 여러 사람에게 기쁨과 웃음을 가득 안겨주었습니다. 노래를 부르는 친구들의 표정과 모습이 가사처럼 참 해맑았습니다. 아주 빼어나게 부르는 노래 못지않게 감동적이었습니다. 축제를 통해 식물식을 널리 알리려는 건, 비폭력의 문화로 모든 생명이 서로 평화롭게 살아가기를 바라기 때문입니다. 그런 점에서 이 친구들과 만남은 더 반갑고 소중한 시간이었습니다.

뜻하지 않게 몸의 가장 소중한 부분을 침해당한 그 친구들이 아픔을 딛고 서길 바랍니다. 스스로 일어서는 힘을 키워 더 아름답고 당당하게 살아갈 수 있으면 좋겠습니다. 세상살이에서 피해를 보거나 아픔을 겪는 경우가 종종 있겠지만, 한 인간으로서 성폭력 피해만큼 신체적, 정신적으로 고통받고 힘든 일은 드물겠지요. 두 사람이 진정으로 사랑할 때 이뤄져야 할 성관계가 어느 한 사람의 폭력으로 강행되는 건 너무 끔찍한 일이 아닐 수 없습니다. 다행히 성폭력 피해자의 치유를 위해 여러 방면으로 애쓰는 분들이 주변에 있어 고맙고 또 고마울 따름입니다.

　　치유를 위한 방법은 여러 가지가 있습니다. 그중 하나로 식물식 식사를 권하고 싶습니다. 곡식, 채소, 과일 등 순식물성 식품은 재배, 채취, 요리 과정에서 사랑과 평화의 기운을 많이 받습니다. 그래서 그 음식을 먹는 이의 몸과 마음도 편안해집니다. 이에 비해 고기, 생선, 달걀, 우유 등의 동물성 식품은 다른 동물에게 고통을 주며 얻은 만큼 폭력의 기운이 많이 담겨 있습니다. 그러니 식물성 식품을 먹을 때보다 신체와 정신이 덜 편안해질 것입니다. 동물 사랑, 식물식의 가치에 관한 영상이나 자료를 서로 공유하며 맑고 향기로운 식물식 식사를 실천한다면 사랑과 평화의 기운으로 더욱 충만해질 수 있을 거라 생각합니다. 그 친구들이 추운 겨울의 칼날 같은 아픔을 딛고 햇살처럼 밝고 따뜻한 사랑으로 행복하게 생활할 수 있기를 진심으로 바랍니다. (울산저널, 2017. 12. 20.)

더불어 살다가 자연스럽게 돌아가길

6월의 어느 날, 해 질 무렵이었습니다. 반려견 복이가 짖는 소리가 크게 들렸습니다. 평소에는 잘 짖지도 않거니와 출산일이 거의 다 된 반려견이 짖으니 무슨 일이 있는 듯했습니다. 소리가 나는 곳으로 급히 갔습니다. 복이는 뒤뜰 기슭의 나뭇더미 아래에 들어가 있었습니다. 눈빛이 마주치자 조용해졌습니다. 평소 생활하던 개집에 옷가지 등을 깔아 주며 들어가도록 유도하니, 이내 나무 둥지로 다시 들어갔습니다. 초조해 보이는 복이의 머리를 쓰다듬어 주니, 출산할 때가 되었는지 눈빛을 마주하다가 몸을 돌려 웅크렸습니다. 잠시 후 작은 신음이 들리는 듯하더니 까만 물체가 꿈틀거렸습니다. 시간이 한참 지난 후 보니, 반려견은 어둠 속에서 탯줄을 잘근잘근 씹어 먹고 있었습니다. 순산한 복이에게 들깨 미역국에 현미밥을 말아서 가져다주었습니다.

이튿날 복이가 잠깐 밖으로 나왔길래 둥지를 살펴보니, 아빠 개의 색깔을 닮은 까망이 네 마리가 서로 엉겨 붙어서 자고 있었습니다. 다른 한쪽에는 움직이지 않는 까망이 한 마리가 있어, 조심스레 꺼내어 앵두나무 밑에 묻어 주었습니다.

까망이 강아지 네 마리를 낳은 복이는 장마, 태풍, 폭염을 겪으며 보금자리를 여러 번 옮겨야 했습니다. 어미 개 복이는 진자리 마른자리 갈아 뉘듯 뒤뜰 나뭇더미 아래에서 축담 위 긴 의자 아래로, 생울타리 나무 아래로, 데크 아래 볕이 잘 들지 않는 시원한 곳으로 새끼들을 물어서 옮겼습니다. 네 마리가 한 몸처럼 붙어서 지내더니 3주쯤 되자 눈을 뜨고 아장아장 걷기 시작했습니다. 생후 한 달 무렵이 되자 강아지들은 조금씩 밖으로 나와 어미 개를 따라다니면서 젖을 빨기도 하고 형제들끼리 장난치면서 놀기도 했습니다. 현미밥에 식물성 사료, 감자, 옥수수, 두부 등을 좋아하는 어미 개는 오후 내내 그늘에서 새끼들에게 젖을 먹이며 누워있습니다. 그러다 아침저녁으로 서늘해지면 강아지들과 집 둘레를 돌아다닙니다. 그 모습이 참 아름답습니다.

얼마 전 채식 단체 연대 간담회에서 만난 애니멀 커뮤니케이터로 활동하는 선생님과 강아지에 관해 상담했습니다. 선생님은 동물과 교감하는 애니멀 커뮤니케이터들이 고기를 먹고, 몸에 동물털을 두르며 자랑하는 모습을 보면서 마음이 아프다고 했습니다. 그리고 죽을 위기에 처한 개들을 구해 입양시키는 등 구조 활동을 하는 사람들이 갈비탕을 아무렇지도 않게 먹는 모습을 보았다고 했습니다. 그러면서 채식이야말로 궁극적으로 생명을 살리는 길이라는 걸 인식하게 되었다고 했습니다. 특정 사람끼리나 특정 동물하고만 소통하기보다, 종이 서로 다른 동물과도 소통하며 사랑할 수 있을 때 세상은 더 평화로워지리라 믿습니다.

더운 여름날, 뜻밖의 슬픈 소식에 가슴이 먹먹했습니다. 오랫동안 노동운동, 진보정치를 위해 애써 오신 어느 국회의원이 선거 때 정치자금을 받은 혐의로 힘들어하다가 스스로 목숨을 끊었다고 합니다. 정의로운 사회를 위해 평생 애썼지만 자본에서 벗어날 수 없는 현실에서 한 점 부끄럼없이 살려고 하니 얼마나 힘드셨을까 하는 생각이 들었습니다. 그분은 '고기 없는 월요일' 초창기 모임을 찾으셔서 "채식은 진보다"라는 명언을 남겼다고 합니다. 예전부터 채식의 가치를 인식하며 약하고 어려운 이들을 위해 늘 애쓰셨던 아름다운 고인의 명복을 빕니다. 사람과 동물들이 더불어 살다가, 자연스레 돌아가기를 바랍니다. (울산저널, 2018. 7. 25.)

함께 평화롭게 살아온 공간에서

지난 10월 20일에는 울산 대안문화공간 '품&페다고지'의 열 번째 생일잔치가 열렸습니다. 주제는 '평화를 살다'였습니다. 이 공간은 지난 10년 동안 약하고 어려운 이들이 스스로 일어서며 앞으로 나아갈 수 있도록 서로 돕고 함께하는 교육문화공간이자 민중의 집이었습니다. 평화를 꿈꾸는 이들이 다녀갔고, 평화를 꿈꾸는 이들을 찾아갔습니다. 방황하는 청소년, 미해군기지 강정마을 주민, 밀양 송전탑마을 주민, 울산과학대 청소노동자, 원자력발전소 주민, 성주 사드배치마을 주민, 해고노동자, 비정규직 노동자, 산업 기계 문명 속에서 위기를 맞은 농민 등 눈물을 흘리는 수많은 민중과 함께했습니다. 어려움 속에서도 그들이 웃음을 잃지 않도록 힘과 용기를 주고자 노력했습니다.

어느 날부터 대안문화공간 '품&페다고지'에 식물식이 조용히 자리 잡기 시작했습니다. 고기, 생선, 달걀, 우유, 꿀 등 동물의 아픔이나 고통으로부터 나온 먹을거리가 아닌 곡식, 채소, 과일 등 순식물성의 먹을거리를 서로 나눴습니다. 그렇게 '품&페다고지'는 사람들에게 식물식을 알리는 공간으로 거듭났습니다. 식물식으로 평화를 만들어 가려는 채식평화연대와 평화로운 세상을 위한 다양한 활동을 하는 '품&페다고지'의 만남은 어쩌면 천생연분이겠지요.

평화를 추구하는 사람들이 모이는 '품&페다고지'의 채식평화 생일밥상으로 현미식물식을 준비했습니다. 채식평화연대 회원들이 준비한 음식은 현미밥, 캐슈넛미역국, 잡채, 고구마샐러드, 가지무름, 고구마줄기볶음, 열무김치, 배추김장김치, 상추쌈, 김치전, 부추전, 배, 현미떡, 대추차, 생강차, 현미식혜였습니다. 식물식 중에서도 현미식물식은 곡식, 채소, 과일을 껍질째 혹은 덜 가공된 상태로 먹습니다. 가능한 한 자연스럽게 먹기에 사람과 지구를 널리 이롭게 합니다.

'품&페다고지'가 둥지를 트고 10년이라는 시간이 흐르는 동안 젖먹이 아기는 자라서 초등학생이 되었고, 4살 아이는 자라서 중학생이 되었습니다. 청소년은 자라서 이제 성인이 되었지요. '품&페다고지'를 지키는 이모들은 흰머리가 제법 늘었는데, 새로운 아이들이 또다시 '품&페다고지'로 왔습니다. 그들 모두가 평화로운 세상에서 건강하고 행복하게, 더불어 살 수 있기를 바랍니다. (울산저널, 2018. 10. 25.)

내가 먹는 한 끼로 사랑과 평화의 세상을

세상에 있는 많은 사람이 사랑과 평화의 세상을 꿈꿉니다. 대부분의 종교는 살생하지 말고, 도둑질하지 말라고 가르칩니다. 그리고 사랑과 자비를 설파합니다. 저 또한 같은 세상을 꿈꾸며 사랑을 나누고, 어려운 사람들을 돕습니다. 전쟁을 반대하고, 핵발전소 중지를 요구하고, 비핵화평화선언을 하는 단체에 연대합니다. 꽃씨를 뿌리고, 숲을 가꿉니다. 하지만 다른 곳에서는 동물이 끊임없이 도축 당합니다. 낚싯바늘과 그물에 걸린 생명이 칼에 베이고, 생명으로 태어날 알이 세상의 빛을 보지 못합니다. 강제로 임신당한 젖소가 송아지와 생이별하며 울부짖고, 손톱보다 작은 벌들이 온몸으로 모은 꿀을 사람들은 손쉽게 빼앗고 있습니다. 사람끼리의 사랑, 사람 사이의 평화만으로 사랑과 평화의 세상이 올까요? 천국, 무릉도원, 유토피아 등 이름만 떠올려도 마음이 밝아지는 세상은 멀리 있거나 죽어서야만 갈 수 있는 것일까요? 아름다운 세상은 꽃과 나무가 자라고, 사람과 동물이 더불어 살아가는 세상이 아닐까요? 세상의 진리는 단순합니다. 세상의 다른 생명에게 이로운 것이 나에게도 진정으로 이롭습니다. 우리가 살아가는 터전인 자연의 흐름에 따라 살아야 우리가 살 수 있습니다. 한 그릇의 음식이 내 앞에 오기까지의 과정을 생각해 볼 때 그 절차가 평화롭다면 내 몸과 지구도 더불어 평화롭습니다.

식물식은 생명의 순환이기에 서로서로를 살립니다. 가을에 누렇게 익은 벼를 수확해서 쌀밥을 해 먹고, 볍씨에 싹을 틔워서 심으면 무럭무럭 자라서 가을에 또 열매를 맺습니다. 텃밭에 있는 상추는 잎을 따주면 더 싱싱하게 잘 자라고, 씨앗을 받아서 심으면 다시 싹을 틔워 자랍니다. 사과나무에서 딴 사과는 나를 살리고, 다음 해에도 탐스러운 열매를 맺습니다. 벼를 베면서, 상춧잎을 따면서, 사과를 따면서 우리는 평화로울 수 있습니다.

누군가가 그렇게 하는 모습을 웃으면서 바라볼 수 있습니다. 수확할 양이 많아지면 노동 시간도 덩달아 많아져 힘들 수는 있지만요.

동물식은 생명의 단절입니다. 양념에 재워 구운 불고기 한 접시는 죽기 싫어 몸부림치는 소를 잡아야만 얻을 수 있습니다. 그 소는 다시 살아날 수 없습니다. 숯불에 구운 고등어구이는 바닷속에서 헤엄치는 고등어를 잡아야만 얻을 수 있습니다. 그 고등어는 다시 살아날 수 없습니다. 어미 닭의 둥지에서 꺼낸 달걀 한 알은 닭으로 태어나지 못합니다. 사람들이 우유를 아무 때나 먹으려면 암소는 반복해서 강제 임신을 당해야 합니다. 그리고 송아지는 곧바로 어미 곁에서 떨어져 나가야 합니다. 달콤한 꿀을 마음대로 얻기 위해선 꿀벌들이 수백만 송이의 꽃에서 모은 꿀을 빼앗아야만 합니다. 도축 당하는 소를 보면서, 고등어 배에서 나오는 피를 보면서, 강제 임신당하는 젖소의 눈을 보면서, 어렵게 모은 꿀을 빼앗기는 벌의 마음을 헤아리면서도 마음이 평화로울 수 있는 사람은 과연 얼마나 있을까요?

우리는 벼와 상추, 사과나무가 싹을 틔우고, 잎이 무성해지고, 꽃을 피우고, 열매를 맺는 풍경을 매일 행복하게 바라볼 수 있습니다. 그러나 내 집 근처에서 매일 소가 죽어가고, 고등어가 칼에 베이고, 젖소가 울부짖고, 닭똥 냄새가 풍긴다면 행복할까요? 바라보는 풍경이 아름답고, 내 몸의 양식을 준비하는 과정이 즐겁다면 세상의 평화는 멀리 있지 않겠지요.

사람 사이에서도 한때는 피부색이 다르다고, 성별이 다르다고, 민족이 다르다고, 이념이 다르다고 차별하거나 죽이기까지 했습니다. 그러나 이제는 다름을 인정하며 공존해야 한다는 게 상식입니다. 사람 이외의 동물을 공존의 벗으로 대할 때 세상은 더 평화로워지리라 생각합니다. 그래서 이 세상의 평화를 위해 애썼던 수많은 성인과 평화주의자는 식물식을 선택했으며, 그 중요성을 강조했습니다. 평화는 밥상에서부터 비롯될 수 있습니다. 음식을 바꿈으로써 세상을 더 평화롭게 바꿀 수 있습니다. (헤럴드경제, 2019. 2. 28.)

젖소들이 미투 운동을 한다면

성폭력 해방과 미투 운동에 관심을 두는 사람이 많아지고 있습니다. 과거에는 육체적으로나 사회적으로 유리한 남성이 여성에게 성적으로 폭력을 행사하는 경우가 종종 있었습니다. 그러나 이제는 여성들이 용기를 내어 피해 경험을 표출하고 있습니다. 남성 중심의 가부장적 문화권에서 약자로서 억울하게 당했던 성적 폭력을 하나둘 고발하고 있습니다. 그 용기 있는 행동을 지지하고 그들의 아픔이 치유되도록 도와주려는 마음이 한곳에 모이고 있습니다. 법적으로도 평등한 사회를 이룰 수 있도록 많은 이가 목소리를 내고 있습니다.

한때는 백인이 흑인을, 남성이 여성을 열등한 존재로 생각해 노예로 취급하거나 인신매매를 벌이기도 했습니다. 그러나 세월이 흐르면서 이제는 피부색이 다르다거나 성별이 다르다는 이유로 폭력을 행사하거나 차별해서는 안 된다는 게 당연해졌습니다. 이런 생각에서 더 나아가, 인간 이외의 동물에 대해서도 생각해 보면 어떨까요?

여기에 '젖소' 한 마리가 있습니다. 아니 젖소로 키워지는 소가 있습니다. 태어난 지 일주일도 안 돼 엄마 품과 강제로 떨어진 송아지입니다. 이제 이 소는 더럽고 무서운 냄새가 나는 축사로 옮겨집니다. 어릴 때부터 인간이 주는 사료를 먹고 자라는데, 이 사료에는 소의 사체가 들어가거나 톱밥이 들어가기도 한답니다. 축산업자는 소가 병이 날까 봐 사료에 항생제를 엄청 집어넣습니다. 빨리빨리 자라 품질 좋은 고기가 될 수 있도록 성장촉진제를 넣고, 근육이 빨리 크도록 돕는 성 호르몬제까지 넣습니다. 소는 같은 종족의 사체가 들어간 걸 알고 충격에 빠져 먹이를 먹지 않을 때도 있지만, 결국 너무 배가 고파 억지로 사료를 먹습니다.

송아지가 자라서 15개월쯤이 되면 우유를 만들어 내기 위해 강제로 인공수정을 당합니다. 임신해야 젖이 나오니까요. 젖소는 9개월의 임신 과정을 거쳐 새끼를 낳습니다. 비록 아버지 없이 인공수정으로 태어난 새끼지만 사랑스럽기 그지없습니다. 그러나 일주일도 채 지나지 않아 사람들은 어미와 떨어지기 싫어 울부짖는 새끼를 억지로 끌고 갑니다. 그렇게 엄마와 떨어진 송아지는 연한 살을 유지하기 위해 마음대로 움직일 수도 없는 좁은 틀에 갇힙니다. 그곳에서 철분이 부족한 죽만 먹고 살다가 도살당하거나 경매에 팔려나갑니다. 임신을 할 수 없는 숫송아지는 소고기용으로 사육되는데, 마취제 없이 거세를 당하거나 뿔이 잘리고, 뜨겁게 달군 쇠로 낙인이 찍히기도 합니다.

어미 소는 매일 젖꼭지에 착유기를 단 채 엄청난 양의 우유를 짜내야 합니다. 보통 소가 정상적으로 행복하게 자랄 때 만들어 내는 양보다 거의 10배나 많은 양의 젖을 매일매일 짜냅니다. 정말 고통스러운 과정입니다. 그렇게 착취당하는 바람에 젖통에 병이 생겨 피와 고름이 나오면, 젖 짜기를 멈추는 대신 엄청난 양의 항생제를 먹입니다. 소는 정상적인 환경이라면 보통 25년 정도를 사는데, 좁고 더러운 축사에서 키워진 젖소는 성장촉진제 때문에 평균 수명이 3년에서 5년밖에 되지 않습니다.

우유 생산기계로서 더는 쓸모가 없어진 젖소는 도살장에 가는 트럭에 실립니다. 도살장에 도착하면 뒷다리가 묶인 채 살아있는 상태로 매달리는데, 인간이 다가와 날카로운 칼로 목을 벱니다. 사람들이 맛있는 음식이라고 생각하는 고기는 음식이기 전에 하나의 생명이었습니다. 고기와 우유에는 이처럼 잔인한 진실이 감춰져 있습니다. (울산저널, 2019.7.4.)

당신은 잠재적 비건입니다

추석날 오랜 친구와 경남 양산 덕계에 있는 미타암을 찾아갔습니다. 이런저런 이야기를 나누며 가다 보니 아스팔트 위에 쓰러져있는 동물이 보였습니다. 차에서 내려서 확인하니 고양이가 내장이 모두 튀어나온 채 뻣뻣하게 죽어 있었습니다. '아, 어찌할까?' 고민하다가 비닐봉지로 조심스레 고양이 사체를 들고 근처 숲으로 갔습니다. 숟가락, 나무토막, 비닐봉지 등으로 흙을 파내 고양이 사체를 묻었습니다. 그러고는 다시 흙을 덮고 마른 나뭇가지를 얹었습니다.

우리가 고기를 먹기 위해선 이러한 끔찍한 모습이 항상 전제되어야 합니다. 특히 추석을 앞두고 수많은 동물이 죽어갔을 것입니다. 길 위의 고양이는 자동차에 치여 죽었지만 소, 돼지, 닭 등 땅에 사는 동물과 조기, 민어, 문어, 참치, 명태 등 바다에 사는 동물은 날붙이에 베여 피를 토하고 내장을 쏟아냈을 것입니다. 인간의 밥상에 오르기 위해서요.

철학자 자크 데리다는 '나는 애도한다. 그러므로 존재한다', '매 죽음마다 세계의 종국이다'라고 말했습니다. 생명과 평화를 고민하다 보면 연민과 죽음의 감정이 인간뿐 아니라 다른 동물에게로 이어집니다. 동물권 활동가들은 인간의 음식으로 처참하게 죽어가는 동물을 기리며 '비질(vigil, 추모하다/기도하다)' 집회를 엽니다. 또는 도축장을 찾아가 찍은 참혹한 사진을 온라인으로 공유하기도 합니다. 전 세계적으로 'Meat Free Monday(고기 없는 월요일)' 운동을 펼치는 폴 메카트니(비틀즈 멤버)는 "도축장이 유리로 되어있다면 인간은 모두 채식주의자가 될 것이다"라고 말했습니다. 아무리 고기를 좋아하더라도 눈앞에서 동물들이 피를 토하며 죽어가는 광경을 평온한 마음으로 지켜볼 수 있는 사람은 드물 것입니다. 그래서 대부분의 사람은 '잠재적 비건'이라고 할 수 있습니다.

미타암으로 가는 길에 바람이 불었습니다. 스치는 바람결에 몸과 마음을 씻고서 친구의 지인이 여는 그림 전시회를 관람했습니다. '마음 정원'이라는 하나의 이름으로, 두 작가가 각각 '나무 정원', '꿈속 정원'이란 주제로 준비한 전시회였습니다. 그림에는 나무와 꽃들로 가득한 정원이 있었고, 개와 고양이들이 자연스레 함께 머무르고 있었습니다. 개와 고양이를 사랑하는 작가님들도 잠재적 비건이겠지요. (울산저널, 2019.9.18.)

N번방 사건에서 인간의 식생활을 생각해 봅니다

N번방 사건에 많은 사람이 분노하고 있습니다. N번방 사건은 미성년자를 비롯해 수많은 여성을 협박해 성을 착취하는 동영상을 촬영하고 SNS를 통해 배포, 판매한 디지털 성범죄입니다. N번방 범죄자에게 강력한 처벌을 요구하는 국민의 청원이 거세지고 있습니다. 작년에도 연예인들이 연루된 디지털 성범죄 '버닝썬' 사건이 있었는데, 이러한 성 착취 소식을 들을 때마다 여성으로서, 부모로서 참으로 가슴이 아픕니다. 피해자의 고통, 아픔과 더불어 가해자의 피폐한 정신 상태를 생각하면 가슴이 먹먹해집니다. 성폭력과 성 착취는 오래전부터 존재했습니다. 그때마다 문명사회는 나름대로 처벌을 내렸습니다. 그럼에도 불구하고 비통한 일이 계속 일어나고 있습니다.

식물식인 입장에서 성 착취 문제를 생각해 봅니다. 전 세계 육류소비량의 90% 이상이 공장식 축산에서 나온다고 합니다. 수많은 사람이 고기를 꼭 먹어야 한다고 생각합니다. 모두가 원하는 만큼 고기를 먹으려면 그 수요가 엄청날 수밖에 없습니다. 그래서 인공수정이라는 이름으로 암컷을 강제로 임신시킵니다. 암컷은 임신과 출산을 반복하고, 기능을 다한 수컷은 거세당합니다. 인간사회에서 성 착취는 여성이 주로 피해자이지만 인간이 비인간동물을 음식으로 대하는 과정에서는 암컷과 수컷은 모두 끔찍한 고통을 당합니다. 고기뿐 아니라 온갖 가공품에 들어가는 우유와 유제품도 끊임없는 인공수정(성 착취)으로 얻는 경우가 대부분입니다. 이성 간의 사랑뿐 아니라 부모와 자식 간의 자연스러운 사랑도 무자비하게 끊어버립니다. 인간이 끊임없이 고기와 우유를 얻으려면 축산동물인 어미와 새끼는 필연적으로 생이별하게 됩니다.

인간사회에서 갈수록 심각해지는 성 착취가 종식되기를 바란다면,

인간이 비인간을 대하는 방식을 바꿔야 합니다. 먹을 것이 많은데도 동물성 식품을 먹으려는 탐욕으로 다른 동물을 성폭력하는 일에 동참한다면, 인간사회의 성 착취 사건도 없애기 어렵습니다. 인간이 서로 사랑하며 평화롭게 살기를 원한다면 지구에 존재하는 다양한 생물이 더불어서 조화롭게 살아가도록 노력해야 합니다. 우리는 인간중심의 사고에서 벗어나 비인간동물을 생각해야 합니다. 고래와 코알라, 북극곰을 보호해야 한다고 목소리 내는 사람이 많아지듯이, 소와 돼지, 닭도 음식이 아니라 함께 살아가는 존재로 바라볼 수 있을 때 인간사회의 성문화는 더 성숙해질 것입니다. (울산저널, 2020. 4. 17.)

비건 지향 가족의 딜레마

온 생명이 왕성하게 활동하는 여름, 그 가운데 장마철입니다. 토마토, 오이, 가지, 고추, 호박 등 열매가 알알이 영글기 시작합니다. 깻잎, 비름나물, 민트, 싸리비가 무럭무럭 자랍니다. 옥잠화, 금잔화, 수세미, 분홍달맞이꽃, 백합, 한련화, 상사화까지 갖가지 꽃을 보는 즐거움이 큽니다. 여름이 주는 축복입니다. 그러나 여름의 축복을 받는 식물식 가족의 황토집 여름 시골살이는 만만치 않습니다. 모기, 지네, 이름 모를 벌레들과 어떻게 살지 고민해야 합니다.

다른 존재와 공존하고자 비건을 선택했습니다. 가족들도 최소한 집에서는 식물식을 실천합니다. 먹고, 입고, 신고, 생활하면서 필요한 것들은 동물의 고통에서 나오지 않는 것을 선택합니다. 윙윙 날아다니며 피를 빨아먹는 모기, 깊은 밤 사각사각 소리로 잠을 깨우거나 이불 속에서 살을 깨무는 지네, 천장과 바닥에서 꿈틀꿈틀 기어다니는 벌레를 편안하게 바라보기란 쉽지 않습니다. 숲속에 살면서, 황토집에 살면서, 소독약을 뿌리지도 않고 황토벽 틈새를 제대로 보수하지도 않으니 장마철에 집 안으로 들어오는 벌레들이 많아졌습니다. 아이는 우리 집인데 왜 벌레들이 들어오냐며 울먹이며 이야기합니다. 그러나 '우리 집'이란 인간끼리 정한 개념일 뿐 벌레들에게는 통하지 않습니다. 모기는 그물망으로 잡아서, 지네는 빨래집게로 잡아서, 꿈틀꿈틀 벌레는 쓰레받기에 쓸어 담아 밖으로 내보냅니다. 그러면서 제발 좀 집 안으로 들어오지 말아 달라고 부탁합니다. 향을 피우기도 하고, 제습기를 틀기도 하고, 목초액을 뿌리기도 하지만, 본래 자연이 집인 벌레들의 출입을 완전히 막을 수는 없습니다. 향이 강해서 벌레를 쫓는다는 풀들을 텃밭과 집 둘레 곳곳에 심어보기도 합니다. 그러나 벌레들의 출입을 완전히 막을 수는 없습니다.

집 안에는 들어오지 않으나 스르륵 지나가는 뱀, 채소를 뜯어 먹고 가는 고라니, 처마 밑에 집 짓고 살기 시작하는 벌들을 지켜봅니다. 그들과 얼마만큼 공존할 수 있을지 생각합니다. 고라니가 모종을 뜯어먹지 못하도록 가시가 많은 골담초 가지를 잘라서 모종 근처에 세워두고, 처마 밑에 달린 벌집을 떼어내며 동물들에게 미안하다고 말하기도 합니다.

마을 주민들이 함께 있는 마을 밴드에는 농장에 들어오는 멧돼지를 총으로 쏴 죽이는 이야기, 반려견과 산책할 때는 꼭 목줄을 해 달라는 이야기들이 올라옵니다. 축사의 소들은 당연한 듯 묶인 채 갇혀 있습니다. 비건으로 시골에서 살다 보면 무수한 생명체와 그 관계에 대해 끊임없이 생각하게 됩니다. 나 하나가 다른 생명을 조금이라도 덜 해치며 살아갈 수 있기를 바랄 뿐입니다. (울산저널, 2020.7.16.)

왜 '남의 살'을 좋은 음식이라고 생각할까요

오곡백과가 풍성한 가을이 왔습니다. 일 년 중 가장 먹을 것이 풍성한 계절입니다. 며칠 뒤엔 '더도 말고 덜도 말고 한가위만 같아라' 하는 추석입니다. 정부는 코로나19 확산을 우려해 명절 귀향과 성묘를 자제해달라고 얘기했습니다. 그럼에도 마음이 설레는 명절이 다가왔습니다. 먼 거리를 이동하는 사람들이 예년에 비하면 덜할 것입니다. 그래도 가족이나 가까운 지인들과 좋은 음식, 맛있는 음식을 나눠 먹으려고 준비하는 분들은 여전히 있겠지요.

어느 지인이 방송에서 어이없는 내용을 봤다며 단톡방에 하소연했습니다. 남자 방송인들이 각종 장아찌 반찬과 채소 반찬으로 차려진 상을 보더니, 여자들이 풀때기만 차렸냐고 불만을 표출했다는 겁니다. 심지어 너무 건강식이지 않냐고 화를 냈다고 합니다. 그 말에 다른 음식을 준비해온 남자 방송인이 "그래서 '남의 살'을 준비했다"라고 답하니, 사람들이 막 좋아했다고 합니다. 그 '남의 살'은 육류였고요. 어떤 프로그램에서는 선물로 한우 세트를 주면서 '사계절 우리 민족의 보양식 한우'라고 소개하는데 수십 명의 패널이 부러워했다고 합니다.

우리는 미디어의 영향을 많이 받는 시대를 살아가고 있습니다. 이 시대의 방송은 온갖 맛집 탐방, 과한 먹방 채널로 가득 채워져 있습니다. 광고 역시 '남의 살' 소비를 촉진하고 있습니다. 식물식인이 아니더라도 이처럼 자극적이고 단순한 욕구에 치우친 프로그램과 광고를 우려하는 목소리가 있습니다. 맛있는 음식이 나에게 오기까지의 과정을 안다면, 그래도 '남의 살'을 최고의 음식이라고 생각할 수 있을지 궁금합니다.

우리 사회는 산과 들, 바다에서 나는 식물성 먹을거리가 아무리 많아도, 명절상, 잔칫상, 손님상에 '남의 살'이 빠지면 정성이 부족하다고 생각하는 경향이 있습니다. 왜 사람들은 피비린내 나는 과정을 거쳐야만 먹을 수 있는 '남의 살'을 정상적이고, 자연스럽고, 필요하다고 생각하는 걸까요?

윤리적 소비, 생명 살림을 이야기하는 친환경소비자생활협동조합은 저마다 우리 땅에서 나는 귀한 것들을 먹여서 소, 돼지, 닭을 키웁니다. 그리고 '남의 살'을 안전한 먹을거리로 광고합니다. 사랑과 평화를 위해 기도하는 수많은 종교단체 또한 동물성 식품의 재료인 동물에 대해서는 잘 거론하지 않습니다. 구제역, 조류독감, 광우병, 돼지열병이 유행할 때는 불안해하면서도, 살처분되는 가축을 불쌍해하면서도, 대부분의 사람은 좀 더 나은 고기, 좀 더 안전한 고기를 찾습니다. 사실 구제역, 조류독감, 광우병, 돼지열병 등은 '남의 살'을 찾는 사람들의 거대한 욕구를 충족시키기 위해 동물을 학대하며 키우는 과정에서 생긴 병입니다. 코로나19도 사람들이 '남의 살'을 찾는 과정에서 사람에게 옮겨졌다는 가설이 있습니다.

먹을 것이 풍족한데 '남의 살'을 꼭 먹어야 할까요? 피비린내로 얻은 '남의 살'을 꼭 먹어야 건강해질까요? 자본주의 사회에서 잘못 알려진 영양학을 맹신하지 않으면서 정의, 평등, 평화, 사랑 등의 가치를 추구한다면, '무엇을 먹을 것인가'에 관한 답을 찾을 수 있습니다. 코로나19를 통해 '남의 살'을 먹는다는 게 어떤 의미인지 다시 성찰할 수 있으면 좋겠습니다.
(울산저널, 2020.9.23.)

내 몸 안팎의 쓰레기를 없애 주는 푸드제로웨이스트 운동

유기농 귤을 깨끗이 씻어서 껍질째 꼭꼭 씹어먹습니다. 하지만 사과, 배, 감, 참외, 포도 등 과일을 껍질째 먹는 것이 일상화된 식구들도, 귤은 껍질째 먹기 힘든지 벗겨냅니다. 그러면 귤껍질은 가늘게 채 썰어서 말립니다. 귤껍질이 마르면서 건조한 겨울 실내에 습기를 더해주고, 더불어 향기도 줍니다. 잘 말려진 귤껍질은 차로 마시거나 죽에 넣기도 하고, 떡에 넣어 먹을 때도 있습니다. 가끔은 귤껍질 가래떡을 뽑아서 지인들과 나눠 먹기도 합니다.

사과를 먹을 땐 깨끗이 씻어서 껍질째 자릅니다. 농약이 남아 있을지 모르는 꼭지 부분만 살짝 도려내고 씨앗 부분은 먹습니다. 씨앗을 먹기 힘들어하는 분들과 함께 먹을 땐, 제가 미리 씨앗 부분을 잘라서 먹기도 합니다. 감자 역시 깨끗이 씻어서 껍질째 삶거나 굽거나 볶아서 먹곤 합니다.

요즘 제로웨이스트 운동이 주목받고 있습니다. 일회용품 쓰지 않기, 비닐 쓰지 않기 등 일상생활에서 쓰레기를 남기지 않으려는 노력이라 볼 수 있습니다. 다만 식생활 차원에서도 제로웨이스트 운동을 생각해 보면 좋겠습니다. 음식 남기지 않기, 빈 그릇 운동뿐 아니라 내 몸의 안팎을 깨끗이 해주는, 쓰레기를 남기지 않는 푸드 제로웨이스트 식생활이 바로 그 주인공입니다.

자연식물식은 곡식, 채소, 과일 등을 껍질째, 자연에 가깝게 먹는 것입니다. 이렇게 먹으면 몸 안에 있는 독소가 빠지고, 노폐물이 거의 쌓이지 않습니다. 요리를 할 때 혹은 음식을 먹을 때 나오는 몸 밖의 음식물쓰레기는 동물식 혹은 가공식을 먹을 때보다 훨씬 적습니다. 내가 먹고 난 접시를 보면 내 몸 상태를 알 수 있다고 합니다. 접시가 깨끗할수록 내 몸도 깨끗해지겠지요. 그리고 지구의 물과 땅, 공기가 오염되는 일도 줄어들겠지요.

가공식, 동물식은 편리하고 맛있을지는 몰라도 내 몸과 지구에 쓰레기를 많이 남깁니다. 나와 지구를 더불어 살리는 제로웨이스트 운동의 가장 멋진 실천은 자연식물식입니다. (울산저널, 2020. 12. 23.)

저는 동물을 특별히 사랑하지 않습니다

비건활동가 상헌 교수님 말씀처럼, 저는 동물을 특별히 사랑하지 않습니다. 그저 모든 생명이 공존하길 바랍니다. 약한 이를 돕는 것처럼 뭇 존재를 돕고 싶습니다. 차별 없는 세상을 염원하면서 다문화가정, 한부모가정, 장애인, 성소수자가 연대하는 것과 같습니다.

한 지붕 아래 사는 개와 고양이 역시, 제가 그들을 특별히 사랑하는 건 아닙니다. 어느 날 인연이 되어서 같이 지낼 뿐입니다. 인간 중심으로 돌아가는 세상에서 비인간은 극소수만 사랑받을 뿐, 대부분의 비인간동물은 인간의 생활에 이용되거나 배척되곤 합니다.

어느 날 길을 잃고 우리 집에 온 개를, 이웃은 저희 집 개로 인식합니다. 저는 그저 밥을 줄 뿐입니다. 이웃은 그들을 묶거나 가둬서 키우라고 했습니다. 제가 어떤 특별한 욕심으로 키우는 개가 아니라는 것을 아는 식물식 지향의 이웃이었습니다. 그러나 식물식을 하더라도 동물을 대하는 태도는 비식물식인과 크게 다르지 않은 것 같아 아쉬움이 느껴졌습니다. 우리나라는 개들을 자유롭게 돌아다니게 놔두는 나라가 아니기에, 저는 결국 개들에게 미안해하면서 적당한 울타리를 만들어야만 했습니다. 가끔 산으로 함께 산책하면 그들은 날아다니듯 좋아합니다.

과거에는 자연스럽지 못한 일이라고 생각해 중성화수술을 시키지 않았습니다. 그런데 1세대가 2세대를 낳고 2세대가 3세대를 낳았을 때 많이 고민했습니다. 그 새끼들을 제가 다 돌봐주기는 어려웠습니다. 인간이 중심인 세상에서 웬만해서는 그들이 제대로 된 삶을 영위하기 어렵다는 점을 깨달았습니다. 이 세상에 온 생명만이라도 행복하게 살아갈 수 있게 돕는 방법이 중성화수술이었습니다. 그래서 2, 3세대의 개들은 부득이하게 중성화수술을 시켰습니다.

개들과 한 식구가 되고 몇 년 후, 이번에는 고양이들이 저희 집 지붕 아래에서 살기 시작했습니다. 윗 동네 지인이 자신의 집에 길고양이가 새끼를 낳았는데 동네 사람들은 고양이에게 밥 주는 걸 싫어한다고 했습니다. 마침 집 주위에 있는 쥐를 없애느라 남편이 놓은 끈끈이에 쥐와 새 등 작은 동물들이 죽어가는 장면을 보며 마음 아파하던 때였습니다. 고양이를 저희 집에서 살도록 두면서 밥을 주기로 했습니다. 고양이가 있으면 쥐들이 가까이 오지 않을 테니까요. 이런 인연으로 고양이 세 마리가 저희 집에서 생활하게 되었습니다. 새끼 고양이들은 생후 7개월이 되었을 무렵 중성화수술을 시켰습니다. 야생 상태의 고양이는 사람들이 먹다 남은 음식을 먹고 병에 걸리기도 합니다. 폐경기가 없는 고양이는 가만히 내버려 두면 끊임없이 출산하면서 질병에도 쉽게 노출된다고 합니다. 그리고 인간 중심의 세상에서 사고로 죽는 고양이도 무척 많습니다. 중성화수술은 이 세상에 태어난 고양이들만이라도 건강하고 행복하게 살 수 있도록 돕는 배려라고 합니다.

저희 집 지붕 아래에 사는 개와 고양이는 모두 식물성 사료나 고구마, 감자 등 식물성 먹을거리를 먹습니다. 개와 고양이도 단순히 초식동물, 육식동물로 규정짓기보다는 주어진 상황에서 음식을 찾도록 하는 게 자연스럽다고 생각합니다. 비폭력, 비살생의 식물성 먹을거리는 모든 동물에게 이로울 것입니다.

시골 황토집에 살면서 온 생명과의 공존에 대해 끊임없이 고민합니다. 풀밭에서 만나는 뱀, 텃밭 채소를 맛있게 먹고 가는 고라니와 멧돼지가 있습니다. 이웃들은 총으로 그들을 위협하거나 죽이기도 합니다. 작년부터 기후위기 영향으로 장마가 심해지면서 온갖 벌레가 집안으로 많이 들어옵니다. 지네와 벌에 물려 여기저기가 퉁퉁 붓기도 합니다. 그런데 곰곰이 생각해 보면, 원래 여러 동물이 저마다 살아가고 있었는데 어느 날부터 사람들이 내 땅이라고, 내 집이라고 주장하며 그들을 쫓아낸 셈입니다. 개,

고양이, 소, 돼지, 닭, 고래 등 모든 동물이 저마다 행복하게 살다 갈 수 있기를 바랍니다. 평화의 세상을 원한다면 스스로 먼저 평화가 되어야 할 것입니다. (2021.7.14.)

식물식, 알고 먹으면 맛있고 뿌듯하다

우리나라는 아직도 채식이라고 하면 '채소, 풀, 나물, 비빔밥' 등을 떠올리며 영양이 부족한 식단으로 오해하는 경향이 있습니다. 그래서 '채식' 대신 '곡식, 채소, 과일'을 먹는다는 뜻에서 '식물식'이라고 표현하는 것이 더 정확합니다.

종종 식물식에 관해 교육할 기회가 있습니다. 특히 학생을 대상으로 교육하는 경우가 많습니다. 울산교육청은 기후위기 대응 차원에서 '생태급식'을 선택해서 매주 월요일을 '고기 없는 월요일'로 제안하고 있습니다. 그리고 한 달에 한 번씩 '채식의 날'을 지정하고 있습니다. 나아가 채식을 원하는 학생에게 '채식 선택 급식권' 역시 지원하고 있습니다. 그러나 학생 대부분은 그 취지를 이해하지 못하고 있습니다. 그래서 '고기 없는 월요일'이나 '채식의 날'에는 잔반이 많이 나옵니다. '채식 선택 급식권'이 있어도 채식의 좋은 점을 모르는 경우가 많기에 실제로 선택해서 먹는 학생들은 거의 없습니다.

내 앞의 음식이 나에게 오기까지의 과정을 알면 음식을 대하는 태도가 달라질 수 있습니다. 또, 지금까지와는 다른 선택을 생각할 수 있습니다. 온실가스 배출물질인 메탄가스가 축산에서 제일 많이 발생한다는 사실을 배울 때, 학생들은 고기와 유제품을 바로 끊지는 못하더라도 줄이기 위해 노력하겠다고 합니다. 우유가 그냥 나오는 게 아니라 강제 임신과 출산을 반복 당하는 소에게서 뺏은 결과물임을 알고 나면, 학생들은 소가 불쌍하다며, 소에게 미안하다고 합니다.

기후위기 시대에 동물식(육식)은 문제가 많고 그에 비해 식물식(채식)은 좋은 점이 많다는 사실을 많은 사람이 공감해 줍니다. 그런데 단체급식을 할 때면 채식은 맛이 없어서 잔반이 많이 나오지 않을까 걱정하는 분들을 종종 만나곤 합니다. 잘 모르기 때문에 그렇습니다. 학생 대부분은 '알고 나면 맛있고 뿌듯하게' 먹습니다. 답을 알면 노력할 수 있습니다. 그리고 직접 체험하면 그 효과는 더 큽니다. 모름지기 올바른 식생활 교육이라면 그 과정을 이해해야 하고, 더 나아가 직접 경험할 수 있도록 도울 수 있어야 합니다. (울산저널, 2022.6.28.)

사체를 치우며

오랜 가뭄이 끝났습니다. 며칠 동안 고운 비님이 다녀가고 햇볕이 쨍 쨍한 날이었습니다. 다만 아침부터 무려 세 동물의 사체를 치워야 했습니다. 바삐 움직이는 나날 가운데 모처럼 여유로운 날이었습니다. 사무실인 비건피스플랫폼으로 출근하기 전, 집 구석구석을 둘러보았습니다. 그리고 세 동물의 사체를 발견하고 말았습니다. 늦기 전에 치울 수 있어 다행이었지만, 사체를 마주하는 기분이 평안하지는 않았습니다. 대부분 그럴 것입니다.

첫 번째 사체는 안마당에서 발견한 개구리였습니다. 안마당에 놀러 왔다가 나갈 곳을 찾지 못해서 말라 죽었거나 고양이에게 공격당한 듯했습니다. 두 번째 사체는 안마당에서 발견한 쥐였습니다. 심하게 분해되지 않은 게 그나마 다행이었을까요. 아마도 고양이가 잡아 죽인 것 같았습니다. 세 번째 사체는 거실문 틈새에서 발견했는데, 귀뚜라미처럼 보였습니다. 아마도 문을 닫을 때 끼여 죽었나 봅니다.

세 사체를 치우면서 생각했습니다. 내 식탁에 사체(고기, 생선)를 올리지 않은 것이 천만다행이라고. 살면서 이렇게 나도 모르게 다른 생명을 죽이거나 사체를 치워야 하는데, 적어도 의도적으로 생명을 죽이는 동물식은 절대 하지 말아야지 하면서요.

모내기한 논에는 사람밥(벼)과 개구리밥이 같이 자라고 있습니다. 평화롭습니다. 여름으로 접어드니 파리와 모기가 주변에 종종 맴돕니다. 지구의 영적 수준이 높아지면 해충이 없어진다고 합니다. 그러면 파리와 모기가 사라질까요? 영적 수준이 높은 세상에서는 사람들이 다른 동물을 죽이거나 괴롭히지 않을 테니까, 당연히 동물도 우리를 괴롭히지 않겠지요. 그날이 어서 오기를 바랍니다. (2022.06.09)

우리는 얼마나 용기 낼 수 있을까?

생태와 환경이 나빠지면서 기후위기를 걱정하는 시민활동가들이 많아지고 있습니다. 그 밖에도 환경을 위해 애쓰는 분들이 정말 많습니다. 쓰레기 줍기, 플로깅, 손수건 들고 다니기, 텀블러 들고 다니기, 장바구니 들고 다니기, 자전거 이용하기 등 개인적인 실천뿐 아니라 정책 제안, 캠페인 활동 등에도 열심히 참여하는 사람들입니다.

시민활동가의 활동을 주로 페이스북에서 살펴보는데 종종 안타까운 모습을 봅니다. 기후위기에 대응할 수 있는 식생활은 식물식이라는 점에 공감하고 고기를 줄이려고 노력하면서도, 종종 SNS에 술과 고기 사진을 올리는 사람들이 있습니다. 물론 100% 실천은 어려울 수 있습니다. 다만 개인적으로는 고기와 동물성 식품을 먹더라도 온라인 공간에 자랑스럽게 올리지 않아야 기후정의에 더 다가갈 것입니다.

지인이나 가족이 고깃집이나 동물식 관련업에 종사한다며, 그들을 응원하는 기후 활동가들도 있습니다. 대놓고 다른 사람의 생업을 반대할 용기는 내지 못한다 해도 식물식이 모두를 위한 길이라는 것을 알고 있다면, 동물식 현장에 공감하지 않을 용기를 낼 수 있으면 좋겠습니다. 혈연, 지연, 학연에 얽매이지 않았으면 합니다. 정말로 기후위기가 걱정된다면, 기후정의가 정말 실현되기를 원한다면요.

고백하건대, 저도 아직 목숨을 내놓을 용기는 가지지 못했습니다. 개인적으로 식물식과 동시에 비건(동물의 고통에서 나오는 제품이나 행위를 취하지 않는 생활)을 지향하지만요. 얼마 전 마을 어르신이 탄원서에 서명을 받으러 오셨습니다. 불법으로 증축된 축사에 대해 신고가 접수되었는데, 오래전부터 있던 축사로 주민들의 생계가 연결된 것이니 너그러이 선처해달라는 내용이었습니다. 사실 마을에서 축사를 가진 분들은 대부분

다른 집들에 비해 경제적으로 넉넉한 편입니다. 특히 서명을 받으러 온 사람은 저희 마을에서뿐 아니라 저희가 살고 있는 면에서 유명한 재력가입니다. 그럼에도 제가 이사 오기 전부터 대대로 마을에서 살아오신 분이라 차마 대놓고 거절하지 못하고 서명한 일이 마음에 두고두고 걸립니다. 그 서명을 거절했다면 마을에서 완전히 따돌림을 받고 괴롭힘까지 당해, 어쩌면 이사를 가야 했을 수도 있습니다.

저희 마을에 노동역사관 건립이 추진되자 몇 사람이 선동해서 주민 대부분이 반대서명을 하고 마을길 곳곳에 반대 현수막을 걸어놓은 적이 있습니다. 이때도 건립 반대 요청받았지만, 이번에는 거절했습니다. 그런 저를 못마땅히 여긴 어르신들은 제 남편을 불러내기까지 했습니다. 하지만 앞서 말한 축사 건에 대해서는 차마 그러지를 못해서 아쉬움이 남습니다. 제가 이사 오기 전부터 있던 축사라 차마 반대하지 못했지만, 축사에 있는 소를 볼 때면 늘 마음이 아픕니다. 그들이 자유로워질 수 있는 날이 오기를 기도하고 또 기도합니다.

기후위기를 진심으로 걱정한다면 이제 고기 사진을 공개적으로 올리지는 않도록 노력하며, 지인이나 가족들이 동물식 업종에 종사한다 해도 공개적으로 동조하지 않는 것이, 기후정의에 동참하는 길이라 생각합니다. 축산과 육식 관련 업자를 미워해서가 아닙니다. 모두의 생존을 위해서, 이제는 다른 길을 모색해야 하는 기후위기의 시대이기 때문입니다. (울산저널, 2022.8.30.)

바람결에 레시피 '겨울'

단호박찜밥

찹쌀현미모둠떡

현미호박죽

무오신채 식물식 김치

단호박찜밥

재료   현미밥, 단호박, 말린 대추, 황잣(속껍질이 붙은 잣), 소금

1. 손질한 단호박의 속을 파낸다.

2. 대추는 씻어서 가늘게 채 썬다.

3. 현미밥에 대추, 잣, 약간의 소금 등을 넣고 살짝 버무린다.

4. 찜기에 넣고 찐다.

5. 20분 정도 찐 후 단호박이 물러졌는지 확인한다. 이후 불을 끄고 잠시 뚜껑을 닫은
   채로 두었다가 꺼내어 먹기 좋은 크기로 자른다.

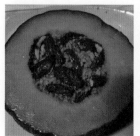 

찹쌀현미모둠떡

* 찹쌀현미모둠떡은 말린 콩, 대추, 곶감, 곶감 깎고 난 감껍질, 말린 귤껍질, 호박 말랭이 등을 모아 모아서 소금, 원당(설탕)을 첨가하지 않고 만들 수 있다. 특히 12월부터 다음 해 3월까지 제철인 친환경 귤껍질을 충분히 활용할 수 있다. 무염이 익숙하지 않으면 소금을 조금 넣어도 된다.

재료　　찹쌀현미가루, 말린 콩, 대추, 곶감, 곶감 깎고 난 감껍질, 귤껍질, 껍질째 말린 늙은 호박말랭이 등

1. 찹쌀현미를 깨끗이 씻어 하룻밤 물에 불린다. 이후 소쿠리에 건져 가루로 빻아 내린다. (방앗간에서 한 되씩 내려 알맞은 분량만큼씩 나눠 냉동실에 두었다가 떡 만들기 전날 밤에 냉장실에서 해동하면 언제든지 떡을 만들 수 있다)

2. 말린 콩은 물에 충분히 불려 소금을 약간 넣고 조린다. (무염으로 하면 몸에는 더 좋다.) 생콩은 약간의 물과 소금을 넣고 조린다.

3. 말린 귤껍질과 껍질째 말린 호박말랭이를 물에 살짝 헹군 후 알맞은 크기로 자른다.

4. 말린 대추는 깨끗이 씻어 씨를 발라낸다.

5. 씨를 발라낸 대추는 채 썰고, 몇 개는 겉과 속을 엇갈리게 겹쳐 돌돌 말아서 썰면 꽃 모양의 고명으로 쓸 수 있다. (과육을 발라낸 대추씨는 생강과 말린 귤껍질을 조금 넣고 차로 끓여 먹으면 좋다)

5. 찹쌀현미가루를 손으로 골고루 비벼준다.

6. 조린 콩과 채 썬 대추, 말린 귤껍질, 호박 말랭이 등을 찹쌀현미가루와 골고루 섞어준다. 고명으로 쓸 꽃 모양 대추는 남겨둔다.

7. 찜기에 젖은 면보나 삼베보를 깔고 대추나 콩으로 고명 장식을 한다. 고명 장식은 떡을 쪄낸 후에 해도 된다.

8. 콩과 대추를 섞은 찹쌀현미가루를 찜기에 살살 뿌리듯이 담고 김이 오른 찜통에 올려 15-20분 정도 찐다.

9. 불을 끄고 10분 정도 잠시 뜸을 들인다.

10. 다 찐 떡을 보자기째 꺼내어 밑면을 물에 살짝 적신다. 이후 물을 두른 접시에 떡을 엎어내면 밑부분이 위로 올라와 고명장식이 보이게 된다. 고명 장식을 다시 해도 된다. 냉동실에 두고 먹으려면 스테인리스 쟁반이나 유리그릇 등에 담아서 굳힌 다음 알맞은 크기로 잘라서 넣어둔다.

현미호박죽

재료 약호박 또는 늙은 호박, 현미밥, 현미조청, 대추, 황잣

1. 약호박이나 늙은 호박의 속을 파내고 블렌더에 곱게 갈아서 끓여 준다. 블렌더에 갈지 않고, 호박을 삶아서 으깨어도 된다.(호박 속을 파내지 않고 씨앗째 삶아서 으깨는 방법도 있는데 호박씨를 나중에 가려내거나 씹어먹고 나서 뱉어내야 하는 번거로움이 있다.)
2. 블렌더에 현미밥과 물을 조금 넣어 간 다음, 1과 같이 섞어서 조금 더 끓여준다. 소금과 현미조청은 취향껏 넣는다.
3. 채 썬 대추, 황잣을 고명으로 띄운다.

무오신채 식물식 김치

재료   채수1리터(5컵 이상) – 다시마 큰 조각 8개, 표고버섯 300g, 늙은 호박 작은 것 1/2, 무 1/2개 등

절임배추 4~5포기(10kg 정도), 고춧가루 400g(종이컵 4개), 무 3/2개, 배 2개, 생강 80g, 청각 50g, 국간장 1/2종이컵, 매실발효액 1/2종이컵, 홍갓 1단, 현미밥 1공기, 고운소금 1종이컵, 통깨 1/2종이컵

채수내기 및 다시마무표고버섯조림

1. 천연 조미료 역할을 하는 표고버섯과 다시마를 물 2리터에 담구어 하룻밤 불려준다.

2. 표고버섯과 다시마를 불린 물에 늙은 호박과 무를 큼직하게 썰어서 넣은 후 끓인다. 늙은 호박은 속만 파내고 껍질째 쓴다.

3. 물이 끓기 시작하고 15분 후에 다시마, 1시간 후에 표고버섯과 무를 꺼낸다. 호박은 흐물어져서 꺼낼 필요가 없다. 채수 낸 다시마, 무, 표고버섯은 진간장, 현미조청을 넣고 조림해서 먹는다.(채수를 낸 뒤의 다시마, 무, 표고버섯 등을 맛이 없다고 버리는 경우가 많은데, 이는 섬유질덩어리를 버리는 것이다. 진간장과 현미조청을 넣고 조려서 먹으면 음식물쓰레기도 안 남는다.)

배추에 양념 바르기

1. 절임배추는 물을 충분히 빼준다.

2. 청각은 물에 불려서 깨끗이 씻는다.

3. 채수에 현미밥, 무 1/2개, 배, 청각, 생강을 넣고 갈아준다.

4. 3에 고추가루, 국간장, 매실액, 고운소금 1컵을 넣어 잘 저어준다. 양념을 버무리기
   전에 간을 보고 소금으로 간을 한 번 더 맞춘다.

5. 남은 무 1개는 굵게 채 썰기 한다. .

6. 홍갓은 4~5cm 정도로 자른다.

7. 3의 양념에 채 썬 무, 홍갓을 섞어준다.

8. 절인 배추에 양념을 발라준다.

부록

채식과 자연식물식, 어떻게 다른가요?

*답변 : 황성수(황성수힐링스쿨 교장, 전 대구의료원 신경외과 과장)

Q. '자연식물식'이 무엇인가요?

A. 자연식물식은 자연 상태의 식물성 식품만 먹는 것입니다. 식물식을 하더라도 자연 상태의 식물성 식품이 아니라면 몸에 해로울 수도 있습니다.

Q. 그렇다면 '채식'의 정확한 의미는 무엇인가요?

A. 채식이라는 단어는 '나물 채(菜)', '먹을거리 식(食)'이라는 글자로 이루어져 있습니다. 단어 뜻만 본다면 채소만 먹는 것을 의미합니다. 그런데 사람은 채소만 먹고는 살 수 없습니다. 사람은 반드시 곡식, 채소, 과일, 세 가지를 모두 먹어야 합니다. 이때 채소와 과일은 영양학적으로는 동일한 식품입니다. 하지만 우리가 느끼기에 채소와 과일은 같지 않습니다. 영양분이 같더라도 맛에서 차이가 크기 때문입니다. 채식의 본래 의미는 곡식, 채소, 과일을 먹는 것이라 할 수 있습니다. 즉 동물성 식품을 먹지 않고 식물성 식품만 먹는 것을 의미합니다. 다만 자칫하면 식물성 식품이면 아무거나 다 먹어도 괜찮다는 오해를 하기 쉽습니다.

Q. 그럼 채식을 해도 건강이 안 좋아질 수 있나요?

A. 채식을 잘못 이해하면 오히려 문제가 생기기 쉽습니다. 안 좋은 음식인데도 채식이라는 이유로 마냥 좋다고 생각해서 계속 먹으면 몸을 해치게 될 수도 있습니다. 예를 들어 요즘에는 채식을 한다고 하면서 몸에 해로운 식품을 먹는 경우가 많습니다. 때론 동물성 식품만큼이나 해로운 식품들을 먹기도 합니다. 극단적인 예를 든다면 설탕이 있습니다. 설탕은 식물성 식품입니다. 하지만 설탕이 얼마나 해로운지는 따로 설

명할 필요가 없을 정도입니다. 식물성 식품임에도 설탕이 듬뿍 들어있는 음식들이 많습니다. 최근에는 아이스크림도 완전채식으로 만듭니다. 가공기술이 크게 발달한 덕분에, 요즘에는 가공된 식물성 식품을 주변에서 쉽게 찾아볼 수 있습니다. 자칫하면 이런 가공품을 먹으면서 채식을 한다고 생각하기 쉽습니다. 특히 젊은 분들이 잘못된 채식을 많이 합니다. 채식이 좋다는 말에 채식을 하기는 합니다. 다만 자연 상태의 식물성 식품은 먹기 힘들어합니다. 그래서 달콤하고 고소하거나 부드러운 것들을 찾습니다. 그 결과 오히려 건강을 해치게 되는 것입니다.

Q. '채식' 대신 '자연식물식'이라는 표현을 사용하는 이유는 무엇인가요?

A. 채식이라는 말은 우리가 자주 들어 익숙한 단어이지만, 다소 오해를 불러일으킬 수 있는 용어입니다. 방금 언급한 것처럼 채식이라고 하면 채소만 먹는 것이라 오해하기 쉽고, 채식하는 분들 중에서도 건강이 나쁜 경우가 많으니 더욱 정확한 말이 필요하다고 느꼈습니다. 그래서 저는 채식이라는 말을 다른 단어로 바꿔야겠다고 오랫동안 생각해 왔고, 그 대안으로 '자연식물식'이라는 용어를 제시하고 있습니다. '자연식물식'이란 자연 상태의 식물성 식품만 먹는다는 의미입니다. 여기에는 식물식을 하더라도 자연 상태의 식물성 식품이 아니라면 몸에 해롭다는 의미도 함께 포함되어 있습니다. 앞으로는 채식이라는 말을 되도록 쓰지 않았으면 합니다. '자연식물식'이라는 용어가 올바른 것입니다. '채식' 대신 '자연식물식'이라는 단어가 정착이 되었으면 좋겠습니다.

"세상 모든 것에 감탄하는 지혜로운 사람들의 공간"

호밀밭 homilbooks.com

이 영 미 의 평 화 밥 상
ⓒ 2023, 이영미

지은이	이영미
초판 1쇄 발행	2023년 8월 24일
책임편집	박정오
교정	정진리
디자인	전혜정
펴낸이	장현정
펴낸곳	호밀밭
등록	2008년 11월 12일(제338-2008-6호)
주소	부산 수영구 연수로357번길 17-8
전화, 팩스	051-751-8001, 0505-510-4675
홈페이지	homilbooks.com
이메일	homilbooks@naver.com

Published in Korea by Homilbooks Publishing Co, Busan.

Registration No. 338-2008-6.

First press export edition August, 2023.

ISBN   979-11-6826-112-9   03810